Ursula Koch

Elisabeth von Thüringen

Ursula Koch

Elisabeth von Thüringen

Die Kraft der Liebe

Biographischer Roman

BRUNNEN
VERLAG GIESSEN · BASEL

ABCteam-Bücher erscheinen in folgenden Verlagen:
Aussaat Verlag Neukirchen-Vluyn
R. Brockhaus Verlag Wuppertal und Zürich
Brunnen Verlag Gießen und Basel
Christliches Verlagshaus Stuttgart
Oncken Verlag Wuppertal und Kassel

3. Auflage 2000

Umschlagmotiv: Renate Girke
Umschlaggestaltung: Ralf Simon
Satz: DTP Brunnen
Herstellung: Ebner Ulm
ISBN 3-7655-1625-2

Es ist mit uns wie mit dem Gras,
das im Fluß wächst.
Wenn die Flut anschwillt,
dann beugt es sich tief hinunter,
und das Wasser fließt darüber,
ohne es zu knicken.
Wenn aber die Wellen zurückgehen,
erhebt es sich wieder
und entfaltet seine Kraft
heiter und schön.

Elisabeth von Thüringen

(nach dem Bericht
ihrer Dienerin Irmingard)

An einigen Stellen enthält
der Roman Zitate aus Berichten
von Zeitgenossen Elisabeths.
Diese Abschnitte sind durch
Kursivschrift kenntlich gemacht.
Die Übersetzung aus dem
Lateinischen folgt weitgehend
Otto Krage („Aussagen der
vier Dienerinnen")
und Karl Wenck (Brief Konrads
von Marburg an den Papst).

Inhalt

1. Kapitel

Die Reise (1211)

„Ich habe sie gesehen!"
„Du? Ich stand viel weiter vorn!"
„Diese schwarzen Löckchen! Und die dunklen Augen ... so traurig."
„Nein, sie hat gelacht!"
„Klug sieht sie aus, und dabei ist sie erst ..."
„Vier Jahre ist sie alt, mein Großvater weiß es."
„So eine kleine Braut! Wie wird sich der Bräutigam freuen."
„Daß der Thüringer ein richtiges Königskind zur Frau bekommt ..."
„Das ist wie im Märchen."
„Die Badewanne ist aus Silber."
„Und die Kästen auf den Wagen!"
„Welche Schätze darin sein mögen ..."

Auf den Straßen der reichen Stadt Nürnberg liegen zertretene Blumen. Stundenlang haben die Menschen gewartet, dicht gedrängt, und nun ist der Zug vorübergezogen, zur Burg hinauf.

„Was die jetzt wohl essen?"
„Das kannst du nie bezahlen!"
„Der Wein ist bestimmt nicht gepanscht ..."
„Es wird bestimmt Braten geben!"

Anm.: Ein Personenverzeichnis befindet sich im Anhang auf Seite 232

„Und Kuchen. Eine ganze Wagenladung hat ihnen der Bäcker hochgebracht. Drei Tage lang haben sie nur dafür gebacken."
„Darauf würde ich verzichten, wenn ich das Königskind nur einmal von nahem sehen könnte! So was Schönes!"
„Mein Elschen war genauso schön. Nun ist es gestorben ..."
„Daß die Mutter sie hergegeben hat."
„Na, sie soll doch heiraten."
„Mit vier Jahren? Haha!"

Erst spät in der Nacht, als das Ereignis gründlich und von allen Seiten beredet ist, zerstreuen sich die Menschen und kehren in ihre Häuser zurück. Auch oben auf der Burg wird es still. Durch ein weit geöffnetes Fenster fällt fahles Mondlicht in eine Kammer. Elisabeth schlägt die Augen auf. War da etwas? War da nicht ein leiser, leiser Ton? Sie richtet sich auf. „Guda!"
Die Freundin aus Ungarn, ein Jahr älter als Elisabeth, liegt zusammengerollt auf ihrem Lager und schläft fest. An der gegenüberliegenden Wand schnarcht die dicke Gräfin Bertha wie jede Nacht. Lachen und Grölen verklingen in der Ferne. Vorsichtig streckt Elisabeth den kleinen nackten Fuß aus und befühlt den weichen Teppich. Dann rutscht sie lautlos vom Bett herunter.
Es ist gut, wenn alle schlafen! Da kann sie einmal machen, was sie will. Da schauen nicht ständig die vielen großen Menschen auf sie herunter oder packen sie, schleppen sie hierhin und dorthin, setzen sie auf riesengroße Stühle oder an endlos lange Tische. Jetzt – aber sie darf niemanden wecken –, jetzt ist ihre Stunde. Sie schleicht durch die Tür, die ein wenig knarrt, und steht auf den Dielen im dunklen Flur. Wohin soll sie gehen?
Leises Klingen, fast nur ein Wispern, zeigt ihr die Richtung. Sie tastet sich an den Wänden entlang und findet einen Spalt, durch den Licht dringt. Als sie die Tür aufstößt, wird der Klang lauter. Adelheid sitzt dort, die Harfenspielerin, ihr Instrument in der Hand. Erschrocken fährt sie hoch.

„Aber – Elisabeth, mein Fräulein, mein Kind!“
„Ich will auch spielen.“
Zögernd nimmt Adelheid die Kleine auf den Schoß. Elisabeth streicht über die Saiten, aber nur ein Mißton zerreißt die Stille. Beide fahren zusammen.
„Nicht so, Elisabeth, nicht so!“ Adelheid nimmt die kleinen Finger in ihre Hand und zupft ein wenig an den Saiten.
„Schön!“
„Du mußt jetzt schlafen!“
„Ich will nicht schlafen.“
„Wenn Frau Bertha …“
Elisabeth schmiegt den Kopf an Adelheids Brust. „Sing ein Lied!“
„Was soll ich denn singen?“
„Mutter nicht, Vater nicht …“
„Das ist aber ein trauriges Lied.“
Elisabeth nickt.
Behutsam rührt Adelheid an die Saiten und singt:
„Mutter hab’ ich nicht, nicht Vater mehr,
Gott allein ist mein Schild und mein Ehr.
Wandre ich weit in die Welt hinaus,
kehre ich nimmer, nimmer nach Haus.“
Aufmerksam hat Elisabeth zugehört. Ihre kleine Hand streicht noch einmal über die Saiten, sie schwingen zu einem dunklen Akkord.
„Baba“, sagt sie plötzlich, und Tränen rollen aus ihren Augen. Adelheid nickt. Sie drückt das Kind fester an sich. Baba, so hieß der kleine Hund, Elisabeths bester Freund auf der Burg in Ungarn. Mit Baba turnte sie auf den Mauern, versteckte sich in den Ställen, kroch unter Pferdebäuchen hindurch, und nur ungern ließ sie sich von den Wärterinnen einfangen und forttragen. Aber dann kamen die großen blonden Männer mit Frau Bertha und Adelheid …
„Wo ist Baba?“
Sie wissen es beide nicht, denn der kleine Hund geriet unter die

Hufe der Pferde, als sich die Wagen mit den Truhen und Säcken, den Kisten und Kästen in Bewegung setzten. Er wollte hinterher, wollte Elisabeth folgen, die zwischen seidenen Kissen auf einem der Wagen saß … Blutend blieb Baba zurück.

Zurück blieben Mauern und Türme, winkende Frauen, in ihrer Mitte die eine Stolze, Große, Königin Gertrud, die Mutter. Sie winkte nicht.

Eine Weile noch ritt der Vater an der Seite des Wagens, das Gesicht dunkel und ernst. Solange sie ihn sah, schluckte Elisabeth ihre Tränen herunter. Erst als er mit seinen Begleitern umgekehrt und irgendwo im Staub der Straße verschwunden war, begann sie zu weinen. Etwas später tauchte aus den vielen fremden Gesichtern plötzlich Herr Walther auf. Herr Walther sprach wie die Mutter: deutsch. Herr Walther machte Späße mit Elisabeth. Wenn Herr Walther da war, freute sie sich …

Fast wäre sie auf Adelheids Schoß eingeschlafen.

„Wo ist Herr Walther?“ Sie räkelt sich.

„Er wird sich ausruhen, wie alle. Und dich bringe ich jetzt auch wieder ins Bett.“

„Bleiben wir morgen hier?“

„Ja, wir werden einige Tage in Nürnberg bleiben. Und ich – ich werde sogar für immer hier bleiben.“

Obwohl ihr die Augen fast zufallen, fragt Elisabeth: „Warum?“

Adelheid zögert.

„Es gibt hier fromme Frauen, mit denen möchte ich leben. Ich möchte ganz für Gott leben und nur ihm allein dienen.“

„Warum?“

Mit geschlossenen Augen liegt Elisabeth in Adelheids Armen. Hört sie überhaupt noch zu?

„Warum?“

Adelheid lächelt.

„Einmal, liebe kleine Elisabeth – aber das verstehst du noch nicht –, einmal werden wir alle vor unserem himmlischen Richter stehen,

ob Reiche oder Arme, Fürsten oder Bettler. Und dann wird er uns fragen: Was hast du für mich getan? Hast du meinen Hungrigen zu essen gegeben? Meine Kranken gepflegt? Oder hast du nur Reichtümer angesammelt, die doch vergänglich sind ...?"
Elisabeth atmet ruhig und tief. Sie ist nun wirklich eingeschlafen.
Als die Harfnerin, das Kind auf dem Arm, aus der Kammer tritt, steht wie aus dem Boden gewachsen ein Ritter vor ihr. „Wer da?" fährt er sie an.
„Jesus und Maria, Herr Walther, Ihr habt mich erschreckt."
Sie flüstert ins Dunkle, während der Ritter zur Seite tritt, um im schwachen Licht ihr Gesicht zu erkennen.
„Frau Adelheid, was tut Ihr hier, mitten in der Nacht?"
„Ich bringe das Kind zurück."
„Um Gottes willen! Ist sie fortgelaufen? Wozu haben wir eine ganze Kammer voller Frauen, wenn das niemand merkt!" Herr Walther beugt sich über das schlafende Mädchen.
„Gebt sie mir!" befiehlt er mit gedämpfter Stimme. „Ich habe mich mit meinem Leben verbürgt, daß ich sie heil und gesund nach Thüringen bringen werde."
„Fürchtet Ihr denn, daß jemand dieses Kind ...?"
„Ihr wißt nicht, Frau, wieviele Feinde Landgraf Hermann sich gemacht hat! Die Welt ist voller Diebe und Mörder. Meint Ihr, wir reisen ohne Grund mit so vielen Bewaffneten? Vor ein paar Jahren haben sie in Bamberg einen König erschlagen!"
Adelheid will das Mädchen in die Arme des Ritters legen, da merkt sie, daß Elisabeth mit einer Hand die Harfe festhält.
„Laßt sie ihr!"
„Ja", flüstert Adelheid nach kurzem Zögern. „Ich habe mich von allem weltlichen Besitz losgesagt, nur die Harfe wollte ich behalten. Aber nun soll sie Elisabeth gehören. Ihr gebt gut acht auf das Kind, nicht wahr, Herr Walther?"
Leise knarren die Dielen, die Tür zur Kammer steht immer noch offen. Als der Ritter Elisabeth liebevoll auf ihr Bett legt, klingt

noch einmal ein tiefer Ton an. Gräfin Bertha wälzt sich herum. Vorsichtig schleicht Herr Walther wieder hinaus.

Begleitet von einer großen Menge herausgeputzter Bürger und stolzer Reiter verlassen die Thüringer mit ihren Wagen und Knechten die Stadt Nürnberg. Elisabeth sitzt neben Frau Bertha auf den Kissen, Adelheids Harfe liegt sorgfältig in Tücher gewickelt zwischen Truhen und Säcken hinter ihr. Einige Male zupft Elisabeth noch daran, aber bald hat sie Adelheid vergessen, Nürnberg vergessen, die Harfe vergessen.

Der Wagen schüttelt sie. Er holpert durch Wälder und Wiesen. Elisabeth steckt den Daumen in den Mund. Es ist langweilig. Frau Bertha sagt Abzählreime auf. – Auch das ist langweilig. Mit bunten Bändern spielen – ist langweilig. Die Puppe aus- und anziehen – ist langweilig. Sie könnte Frau Bertha in den Po zwicken und dann so tun, als wäre sie es nicht gewesen. Oder auf dem Wagen herumturnen, bis alle schreien: „Du fällst! Du fällst!“ Aber das hat sie schon so oft gemacht. Jetzt ist auch das langweilig.

„Wann sind wir da?“

„Noch ein paar Tage.“

Das sagen sie immer! Schon seit der Vater und die dunklen Reiter zurückgeblieben sind.

„Jó utat kívánok! Gute Reise! Leb wohl, Königstochter der Ungarn!“

Elisabeth hat Heimweh. Sie möchte mit den Mägden wieder ungarisch sprechen. Und abends am Feuer Geschichten vom König Stephan hören. Im Traum reitet sie mit ihm in die Schlacht. Lauter böse Menschen umdrängen sie und schlagen auf sie ein. Aber König Stephan ist stärker als alle – so wie der Vater.

Unsanft wird sie geweckt. Der Wagen steht. Weiter vorn gibt es Gedränge und Geschrei. Die Reiter galoppieren alle dorthin.

„Ein Wagen ist umgekippt“, berichtet der Kutscher.
„Ich will auch sehen!“
„Du bleibst hier!“ befiehlt Frau Bertha.
Maulend verkriecht sich Elisabeth in ihren Kissen. Nach einer Weile geht es weiter. Ein Pferd wird fortgeführt, ein anderes gebracht. Staunende Bauern stehen am Wegrand, ihre Kinder laufen neben dem Wagen her. Wenn Frau Bertha ihnen ein paar Münzen zuwirft, balgen sie sich. Elisabeth möchte mit ihnen spielen.
„Setz dich hin!“ befiehlt Frau Bertha.

Am nächsten Tag kommt ein Gewitter auf. Als Reiter und Wagen gerade mitten im Wald sind, wird es dunkel und kracht über ihnen, als wollte der Himmel einstürzen.
Elisabeth zieht sich ein Kissen über den Kopf, Frau Bertha schreit laut um Hilfe. Dicht neben ihnen saust ein Ast zu Boden und zerbricht. Die Pferde scheuen. Im selben Augenblick setzt Regen ein und prasselt auf das Verdeck des Wagens. Guda und Elisabeth klammern sich aneinander.
„Ich bleibe bei dir.“
„Ich auch.“
Mitten in dem Durcheinander von schreienden Frauen und fluchenden Knechten ist plötzlich Herr Walther bei ihnen, streicht mit nasser Hand dem Kind die Haare aus dem Gesicht und redet beruhigend auf Frau Bertha ein. Als er merkt, daß Elisabeth vor Kälte zittert, wickelt er sie in seinen Mantel. Allmählich verhallt der Donner hinter den umliegenden Bergen. Die Pferde setzen sich wieder in Trab, bald blitzen erste Sonnenstrahlen durch das nasse Laub. Nun will Herr Walther wieder auf seinen Rappen steigen, aber Elisabeth hält ihn fest. „Auch reiten!“
Also nimmt er das Kind in den Arm und gibt dem Pferd die Sporen. Da hat Elisabeth alle Angst vergessen, jauchzend schlägt sie in die Hände und hört nicht mehr, wie Frau Bertha ihnen auf-

geregt hinterherschreit: „Halt! Halt! Vorsicht!“ Reiten ist nicht langweilig.

Und wieder einen Tag später – das Land glüht in der Hitze, kein Mensch ist auf den Feldern zu sehen, auch das Vieh ruht im Schatten der Bäume – taucht unerwartet Herr Walther neben dem Wagen auf und ruft: „Da!“
„Wo?“
Frau Bertha ist aus ihrem Halbschlaf erwacht. Sie sitzt kerzengerade auf der Bank.
„Thüringen!“
Der Ritter hat den Arm ausgestreckt und zeigt nach vorn. Elisabeth sieht nur Wälder, Berge, Wiesen, aber Herr Walther ist ganz aufgeregt. Der Schweiß läuft ihm über das Gesicht, auch seine Wangen sind naß, so wie bei Elisabeth, wenn sie weint. Weint Herr Walther? Alle starren dahin, wo sich die bewaldeten Gipfel vor den Horizont schieben.
„Morgen sind wir in Eisenach.“
Plötzlich greift er nach dem Kind, hebt es jubelnd in die Höhe. „Es lebe der Landgraf! Es lebe die Braut des jungen Landgrafen! Gott segne Thüringen!“
Da bricht ein Jubel los unter dem Gefolge, das donnert und schreit, die Waffen klirren, und die Schilde schlagen aneinander. Vorn auf dem ersten Wagen schwenken sie eine Fahne. Und es kommt Antwort! Von den Bergen herunter, noch weit entfernt, dröhnen Trommeln. Lachend setzt Herr Walther Elisabeth wieder vor sich auf sein Pferd und galoppiert an die Spitze des Zuges. Ihr Jauchzen geht im Lärmen der Ritter unter.
Als der Wald sie aufnimmt, wird der Weg schmaler. Unter dem Blätterdach ist die Luft frisch und klar. Elisabeth schmiegt sich in Herrn Walthers Arm.
„Thüringen?“ fragt sie.
„Ja“, sagt Herr Walther.

Sie sieht sich aufmerksam um. Da ist nur Wald, tiefer, grüner Wald. Nichts weiter.
Gegen Abend erreichen sie eine Lichtung. Zelte sind dort aufgebaut, farbige Wimpel flattern, von allen Seiten strömen bunt gekleidete, lachende Menschen herbei. Herr Walther hebt das Kind vom Pferd. Er stellt es mitten zwischen die Zelte und Ritter ins Gras. Staunende Gesichter beugen sich von allen Seiten herab. Elisabeth greift nach Herrn Walthers Hand und senkt den Kopf. Um sie herum stehen viele lange Beine, dazwischen läuft schnüffelnd ein kleiner Hund.
„Baba", sagt Elisabeth, und auf einmal möchte sie weinen.
Durch die tiefen Furchen des aufgeweichten Waldweges schaukeln nun auch langsam die Wagen heran. Guda springt herunter, Frau Bertha steigt stöhnend ab. Schnell ist Elisabeth bei ihr und verkriecht sich vor den Blicken der vielen fremden Männer in den Falten des weiten Rockes.

Noch einen Tag lang holpert der Wagen über das Land. Immer mehr Menschen winken ihnen zu, die Bauern lassen die Sicheln liegen, die Frauen laufen vom Herd weg.
„Sind die Männer in Ungarn schwarz oder braun?" wollen sie von den Knechten wissen.
„Tragen die Frauen dort Kleider wie wir?"
„Gibt es Riesen in Ungarn?"
„Was habt ihr in den Truhen?"
Die Weitgereisten antworten mit Herablassung. „Das könnt ihr euch gar nicht vorstellen, wieviel Gold es da gibt."
„Die Männer sind klein und wendig wie ihre Pferde."
„Schätze sind in den Truhen! Wenn ihr die sehen könntet! Die Augen würden euch übergehen!"
„Die gehören alle dem Kind."
Herr Walther treibt zur Eile an. „Schwatzt nicht! Heute abend müssen wir in Eisenach sein!"

Am nächsten Morgen scheint die Sonne auf Elisabeths Bett. Sie greift nach den hellen Kringeln auf ihrem Kissen und formt Berge und Täler daraus.
„Da ist Ungarn! Da ist Thüringen!“
Ihr Finger zieht einen langen Weg über die kostbare Seide. Als das Spiel langweilig wird, gähnt sie einmal ganz laut. Aber auch davon wird niemand wach.
„Guda!“
Aha, sie rührt sich. Noch einmal: „Guda!“
Die Freundin schlägt die Augen auf und blinzelt.
„Komm!“
Glücklicherweise schläft Frau Bertha weiter.
Elisabeth schlüpft leise aus dem Bett, winkt Guda, ihr zu folgen, und schiebt die Tür auf. Im Treppenhaus riecht es nach Essen und nach Bier. Niemand hört die beiden Mädchen, als sie barfuß hinunterschleichen.
Aus der Gaststube, wo sie gestern abend viel süßen Brei bekamen, hört man lautes Schnarchen. Einen Augenblick stehen die Kinder unentschlossen vor der Haustür. Mit Mühe kann Guda die Klinke erreichen.
„Nun mach schon!“
Die Tür springt auf.
Draußen weht ihnen frischer Wind durchs Haar, kleine duftige Sommerwölkchen segeln über die Berge. In der Ferne kräht ein Hahn. Als hätten sie nur darauf gewartet, antworten die anderen von allen Seiten.
Die Straße, auf der Guda und Elisabeth jetzt stehen, führt auf das verschlossene Stadttor zu. Hinter dem Gasthaus zieht sich ein Weg den Berg hinauf, dicht an der mächtigen Mauer entlang. Begeistert läuft Elisabeth los. Guda hält sie zurück.
„Das darfst du nicht! Frau Bertha wird schimpfen.“
„Ach, komm!“
Elisabeth will hinauf. Ohne sich umzusehen, springt sie über Stock

und Stein. Daß die nackten Füße wehtun, merkt sie kaum. Nur weiter! Auf den Berg! Sie stolpert, fängt sich wieder – und läuft mitten in zwei ausgebreitete Arme hinein.
„Halt, mein Fräulein!"
Herr Walther hebt sie hoch. „Wohin so früh, barfuß und im Hemd? So läuft doch kein Königskind herum! Wolltet Ihr allein zur Wartburg aufsteigen?"
Elisabeth zappelt, will sich losmachen.
„Die Landgräfin wird sehr erstaunt sein, wenn Ihr nicht erst einmal die Familie begrüßt."
Herr Walther schimpft und lacht zugleich. Elisabeth sieht ihn fragend an und streicht mit den Händen über seinen grauen Bart.
„Kommst du mit?"
„Nein, mein Fräulein, nicht auf die Burg. Wir wollen feierlich durch das Georgentor in die Stadt einreiten. Das Volk will Euch begrüßen. Aber zuerst werden wir Euch dem Landgrafen und Euerm Bräutigam vorstellen. Ich fürchte nur, Frau Bertha wird Euch dazu noch ein Kleid anziehen wollen."
„Und dann?"
„Dann ... ja, dann werdet Ihr mit den Kindern am Hof spielen. Ihr werdet mit Euerm Herrn Vater durch das Land reisen. Ihr werdet Feste feiern, tanzen ..."
„Und du?"
Herr Walther sieht zur Seite.
„Du bist auch in Eisenach?"
„Ja, mein Fräulein, aber ..."
Der Ritter schluckt und stellt sie ein wenig unsanft auf den Boden. „Erst muß ich heimkehren auf meine Burg und nach dem Rechten sehen. Meine Kinder erwarten mich, meine Frau und meine Knechte. Aber wenn es auf der Wartburg wieder ein Fest gibt oder wenn der Landgraf einen Boten braucht oder wenn Krieg ist, dann ruft er mich, seinen Schenken ..."
„Gibt es bald Krieg?"

Nun erwacht auch jenseits der Mauer in der Stadt das Leben. Der Torwächter scheppert mit den Schlüsseln, seine Hunde kläffen. Draußen stehen schon die ersten Marktfrauen aus den nahen Dörfern mit Körben voller Eier, gackernden Hühnern und Früchten. Schimpfend warten sie, daß ihnen geöffnet wird.
Frau Bertha stürzt mit lautem Geschrei aus der Tür des Gasthofs.
„Lebt wohl!" flüstert Herr Walther Elisabeth zu. „Die Jungfrau Maria schütze Euch und alle Heiligen ..."
Schimpfend hat Frau Bertha die beiden erreicht. „Schnell, nur schnell! Ins Haus! Wenn Euch jemand sieht ...! Gleich wird das Tor aufgemacht! Jesus und Maria, was für eine Schande!"
„Der Landgraf, der Landgraf!" hört man von innen. Glocken beginnen zu läuten.
Frau Bertha faßt das Mädchen am Arm und zerrt es schnaufend den Berg hinunter. Über die Schulter sieht Elisabeth nach Herrn Walther zurück, der lächelnd stehenbleibt. Die Morgensonne leuchtet auf seinem Gesicht.

2. Kapitel

Das Kind (1213-1217)

Die Kinder des Landgrafen drängeln sich auf der Mauer der Burg und schauen ins Land.
„Wo ist Ungarn?“ will Elisabeth wissen.
„Da“, sagt Guda und weist in Richtung der Berge.
„Nein, da!“ Heinrich schiebt sie zur Seite und beschreibt mit der Hand die Richtung ins Flußtal hinunter. Ludwig, mit seinen zwölf Jahren schon fast ein richtiger Mann, schüttelt den Kopf.
„Ungarn liegt gegen Morgen. Fragt Kaplan Albert, wenn ihr so dumm seid.“
Der kleine Konrad versucht, hinter den älteren Brüdern auf den Mauervorsprung zu klettern. Aber seine Beine sind zu kurz, er schafft es nicht.
„Wie der zappelt!“ spottet Elisabeth. Da verliert der Junge den Halt und fällt auf den Weg zurück. Die Brüder lachen, er aber brüllt vor Wut, und zwei Knappen stürzen heran, um ihn aufzuheben.
„Die Schwarze war's!“ schreit er und zeigt mit dem Finger auf Elisabeth. Die kichert hinter der vorgehaltenen Hand. Mitten in das Durcheinander hinein läuft fröhlich kläffend ein kleiner schwarzer Hund. Konrad verbeißt seinen Schmerz und wirft einen Stein nach ihm. Der Hund jault auf. In hohem Bogen springt er zur Seite.
„Baba!“ Geschickt turnt Elisabeth von der Mauer herunter. „Baba!“ Sie nimmt den Hund auf den Arm und blitzt den heulenden Konrad an: „Wenn du noch einmal nach dem Hund wirfst, dann … dann … dann sag ich's meinem Vater.“
Baba leckt ihr übers Gesicht, während Konrad hinter den Knappen her auf den Hof zurückhumpelt. Ludwig und Heinrich stoßen einander an und grinsen.
„Wie erfährt denn dein Vater, daß du ihn holen willst?“ fragt

Heinrich höhnisch. Elisabeth richtet sich auf und stemmt ihre Arme in die Seiten.
„Wenn ich meinem Vater einen Boten schicke, dann kommt er, das sage ich dir! Und er bringt dreimal so viele Ritter mit, wie es in ganz Thüringen gibt."
„Hoho", lacht Heinrich, „seht die kleine Hexe!"
Guda tritt von einem Fuß auf den anderen.
„Komm, wir gehen zur Zisterne spielen! Komm, Elisabeth!"
„Ihr sollt zum Unterricht gehen, Kaplan Albert erwartet euch", ruft Frau Bertha.
Elisabeth zottelt lustlos hinter Guda her, Baba folgt den Mädchen.
„Wer spielt Fangen mit mir?" ruft Elisabeth plötzlich den anderen zu und winkt einigen Kindern, die sich vor dem Eingang des Palas mit ihren Stoffpuppen niedergelassen haben. Alle springen auf, sie laufen laut kreischend auseinander, denn sie wissen: Elisabeth ist schnell! Atemlos hetzt sie die Mädchen über den Hof. Frau Bertha schimpft laut hinter ihnen her.
Als sie schon fast alle Kinder abgeschlagen hat, macht Elisabeth plötzlich kehrt und schlüpft, ohne sich umzusehen, durch die schmale Tür in die Kapelle. Dort wirft sie sich lang auf den kühlen Boden und preßt das heiße Gesicht gegen den Stein. Sie hört die anderen draußen lachen und rufen, also hat noch niemand ihr Verschwinden bemerkt. Zufrieden atmet sie auf und sieht sich um. Vorn auf dem Altar liegt aufgeschlagen der Psalter, von Mönchen mit bunten Blumen und seltsamen Tiergestalten ausgemalt. Zaghaft nähert sie sich, dabei ängstlich in das starre Gesicht des gekreuzigten Heilands blickend.
„Darf ich?" flüstert sie und streckt die Hände nach dem Buch aus. Es kommt ihr vor, als habe er genickt. Die kleinen Arme reichen kaum zum Altar hoch. Sie versucht vorsichtig, den Folianten herunterzuziehen. Er ist schwerer, als sie erwartet hat, rutscht ihr aus der Hand und fällt mit einem lauten Knall zu Boden.
„O nein!"

Zitternd vor Schrecken beugt Elisabeth sich herab und sieht auf das Bild einer Heiligen, die in der einen Hand ein Rad hält, in der anderen ein Buch. Ein Buch! Was daneben steht, kann sie nicht lesen. Aber die Frau mit den schönen langen Haaren, die konnte es wohl lesen. Entschlossen nimmt sie sich vor, doch zum Unterricht bei Kaplan Albert zu gehen.

Den Winter verbringt der landgräfliche Hof in seinem festen Haus unten in Eisenach. Im Frühling ziehen sie dann alle – die Ritter mit ihren Knechten, die Landgräfin mit ihren Damen, der Kaplan, die Kinder, die Dienerinnen – von Eisenach zur Neuenburg und von der Neuenburg nach Weißensee, und der Landgraf schafft mit harter Hand Ordnung im Lande. Seine Söhne lernen reiten, kämpfen, tapfer sein. Die Mädchen sticken und spielen, Kaplan Albert unterrichtet die Vornehmsten unter ihnen im Lesen und Schreiben, damit sie – wie die fromme Landgräfin – einmal für die Sünden ihrer Männer Psalmen beten können. Am liebsten aber singt er mit ihnen, denn auch einen gelehrten Mann erfreuen die hellen Kinderstimmen.
„Cantate!“ Der Kaplan hebt den Stock und rollt die Augen, daß Elisabeth lachen muß. Guda stimmt gehorsam an. Neben ihnen auf der Bank sitzt Agnes, die Tochter des Landgrafen. Sie rutscht ungeduldig auf ihrem Platz hin und her.
„Cantate! A – a – a – … Ja, so ist es recht! Tan – da – ra – dei …“
„Tandaradei“, singen die Mädchen. Es hallt nach in dem Gewölbe, klingt durch die Fensterlöcher nach draußen. Von dort hören sie Pferdegetrappel, Waffenklirren – so wie immer. Aber plötzlich ertönen dazwischen Rufe in einer anderen Sprache.
Elisabeth fährt hoch, lauscht mit offenem Mund.
„Dei – ei – ei …“, singt Kaplan Albert.
„Das sind Ungarn!“ Sie stürzt aus der Tür, noch bevor jemand sie halten kann.

Auf dem Hof herrscht ein wildes Schreien und Rufen. Angestrengt versucht der Burghauptmann, sich mit einem reichgekleideten Ritter zu verständigen. Elisabeth rennt zwischen den Pferden umher, schaut prüfend in die Gesichter der Männer: dunkle Haare, schwarze Augen, düstere Blicke, die sich auf sie richten. Sie stolpert.
„Elisabeth!"
Das ist die Stimme der Landgräfin. Mit ihren Frauen tritt sie – würdig und gemessen – aus dem Palas. Sie winkt Elisabeth zu sich heran. Der Burghauptmann verneigt sich vor der Herrin, dann spricht er leise zu ihr. Es wird ruhig auf dem Hof. Scheu blickt Elisabeth sich um. Sie greift nach der Hand der Pflegemutter und ist dankbar für deren festen Druck. Sophie führt sie zurück in das Wohnhaus und befiehlt ihr streng, bis zum Abend in ihrer Kammer zu bleiben. Guda und Agnes sollen ihr Gesellschaft leisten. Dann, wenn der Landgraf von der Jagd zurückgekehrt ist, werde man sie rufen.
Eingeschüchtert folgt Elisabeth den Freundinnen in die Kammer. Aber bevor sie die Tür schließt, läßt sie den kleinen Hund hereinschlüpfen. Mit ihm spielen die Mädchen, bis es dämmrig wird und endlich Frau Bertha kommt, um Elisabeth zu holen.
Im Rittersaal brennt ein Feuer im Kamin. An den Wänden flackern die Fackeln. Es ist sehr still, als Elisabeth hereingeführt wird. Der Landgraf sitzt vor seinem Becher und starrt in die Flammen. Um ihn, schweigsam wie sonst nie, drängen sich seine Ritter. Gegenüber sitzen die Fremden, die Ungarn. Sophie, auf ihrem gepolsterten Stuhl dem Landgrafen zur Seite, streckt Elisabeth beide Hände entgegen.
„Höre", beginnt der Landgraf schließlich, „diese Ritter kommen aus Ungarland und bringen Nachricht von deinem Vater."
„Meinem Vater?"
„Es geht ihm wohl", fügt Graf Hermann hastig hinzu, „aber deine Mutter …"
Alles im Saal schweigt, nur das Feuer knistert und zischt zu Füßen des Landgrafenpaares. Elisabeth steht zwischen ihnen.

„Deine Mutter, Kind, ... sie lebt nicht mehr."
Fragend blickt Elisabeth in das Gesicht der Gräfin.
„Sie ist tot, mein Kind", wiederholt Sophie, und mit einer ungewohnt sanften Bewegung zieht sie Elisabeth in ihre Arme.
„Tot?" Elisabeth denkt an Vögel, die ihre Beine zum Himmel strecken. Sie denkt an die Katze, die eine leblose Maus im Maul trägt, und an die geschlachteten Schweine im Keller.
„Warum ist sie tot?"
Wieder ist es sehr still in dem großen Saal. Die Ungarn blicken starr vor sich auf die Tische.
„Mörder ... böse Menschen ... ein Verräter." Der Landgraf wendet sich ab.
„Frage nicht", fügt Sophie hinzu. „Ich bin jetzt deine Mutter." Sie steht auf, nimmt Elisabeth an die Hand und geht mit ihr durch die Reihen der Ritter hindurch aus dem Saal. Die Hofdamen folgen. Als sich die Tür hinter ihnen schließt, erwacht dort wieder das Leben. Teller und Krüge schlagen aneinander, irgend jemand wagt zu lachen. Der Lärm verklingt hinter den Frauen, die schweigend durch die Gänge und Treppen zur Kammer hinaufsteigen. Frau Bertha schluchzt leise.

In der Nacht erwacht Elisabeth. Der Mond scheint herein, das Zimmer ist von silbriger Helligkeit erfüllt. Sie setzt sich auf. Irgend etwas ist doch geschehen ... Ach ja – die Mutter. Die Mutter? Sie versucht sich zu erinnern. Es ist schon so lange her, daß sie die Mutter gesehen hat. Zwei Sommer? Drei Sommer? Und nun? Die Mutter tot? Es gibt doch so viele Ritter am Hof in Ungarn. Warum haben die nicht für sie gekämpft? Und der Vater? Warum hat er sie nicht beschützt?
Sie sinkt zurück in ihre Kissen. Angst schnürt ihr die Kehle zu. Wenn sie nun auch zu ihr kommen – die Mörder? Sie will aber nicht sterben! Und die Mutter? Steht sie nun vor dem ewigen Richter? Und was wird der zu ihr sagen?

„Guda!“ Die Freundin schläft fest. Elisabeth schleicht sich an Gudas Bett und zerrt an der Decke, bis das Mädchen erwacht.
„Ich will bei dir schlafen.“
Ganz eng pressen sie sich aneinander.
„Wenn die Mörder kommen, dann schreien wir.“
„Ja, wir schreien ganz laut.“
Drüben im Wald rufen die Käuzchen, immer wieder. Endlich, als schon ein heller Streifen über dem Horizont steht und sich das Vieh in den Ställen zu rühren beginnt, schläft Elisabeth ein.

„Elisabeth! Elisabeth!“
„Sie kann uns nicht sehen“, flüstert Elisabeth ihrem Hund ins Ohr. „Sei schön ruhig!“
Frau Berthas Stimme entfernt sich.
„Komm!“
Wie ein Blitz schießt Baba aus der Mauernische, Elisabeth hinterher. Sie laufen durch das weit geöffnete Tor der landgräflichen Residenz, ein Knecht sieht ihnen kopfschüttelnd nach. Draußen im Obstgarten, am steil aufsteigenden Hang, wirft Elisabeth sich ins Gras.
„Komm, Baba, komm!“
Der Hund schnüffelt zwischen den Gräsern, sie liegt auf dem Rücken und sieht zum Himmel hinauf. Kleine Sommerwolken ziehen vorüber. Die Sonne steht schon im Westen und wird bald nicht mehr zu sehen sein. Wohin geht die Sonne? Nachdenklich kaut Elisabeth an einem Grashalm.
„Da bist du ja!“ Guda kommt vom Hof herübergelaufen. Auch Agnes nähert sich keuchend.
„Immer müßt ihr rennen! Ein Edelfräulein geht langsam!“
Elisabeth lacht.
„Ja, ich will dir zeigen, wie ein Edelfräulein geht.“ Sie stellt sich auf

die Zehenspitzen und trippelt ein paar Schritte, bis sie prustend ins Gras fällt.
Empört schüttelt Agnes den Kopf. „Bei uns in Thüringen …“
„… bei uns in Thüringen darf ein Mädchen das nicht“, äffen die beiden anderen im Chor nach. Agnes schweigt beleidigt.
„Bei uns in Thüringen trägt ein Mädchen immer Schuhe“, kichert Elisabeth und wirft ihre feinen Sandalen in die Luft. „Kommt, wir wollen barfuß tanzen!“
„Aber wir müssen uns waschen!“
„Es gibt ein Fest heute abend!“
„Wir wollen unsere neuen Kleider anziehen!“
Die Einwände der anderen kümmern Elisabeth nicht.
„Ich gehe noch nicht ins Haus. Es ist so schönes Wetter. Außerdem bin ich heute noch nicht in der Kapelle gewesen.“
Agnes sieht ihr kopfschüttelnd nach, wie sie davonspringt; der Hund hinterher.

Aus der landgräflichen Küche kommen Herr Walther von der Vogelweide und Herr Wolfram von Eschenbach Elisabeth entgegen. Die beiden berühmten Sänger sollen heute abend ihre Lieder vortragen, weshalb sich die Frauen des Hofes schon den ganzen Tag schmücken. Aber im Augenblick scheinen die Meister sich zu streiten, bis Herr Wolfram plötzlich das Mädchen bemerkt. Er packt seinen Begleiter am Arm, bleibt stehen und macht eine galante Verbeugung.
„Lassen wir die Reime, die Strophen, Herr Walther, es gibt Wichtigeres! Dies schöne Kind ist nämlich die Königstochter aus Ungarland!“
Lächelnd betrachten die Männer das Kind, Herr Wolfram beugt sogar das Knie, legt die Hand auf die Brust und sieht strahlend zu Elisabeth auf.
„Welch ein Stern! Welches Leuchten! Welch edle Gestalt!“
Verlegen kaut Elisabeth an einer Locke. Und statt den Herren

höflich für ihre Freundlichkeit zu danken, schlüpft sie schnell durch einen Türspalt in die Kapelle.
Drinnen ist es kühl. Das Tageslicht fällt nur durch kleine Fensterlöcher. Sie wartet, bis sich ihre Augen an die Dunkelheit gewöhnt haben. Dann kniet sie auf der hölzernen Bank vor dem Kreuz nieder. Den Kopf drückt sie fest in beide Hände. Irgend etwas möchte sie beten ...
„Pater noster ..." Sie hat den Text vergessen!
„Vater im Himmel ..."
Der ferne, fast vergessene Vater tritt ihr vor die Augen, dunkel und schön.
„Herr Christus, laß keine Mörder kommen!"
Und die Mutter? Muß sie nun im Feuer schmachten, von Teufeln gepeinigt ...? Ich muß beten, denkt Elisabeth wieder, und es überläuft sie heiß vor Angst. Ich muß viel mehr beten! Die bloßen Knie auf dem rissigen Holz schmerzen, sie ringt die kleinen weißen Hände ineinander und starrt auf den gekrönten Herrn. Sein Blick aber geht über sie hinweg ins Dunkle.
„Miserere nobis ... Erbarme dich unser ...", flüstert sie zitternd.
„Elisabeth! Alle warten auf dich!" Fast mit Gewalt zerrt Guda die Freundin ins Freie.
„Laß mich, ich will beten", stößt Elisabeth hervor.
„Du kommst jetzt", befiehlt auch Frau Bertha.
Mit leisem Seufzen zieht sie das Mädchen hinter sich her. Der Hof ist voller Reiter, und eine neue Schar drängt gerade herein. Das Banner des Landgrafen flattert im Wind. Eben reitet er selbst durch das Tor, gut gelaunt und lachend, hinter ihm seine drei ältesten Söhne. Alle sind vom Ritt erhitzt und ermüdet, nur Ludwig sieht sich freundlich um und ruft einen Gruß herüber. Aus dem Wohnhaus treten langsam, wie es sich für Hofdamen geziemt, die Frauen der Gräfin, um den Hausherrn zu begrüßen. Der springt vom Pferd und winkt in die Runde. Elisabeth nutzt die Gelegenheit, sich loszureißen. Sie läuft ihm jubelnd entgegen.

„Willkommen, Herr Vater!“
Landgraf Hermann bückt sich gerührt herunter und streicht ihr über das schwarze Haar.
„Ich danke Euch für Euern Gruß, mein Fräulein!“

Am Abend gehen die Becher herum, und auch die jüngeren Kinder sitzen mit den Erwachsenen an der Tafel.
„Wir haben alles gut ausgerichtet in unserer Stadt Marburg“, berichtet der Landgraf. „Nicht wahr, meine Herren Söhne?“ Und er schaut stolz auf die drei Jungen, die hungrig über ihre Teller herfallen.
„Gebt den Knaben einen guten Schluck! Es sind wackere junge Männer!“
Er blinzelt seiner Frau zu, die das Gesicht ein wenig verzieht.
„Ja, Männer, und die müssen auch einen Schluck vertragen!“
Elisabeth sieht von einem zum anderen. Es sind ihre Brüder. Und Hermann, der schon ein großer Mann ist, wird bald ihr Gatte sein – so sagen alle. Wie das gehen soll, weiß sie nicht. Jetzt ist sie auch viel zu müde, um darüber nachzudenken. Aber ihr Gebet war noch nicht zu Ende … Das wird Gott ihr bestimmt übelnehmen. Sie will gerade aufstehen und sich aus dem Saal schleichen, da tritt Herr Walther von der Vogelweide in seiner bunten Sängertracht vor den Landgrafen, verneigt sich und bittet darum, ein Lied vortragen zu dürfen.
Es wird still im Saal. Einige der Herren gähnen, aber die Damen lächeln erwartungsvoll. Elisabeth drückt sich wieder zwischen die anderen Kinder auf die Bank und wartet. Der Sänger schlägt die Saiten ein paarmal an und beginnt dann zu singen:
„Der Landgraf ist uns wohlgesonnen,
sein Hab und Gut ist ihm zerronnen,
mit seinen Helden gibt er’s aus.
Ich kenne wohl dies reiche Haus!“
Es ist eine schöne einschmeichelnde Melodie, die Herr Walther

vorträgt. Elisabeths Kopf wird immer schwerer, bald liegt er ganz auf der Tischplatte, und nur noch aus weiter Ferne hört sie die Strophen, die Herr Walther singt:
„Nicht jeder gibt so reich und frei.
Beständig wie der Landgraf sei!
Er gibt, wie er seit Jahren tut.
So bleibt sein Ruf: gerecht und gut!"
Erst beim lauten Jubel der Ritter wacht Elisabeth wieder auf. Einige schwingen ihre Becher so begeistert in die Luft, daß der Wein herausschwappt, andere schlagen mit den Fäusten dröhnend auf die Tische.
„Es lebe der Landgraf! Landgraf Hermann soll leben!"
Der Hausherr nimmt die Huldigung lächelnd entgegen und winkt den Knechten, ein neues Faß aus dem Keller heraufzuholen. Es werde doch wohl noch eins da sein, sonst müsse man den Zisterziensern Beine machen, daß sie mal wieder liefern …
„Und jetzt Herr Wolfram!" rufen die Frauen, die sich für den Abend doch noch ein Liebeslied erhoffen. Doch in dem Getümmel kommt kein Sänger mehr dazu, seine Kunst zu beweisen.

In feierlichem Zug bewegt sich die landgräfliche Familie über den Markt zur Messe in die Georgenkirche. Elisabeth geht neben Agnes, beide sind mit bunten Schleifen und Bändern geschmückt, das braune und das schwarze Haar sorgfältig gebürstet. Doch während Agnes unverwandt auf den Rücken ihres großen Bruders blickt, sieht Elisabeth aufmerksam nach rechts und links, wo sich vor dem Tor der Residenz die Eisenacher Bürger sammeln, um der Herrschaft zu huldigen. Die Menschen in ihren schlichten braunen Kleidern können sich nicht satt sehen an der Pracht der Gewänder, den leuchtenden Farben.
Kurz vor dem weit geöffneten Kirchenportal, aus dem schon der

Gesang der Mönche zu hören ist, bemerkt Elisabeth ein Kind, das im Straßenschmutz sitzt und nichts als ein zerrissenes Hemd auf dem Leibe trägt. Das Gesicht des Kleinen ist verschmiert, aber es streckt jubelnd die Ärmchen aus, als Elisabeth vorübergeht. Verwundert blickt sie sich um. Warum freut sich das Kind? Da versucht es ihr zu folgen, steht aber nicht auf, sondern läßt sich auf die Arme fallen, zieht zwei mißgestaltete Beinchen hinter sich her und kriecht wie ein Hund durch den Schmutz. Elisabeth bleibt stehen. Der Zug gerät ins Stocken, Guda, die hinter ihr geht, wäre fast gestürzt.
Ohne nachzudenken, reißt Elisabeth ein leuchtend rotes Band von ihrem Kleid ab und wirft es dem armen Jungen zu. Der greift danach, aber eine alte Frau zerrt ihn laut schimpfend zurück. Das Band bleibt im Abfall liegen.
Agnes wendet sich entsetzt um, und Guda gibt Elisabeth von hinten einen Stoß. Der Zug bewegt sich feierlich weiter. Schon schwankt das Banner des Landgrafen unter dem Jubel der Menge ins Dunkel der Kirche hinein.
Über dem Tor, dessen Flügel weit aufgerissen sind, thront der Weltenrichter. Rechts von ihm streben selige Gestalten hinauf in die Herrlichkeit, von Engeln geleitet, geschoben, gezogen. Aber auf seiner Linken! Es schaudert Elisabeth immer wieder, wenn sie sieht, wie gräßliche Dämonen die Verurteilten hinab in ein Feuer ziehen, das, selbst in Stein gehauen, wild zu flackern scheint. Und auch die Schreie der Gequälten meint sie zu hören …
Da stimmen die Mönche das große TE DEUM an.

Als es wieder Winter wird, verstummen alle Gesänge an dem landgräflichen Hof zu Eisenach. Der junge Hermann ringt mit dem Tode.
Elisabeth schleicht in die Kapelle und starrt auf das Kreuz.
„Warum siehst du mich nicht an, Herr Christus?“ flüstert sie angst-

voll. „Was willst du von mir? Willst du meine schönen Kleider? Du bist so nackt."
Der Blick des Gekreuzigten geht über sie hinweg.
„Aber was dann?"
Was hat sie denn, das sie ihm geben könnte? Ihre goldenen Ketten? Das Silber und Gold in den Truhen, die verschlossen vor ihrer Kammer stehen? Tränen steigen ihr in die Augen. Eine Seitentür öffnet sich. Kalter Wind fährt herein.
„Vater Albert", fragt Elisabeth den Kaplan, der sich die Nässe von den Kleidern schüttelt, „was kann ich ihm opfern, damit er … damit Hermann gesund wird?"
„Alles, was Gott will, ist ein demütiges, gehorsames Herz." Der Geistliche blickt sie streng an. Und Elisabeth erinnert sich an ein heftiges „Ich will nicht", das sie gestern dem Lehrer entgegengeschleudert hat …
Zwei Tage danach überzieht der Schnee die Felder mit einem weißen Tuch. Drinnen breiten sie reines Linnen über den Toten. Mit starrem Blick sitzt die Mutter an seinem Lager. Der Vater läßt den zweiten Sohn rufen. Elisabeth sieht ihn, wie er die Stufen zum Rittersaal hinaufspringt. Ludwig ist kräftig gebaut, und er hält sich sehr gerade.
„Dein Bräutigam ist gestorben", sagt Frau Bertha, als sie abends Elisabeths Bett aufschlägt. „Wer weiß, was nun wird."
„Werden wir zurück …? Meinst du, daß wir nun …?" Guda sieht sich furchtsam um, als stünde schon einer hinter ihr, der sie vertreiben will.
Frau Bertha zuckt die Schultern.
„Vielleicht."

„Du bist so dumm! Du benimmst dich wie ein Bauernmädchen! Geh zurück nach Ungarn! Geh! Geh!"
Erschrocken steht Elisabeth auf. Agnes schaut verächtlich auf sie

und die anderen Mädchen, mit denen Elisabeth sich auf dem Boden ausgestreckt hat.
„Wir wollen doch nur messen, wer am längsten ist", flüstert sie entschuldigend. Aber Agnes beschwert sich lautstark: „Am Boden wälzt sie sich – wie ein kleiner Hund. Und das will eine Königstochter sein."
Guda zieht Elisabeth fort. Die Mädchen aus den Gesindehäusern, mit denen sie gespielt haben, laufen davon. Hand in Hand gehen Guda und Elisabeth zur Kapelle hinüber.
„Seht – sie muß schon wieder beten!" ruft Agnes ihnen nach.

Am Abend begleitet Elisabeth die Landgräfin in deren Kammer. Es ist warm darin, im Kamin brennt noch ein Feuer, und es duftet nach Rosmarin.
„Frau Mutter, Ihr habt mir versprochen, daß ich mit Euch in Euerm Gebetbuch lesen darf."
Sophie weist auf einen Platz neben ihrem Stuhl.
„Ja, wir wollen beten. Für die Toten, die in dem Herrn gestorben sind, und für die Lebenden … ach, sie haben's wohl genauso nötig."
Erschrocken blickt Elisabeth in das Gesicht der Gräfin. Die stolze Frau weint. „Was ist Euch, Mutter? Sorgt Ihr Euch um den Vater? Er ist so bleich. Meint Ihr, daß er krank ist? Gott wird ihn erhalten. Ihr betet doch so viel!"
Sophie schüttelt traurig den Kopf. „Weißt du denn nicht, daß Gott keinem gnädig ist, den die Kirche in den Bann getan hat? Es ist der Teufel, der ihn quält. Ich wünschte, es wäre nur eine Krankheit des Leibes!"
Elisabeth greift nach dem Buch, das vor der Landgräfin auf dem Pult liegt. Staunend betrachtet sie den kunstvoll geschnitzten Buchdeckel, der in der Mitte auf vergoldetem Grund das Kreuz trägt. Ihr Finger streicht vorsichtig über den Löwen, den Engel, den Stier und den Adler in silbernen Medaillons an den vier Ecken. Der Adler gefällt ihr am besten. Er blickte so kühn herauf, so voller Wissen …

„Schlag auf", fordert die Mutter sie auf. Ein Zeichen von schwarzem Samt liegt im Kalendarium. Es ist noch früh im Jahr, und das Bild des Monats März zeigt Christus, der das Kreuz trägt.
„Oh", seufzt Elisabeth, „sieh, Mutter, wie er leidet! Warum hilft ihm denn keiner?"
„Es hat ihm einer geholfen, Simon von Kyrene. Aber auch Jesus mußte sein Kreuz allein tragen – wie wir alle. Er trug es ja für unsere Schuld."
Wieder und wieder trocknet Sophie mit dem Tuch ihr Gesicht.
„Unsere Schuld?"
„Ach, Kind, das verstehst du noch nicht."
„Doch, ich weiß: Damit wir nicht in die Hölle müssen."
Sie blättert und liest leise: „Mundum per mortem tuam liberavisti libera me … Was heißt das?"
„Du hast die Welt durch deinen Tod erlöst, erlöse mich …"
Sophie befiehlt der Dienerin, ein Licht anzuzünden. Elisabeth schlägt die letzte Seite des Buches auf und vertieft sich in das farbig leuchtende Bild. Da sind zwei Frauen, durch eine Säule voneinander getrennt. Die eine betet vor dem Altar, auf dem der Kelch leuchtet. Die andere bekleidet mit der Linken einen Krüppel und gibt mit der Rechten einem Bettler Geld. Zu ihren Füßen kniet ein Kind, das seine kranken Beine nicht tragen, und streckt erwartungsvoll die Hand aus.
„Frau Mutter, das seid Ihr!" sagt Elisabeth nach langem Schweigen und zeigt auf die betende Frau. Sophie lächelt.
„Nein, Kind, das ist jene Maria, die dem Herrn zuhörte, als er bei ihr eingekehrt war."
„Und das?"
„Das ist ihre Schwester Martha, die arbeitete, um dem Herrn zu dienen."
„Was heißt das: arbeiten?"
„Nackte kleiden, Hungrige speisen …"
„Ich möchte auch arbeiten!"

„Nein, Elisabeth, du bist eine Königstochter, du wirst beten – mehr kannst du nicht tun."
„Und was ist das hier?" In der unteren Hälfte der Bildseite sind zwei Männer zu sehen. Der eine spricht, der andere schreibt. Mit ihrem Finger fährt Elisabeth über die Zeichen des Schriftbandes: „Bo – num est quod quis – que post mor – tem … Was sagt er, Frau Mutter?"
„Er sagt: ‚Das Gute, das jeder nach seinem Tode zu seinen Gunsten erhofft, möge er lieber tun, solange er lebt.' Ja, ja, das ist wahr! Ach, mein Gemahl! – Aber es ist Zeit, Elisabeth, geh in deine Kammer!"
Gehorsam steht Elisabeth auf. Zum Abschied streichelt sie dankbar die Hand der Mutter.

Es ist dunkel, als sie sich die Stufen hinauftastet. Durch ein schmales Fenster kann sie in den Hof hinuntersehen, der still und leer im Mondschein liegt. Hinter einigen Fensteröffnungen flackert Licht. Aus den Kellern, wo die Knechte und Mägde wohnen, tönt Lärm und Lachen. Dazwischen aber – plötzlich – ein Schrei, so furchtbar, daß jedes andere Geräusch verstummt.
Elisabeth steht starr und lauscht. Da ist es wieder, noch lauter, noch schrecklicher.
Sie preßt die Hände auf die Ohren, aber es nützt nichts. Dem Schreien folgt ein Wimmern, das ihr noch tiefer in die Seele schneidet. Sie wendet sich um und stürzt zurück in die Kammer der Gräfin, deren Frauen sie vergeblich aufzuhalten versuchen.
„Mutter, was ist das?"
Mit leeren Augen starrt Sophie in die Glut des Kamins.
„Geh!" befiehlt sie barsch.
„Was ist das?"
Eine der Frauen packt Elisabeth am Arm und zieht sie in die Halle hinaus. Frau Bertha wird gerufen, um das Kind zu holen.
Durch die offenen Fenster der Schlafräume tönen immer noch Schreie. Sie werden leiser, schwellen wieder an, verlieren an Kraft

und verklingen in einem Winseln, das nichts Menschliches mehr an sich hat. Mit beiden Händen umklammert Elisabeth die Fensterbrüstung.
„Was ist das?"
„Einer wird bestraft. Euer Herr Vater hat es befohlen. Komm jetzt!"
„Der Herr Vater? Nein!"

Am Morgen läßt der Landgraf den zerschundenen Leib seines Dieners an den Schwanz eines Pferdes binden und über das Pflaster schleifen.
„So wird es allen ergehen! Ich dulde keinen Verrat!" schreit er die Ritter an.
Zitternd stehen Knechte und Mägde an die Mauern gedrückt. Auch der Landgraf ist bleich. Seine Augen flackern.
„Wer mir nicht gehorcht, der wird so enden! Nehmt euch in acht!"
Elisabeth hockt schon wieder am Fenster.
„Weg hier!" befiehlt Frau Bertha und schiebt sie in die Kammer zurück. Aber Elisabeth hat ihn gesehen – den Toten, aus zahllosen Wunden blutend. So wie Christus. Im Buch der Gräfin.

Als Sophie in ihrem Kalendarium ein Bild von frischem Grün und anmutigen Wiesen findet und darüber das Zeichen des Stieres, da liegt der Landgraf auf dem Krankenlager.
Lähmende Stille breitet sich über die Stadt Eisenach, und selbst oben auf der Wartburg, wo die Bauleute auf den Gerüsten stehen, um den neuen Palas zu schmücken, selbst da verklingt alles Lachen und Fluchen.
Er brüllt, der mächtige Mann, er wirft sich auf seinem Lager hin und her. Die Kinder verkriechen sich in ihre Kammern, die

Knechte und Mägde in die Ställe. Nur der junge Ludwig sitzt bei seiner Mutter. Boten kommen und gehen.
„Es wird unser Herr euch Antwort geben, wenn Gott ihm wieder neue Kraft geschenkt hat", werden sie abgefertigt.
Nach fünf langen Tagen und Nächten wird der Landgraf ruhiger. Er ruft seine Söhne, die zitternd vor ihm stehen. Doch als er zu ihnen reden will, versagt ihm die Sprache.
„Betet!" schreit er und scheucht sie mit einer Handbewegung aus dem Zimmer. Kaplan Albert und einige Getreue halten bei ihm aus. Sie bereiten die letzte Ölung vor.
„Er ist im Bann", flüstern die Ritter einander zu. „Es wird ihm nicht viel nützen", und sie schlagen ein Kreuz, sobald sie die dunkle Kammer verlassen haben. Daß der Teufel die Seele des Landgrafen holen werde, raunen hinter vorgehaltener Hand die Bauern, deren Felder er auf der Jagd so oft rücksichtslos verwüstet hat.
Elisabeth schickt Guda und Agnes fort. Sie will allein beten. Als sie keine Gebete mehr weiß, steht sie auf, holt einen kleinen Beutel mit Münzen aus der Truhe neben ihrem Bett, schlägt sich ein dunkles Tuch um die Schultern und läuft aus dem Hof. Der Markt ist leer. Vor der Georgenkirche trifft sie eine Bettlerin mit ihrem Kind an der Hand.
„Da – nimm!" Nicht der Mutter, dem Kind gibt sie das Geld und befiehlt: „Geh und bete für den Landgrafen! Geh in die Kirche! Bete!"

Nach bangen Wochen – die Bäume am Hang stehen schon in lichtem Grün – erhebt sich der Landgraf von seinem Lager. Die Ritter müssen sich versammeln. Eine Reise nach Gotha wird beschlossen. Jeder Widerspruch erstickt unter dem finsteren Blick des Herrn.
So wird es ruhig auf dem Landgrafenhof in Eisenach. Ungestört

spielen die Kinder im Licht der Frühlingssonne, bleich und aufrecht wandelt die Landgräfin mit ihren Frauen zwischen ihnen auf und ab. Elisabeth nähert sich. Sie begrüßt die Mutter mit einem zaghaften Lächeln.
Sophie bleibt stehen.
„Ja, Kind, du hast alles gehört. Wer hätte es nicht gehört? Daß gefoltert wird am Hof zu Eisenach und gemordet ohne Gericht und Urteil! Warum nur hat der Teufel seine Sinne verwirrt! Elisabeth, kannst du Harfe spielen? Vielleicht ... wenn ihm einer spielte wie David dem Saul ...?“
Elisabeth erinnert sich: Die Harfe! Adelheid ...
„Ich will es versuchen, liebe Mutter!“
Sie läuft in den Palas. „Guda, wo ist meine Harfe?“
„Welche Harfe?“
„Die von Adelheid.“
Die Mädchen suchen lange. Erst Frau Bertha findet sie, aber ihre Saiten sind zerrissen. Ratlos läßt Elisabeth ihre Finger darüber gleiten. Nur ein dunkler Akkord noch – mehr nicht ...
„Dann muß Herr Wolfram spielen“, ruft sie. Sie wird Herrn Wolfram morgen fragen. Wie David vor Saul ...? Was ist das für eine Geschichte? Daß es nur nie wieder solche Schreie gibt!
Aber irgendwann in dieser Nacht knarrt das Hoftor, und ein Bote wird eingelassen.
Am Morgen, bevor die Vögel zu singen beginnen, erwachen die Schläfer im Palas durch ein lautes Weinen. Nicht Sophie weint. Sie sitzt starr auf ihrem hohen Stuhl und ringt nur die weißen Hände ineinander. Das Klagen ihrer Frauen hallt wider in den Mauern des Hofes und klingt hinaus in die Stadt und ins ganze Thüringer Land:
„Der Landgraf ist tot.“
„Miserere nobis, miserere ...“, singen die Mönche in ihren Kirchen.

Wie die fromme Jungfrau Guda drei Jahre nach dem Tod der Landgräfin über die Kindheit Elisabeths befragt wurde

Im Jahre des Herrn 1234, an einem düsteren Novemberabend, erreichte Magister Joseph, ein berühmter Lehrer des Rechts und Berater des Bischofs von Hildesheim, die Stadt Marburg. Es hatte den ganzen Tag geregnet, und das durchnäßte Gewand klebte ihm am Körper. Seine beiden Begleiter, tölpelhafte Bauernsöhne, die im Dienst des Bischofs standen, blieben im ersten Gasthof zurück. Sie ahnten nichts von der Bedeutung ihres Auftrags.

Das Grölen der Betrunkenen, zu denen sie sich gesellten, begleitete Magister Joseph, als er sich an der Stadtmauer entlang vorankämpfte. Eiskalter Wind blies ihm ins Gesicht, und er wäre fast umgekehrt, um sich auch unter das grobe Volk zu mischen, das im Trockenen saß. Aber die Hoffnung auf eine saubere Kammer im Hospital trieb ihn weiter.

Nur ungern öffnete der Pförtner noch einmal die Tür des Hofes, als der späte Gast klopfte. Erst nach Stunden – er hatte längst den Brief des Bischofs einem Ordensbruder überreicht – wies man ihm eine halbwegs warme und trockene Kammer zu. Magister Joseph knirschte mit den Zähnen: Verstand denn niemand, wie wichtig seine Ankunft war?

Am Morgen endlich empfing ihn der Hospitalmeister in seinem Haus, drehte und wendete das Papier mit dem Siegel des Bischofs und forderte ihn auf, Platz zu nehmen. Selbstverständlich werde man ihn in seiner Aufgabe unterstützen, obwohl er sehen müsse, daß alle Mitarbeiter des Hospitals von früh bis spät mit der Pflege der Kranken und der Versorgung zahlloser Pilger beschäftigt seien. Wen er denn sprechen wolle, um das vom Papst geforderte Protokoll zu erstellen?

Ja, wen? Magister Joseph zuckte die Schultern. Gäbe es denn nicht noch genügend Augenzeugen der wunderbaren Ereignisse, die sich hier in Marburg abgespielt hätten?

Sicher, sicher, aber – es werde schwierig sein, sie zum Reden zu bringen.

„Warum?"

Der alte Mann wiegte den Kopf. Schließlich habe schon einmal jemand die wunderbaren, heiligmäßigen Taten der seligen Landgräfin beschrieben. Niemand sei damals befragt worden. Der – hier räusperte sich der ehrwürdige Hospitalmeister – der natürlich auch selige, von bösen Menschen so grausam ermordete Magister Konrad von Marburg habe ja schon sein Schreiben verfaßt, ohne irgendwelche Zeugen zu befragen. Die Zeugen nämlich sähen vielleicht manches anders. Vielleicht, nicht sicher, und er wolle nicht etwa sagen, daß ...

Magister Joseph erklärte nun, gerade dies sei der Grund, daß der Heilige Vater mit dem Bruder der seligen Landgräfin verabredet hätte, die doch sehr unvollständigen Angaben des – hm – seligen Magisters Konrad durch eine genaue Befragung aller Personen, die das Leben der seligen Landgräfin geteilt hätten, zu ergänzen. Dem Hause Thüringen sei sehr viel an der Heiligsprechung gelegen, flüsterte Magister Joseph leicht vorgebeugt dem Hospitalmeister zu. „Ihr wißt doch, wie Konrad seine Schwägerin immer geliebt hat. Zwar ist er ein rauher Kriegsmann, aber fromm, sehr fromm. Und jetzt, wo er Ordensritter geworden ist, eine Hoffnung der deutschen Ritterschaft! Fast wie sein Bruder Ludwig."

Der Hospitalmeister nickte.

„Wir haben von den Wohltaten des landgräfliches Hauses und

unseres Herrn Heinrich Raspe sehr wohl profitiert. Aber Ihr wißt auch, daß die Beziehungen nicht immer so gut waren, ja, es hat niemand aus der Familie je die edle Frau in ihrem Hospital besucht."

„Ach, dummes Gerede", entgegnete Magister Joseph mit einer wegwerfenden Handbewegung. Gerade Landgraf Heinrich und sein Bruder hätten doch das größte Interesse, die Heiligkeit ihrer seligen Schwägerin zu Ruhm und Nutzen der Familie vor aller Welt offenzulegen.

„Noch in hundert Jahren, in zweihundert ... in fünfhundert Jahren wird man an sie denken! Gloria Teutoniae! Gloria Thuringiae! – Der Ruhm Deutschlands! Der Ruhm Thüringens!"

Magister Joseph verdrehte vor Begeisterung die Augen. Man müsse nur jetzt alles tun, um den Heiligen Vater zu überzeugen! Darum habe man ihn, den erfahrenen Menschenführer, ausgesandt, die Wahrheit zu erforschen. Eine Wahrheit, die natürlich durch die zahllosen Wunder am Grabe der Seligen schon auf andere Art und Weise der ganzen Welt sichtbar geworden sei. Es bestehe gewiß keine Gefahr, daß Erinnerungslücken oder Falsches, von törichten Zeugen Mißverstandenes, das Bild der Seligen und ihrer Familie verdunkeln könnten. Darauf werde er achten ...

Damit war das Gespräch beendet. Denn dem Hospitalmeister fiel ganz plötzlich ein, daß wohl zuerst die fromme, wenn auch nicht immer sanftmütige Jungfrau Guda zu befragen sei, und er entließ Joseph mit einem freundlichen Lächeln.

Guda empfing den Boten im Speisesaal der Hospitalschwestern. Im schlichten graubraunen Gewand, verhärmt vom vielen Fasten, aber stolz und aufrecht trat sie ihm entgegen und musterte ihn.

„Ihr hattet eine gute Reise?" Ihre Stimme klang tief, fast männlich.

„Ja, edle Frau. Der Bischof gab mir zwei bewaffnete Begleiter, die Straßen sind unsicher, seit ..."

„Sie sind nur für den unsicher, der andere verfolgt", warf Guda schnell ein.

Magister Joseph schwieg. Er fühlte, daß es besser sei, kein gutes Wort für Konrad von Marburg einzulegen. Also besann er sich auf seine Aufgabe, winkte dem Schreiber zu, sich bereitzuhalten, und bat Guda, zu reden.
Guda aber, auf der schmalen Bank ihm gegenüber, faltete die Hände und schwieg. Es war, als müßte sie tief hinuntersteigen in das Bergwerk der Zeit, als müßte sie Türen öffnen, die lange verschlossen waren, und durch Gänge tasten, an deren Ende kein Licht schien.
Endlich verlor Joseph die Geduld.
„So redet doch! Seit wann kanntet Ihr sie?"
„Seit wann? Guter Mann! Schon immer! Als die thüringischen Ritter kamen, um sie zu holen, da mußte ich mit. Sie war gerade vier Jahre alt und ich – ein Jahr älter. Darum wählten sie mich. Meine Mutter weinte. Sie hatte kein anderes Kind. Ich verließ alles und ging mit Elisabeth. Sie war meine Mutter und mein Vater, meine Schwester und mein Bruder. Nie hätte ich sie verlassen, wenn Herr Konrad es nicht befohlen hätte. Ihr Leben war mein Leben. Wenn Elisabeth lachte, dann lachte ich mit, auch wenn mir vielleicht zum Weinen zumute war. Denn sie war die Fürstin, und ich war nichts."
Ärgerlich klopfte Joseph auf die Tischplatte.
„Erzählt! Erzählt von ihrer Heiligkeit. Darum geht es! Ich will nicht wissen, was sie für Euch war. Wir brauchen sie. Der Heilige Vater, nein, die ganze Christenheit soll erfahren, daß Gott sich zu uns bekannt hat. Seht Ihr nicht? Unsere Mutter, die Kirche, ist bedroht. Wie ein Strom schwillt die Ketzerei. Die Selige gehört nicht Euch – sie gehört allen. Sie muß uns helfen. Also redet! Sagt die Wahrheit! Ihr werdet sie vor dem Bischof beschwören müssen. Am Neujahrstag wird er kommen, und Ihr werdet vor ihm stehen. Aber nicht nur er – der Heilige Vater selbst hört Euch zu. Redet! Erzählt von ihrer Frömmigkeit! Was fällt Euch ein?"
Und als Guda immer noch schwieg, beugte er sich weit vor und begann, sie mit Fragen zu bedrängen: „Wie hat sie gebetet? Worin zeigte sich ihre Gottesliebe? Wie oft ging sie zur Kirche?"

Guda senkte den Kopf und begann dann zu sprechen, zögernd und stockend, wie es ihre Art war. Die Feder kratzte über das Pergament. Magister Joseph lehnte sich mit gefalteten Händen in seinem Stuhl zurück. Der Bischof würde mit ihm zufrieden sein.
„*Als die selige Elisabeth noch nicht fünf Jahre alt war und überhaupt noch nicht lesen und schreiben konnte, hat sie sich oft vor den Altar hingeworfen und breitete vor sich wie zum Gebet den Psalter aus. Sie beugte heimlich, so oft es ging, die Knie und nutzte jede Gelegenheit, vorsichtig die Kapelle zu betreten. Wenn sie nämlich von den Mägden beobachtet wurde, tat sie so, als ob sie ein kleines Mädchen im Spiel haschen wollte, und rannte zur Kapelle hin, sprang unvermutet hinein, beugte die Knie, faltete die Hände und betete inständig vor dem Altar, das Gesicht auf dem Boden.* Sie war ein wildes Kind, gehorchte auch nicht gern, wenn sie gerufen wurde, und lief oft aus dem Hof auf die Wiesen …"
„Das streichen wir!" fuhr Joseph dazwischen. Der Sekretär tauchte die Feder in die Tinte und zog einen dicken Strich über die letzten Zeilen. „Habt Ihr nichts anderes zu berichten?"
Guda schluckte und setzte von neuem an:
„*Ja. Sie setzte beim Spiel mit den Ringen und bei jedem anderen Spiel ihre Hoffnung ganz auf Gott und versprach einige Ave-Maria zu beten, wenn sie gewinnen würde. Gewann sie beim Ringspiel, gab sie den zehnten Teil ihres Gewinnes ärmeren Mädchen, und für jedes kleine Geschenk zwang sie die Empfängerin zum Aufsagen etlicher Vaterunser … Hatte sie beim Spiel beste Aussicht zu gewinnen, so sagte sie: ‚Jetzt, beim Gewinnen, möchte ich aus Liebe zu Gott aufhören.' Und wenn beim Reigen mehrere Runden zu tanzen waren, machte sie nur eine mit und erklärte den Freundinnen: ‚Eine Runde genügt mir für die Welt; die anderen will ich Gott zuliebe unterlassen.' Sie tat auch viele ähnliche Dinge. So pflegte sie Gott viele kleine Gelübde zu machen, zum Beispiel an Festtagen vor der Messe keine schmückenden Ärmel anzulegen und sonntags morgens auch bei Kälte keine Handschuhe anzuziehen. Sie verzichtete auf diese Mittel zur Pflege der äußeren*

Erscheinung und weltlicher Eitelkeit und hatte statt dessen Gott schon in ihrer Jugend demütig vor Augen.“
„Weiter, weiter!“ drängte Joseph, der mit geschlossenen Augen und einem seligen Lächeln auf den Lippen zugehört hatte.
„Was weiter?“ fragte Guda ärgerlich. „Wißt Ihr nicht, wie lange das alles zurückliegt? Sind wir denn immer Kinder gewesen?“
„Schon gut“, beschwichtigte Joseph, „dann wenden wir uns also der Zeit ihrer gottseligen Ehe zu. – Schreibe!“ richtete er sich an den Mönch, der ihn mit der Feder in der Hand aufmerksam ansah, „schreibe: Obwohl sich noch vieles Weitere sagen ließe, mögen diese wenigen Angaben genügen, weil die besagte Guda sich zur Zeit auch an nichts anderes mehr erinnert.“
Der Magister Joseph bemerkte nicht, daß sich die fromme Jungfrau Guda mit einem verächtlichen Lächeln von ihm abwandte.

3. Kapitel

Ludwig (1218-1221)

Herr Wolfram läßt die feinen weißen Finger über die Saiten der Laute gleiten. Verträumt sieht Elisabeth ihm zu.
Im kleinen Garten der Wartburg duften die Kräuter. Eine Magd zupft Brennesseln zwischen den Beeten. Das grobe Leinenkleid ist ihr hochgerutscht, und die prallen Beine stehen wie Säulen auf dem Boden.
Elisabeth braucht nicht zu arbeiten. Ihr Kleid ist hell und sauber, und ihre kleinen Füße stecken in Schnabelschuhen aus rotem Leder. Trotzdem ist sie unzufrieden. Wie gern würde sie auch an den Pflanzen ziehen, mit den Händen in der Erde wühlen und die Wärme des Bodens an den Sohlen fühlen. Statt dessen muß sie sich langweilen. Und immerzu gehen Gedanken in ihrem Kopf herum, die sie niemandem sagen kann.
„Was summt Ihr da, Herr Wolfram?"
Der Dichter betrachtet sie versonnen. Dann schlägt er einige Akkorde an und singt dazu:
„Das Enge und das Weite –
die Liebe hat's umfangen.
Ihr Haus ist auf der Erde,
zum Himmel ihr Verlangen ..."
Elisabeth wendet sich ab. Sie ärgert sich über Herrn Wolfram und weiß nicht, warum. Die Magd, inzwischen fertig geworden mit ihrer Arbeit, schwingt den Korb in kräftigen Armen und geht davon. Dabei wagt sie es, die Melodie des Sängers leise mitzusummen:
„... zum Himmel ihr Verlangen ..."
„Mein Fräulein, Ihr seid so betrübt?"
„Nein, ich bin nicht betrübt", widerspricht Elisabeth heftig.
Vom vorderen Burghof tönt der übliche Lärm herüber. Heute

ärgert sie auch das Geschrei der Knechte, das Klirren der Waffen und Rüstungen. Dazwischen brüllt manchmal der schreckliche Löwe, den sich der Landgraf im Käfig hält. Alles ärgert sie. Und natürlich: Da kommt Agnes mit ihren Damen. Seit ihr Bruder Herrscher des Landes ist, umgibt sich Agnes mit dem Glanz einer Fürstin. Bis in den Garten herüber leuchtet das Grün ihres Kleides, und sie duldet nicht, daß eine ihrer Begleiterinnen dieselbe Farbe trägt. Neben Agnes geht die Frau von Schlotheim – und der geht Elisabeth am liebsten aus dem Weg.

Manchmal fühlt sie sich sehr einsam.

Als die von Schlotheim Elisabeth sieht, beugt sie sich flüsternd zu ihrer jungen Herrin hinunter. Agnes wirft einen kurzen verächtlichen Blick auf Elisabeth und den Sänger, dann rauscht sie mit ihren Damen davon, zurück zum Palas.

Herr Wolfram, der den Auftritt der Fürstentochter aufmerksam verfolgt hat, schmunzelt ein wenig.

„Eure Schwester scheint keinen Wert auf meine Gesellschaft zu legen. Aber Ihr solltet auch nicht allein und ohne Eure Begleitung umhergehen." Elisabeth mag Herrn Wolfram nicht sagen, daß sie fortgelaufen ist von den anderen, weil sie allein sein wollte. Am liebsten wäre sie in die Kapelle gegangen, aber der neue Kaplan hält das Tor verschlossen, damit – wie er zu sagen pflegt – nicht jeder Hund darin seine Notdurft verrichtet. In Wirklichkeit meint er natürlich die Knechte der Ritter, denen kein Ort heilig ist. So konnte Elisabeth eben nur die Tür küssen; heimlich, wie sie meinte. In dem kleinen Garten mit seinen Kräuterbeeten, wo sie Herrn Wolfram traf, sucht sie die Stille, die sie sonst nirgendwo finden kann.

Ein kühler Abendwind streift durch die Wipfel des Waldes. Elisabeth fühlt die Kälte aufsteigen und will gehen, um sich ein Tuch zu holen. Aber wie angewurzelt bleibt sie stehen.

Aus der Menge der braunen Gestalten, die zwischen den Gebäuden der Burg hin- und herlaufen, lösen sich bunt gekleidete Herren. In

ihrer Mitte – Elisabeths Herzschlag setzt einen Augenblick aus – erkennt sie den jungen Herrscher, Ludwig, der seine blonden Locken wirft wie der Löwe drüben im Käfig die Mähne. Ludwig, der Fürst, die Hoffnung Thüringens, vielleicht sogar des ganzen Deutschen Reiches, der Freund des Kaisers! Ludwig, einer, den alle lieben und alle fürchten … Elisabeth beißt sich auf die Lippen. Hat sie nicht eben noch gedacht, daß es gut sei, nach Ungarn zurückzukehren, wo der Vater auf sie wartet?
Ludwig kommt näher, nur ein Ritter ist noch an seiner Seite – und den kennt Elisabeth gut. Ihre Starrheit löst sich.
„Herr Walther!"
Der von Vargula ist grau geworden. Schon lange dient sein Sohn Rudolf am Hof. Aber heute strahlt sein zerfurchtes Gesicht. Am liebsten hätte sich Elisabeth an seine Brust geworfen, doch er breitet die Arme nicht aus, sondern beugt die Knie vor ihr und neigt den Kopf fast zum Boden.
„Ich wollte Euch noch einmal sehen, mein Fräulein."
Ludwig blickt gerührt auf das gebeugte Haupt des Alten und dann auf Elisabeth. Eingehüllt vom Glanz des Abendlichts steht sie in ihrem hellen Kleid, zitternd vor Bewegung.
„Herr von Vargula, so steht doch auf!"
Mit beiden Händen umfaßt sie seinen Kopf und preßt ihn an ihre Brust.
„Nein, mein Fräulein!" Behutsam macht Herr Walther sich los. „Nein, dieser Platz gebührt einem Besseren!"
Er richtet sich auf, ergreift ihre Hände, wendet sich noch einmal lächelnd dem jungen Landgrafen zu und … geht. Bestürzt sieht Elisabeth ihm nach. Wird er nicht mit ihr nach Ungarn reisen?
„Liebe Schwester, Ihr seid ohne Begleitung?"
Ludwig bemüht sich, streng zu blicken, aber es fällt ihm schwer, den Fürsten zu spielen.
„Ich sprach mit dem Sänger, mein Bruder."
Herr Wolfram läßt einen wohllautenden Akkord erklingen und

verneigt sich vor dem Herrn. Dann entfernt er sich mit schnellen kleinen Schritten.

„Liebe Schwester ...“

Ludwig, der turniergewandte, der redegewaltige, sucht nach Worten. Elisabeth will ihm helfen.

„Ich weiß, mein Bruder ... Ich soll nach Ungarn zurückkehren. Ich wünschte, der Herr von Vargula könnte mich begleiten.“

„Aber warum willst du nach Ungarn zurück?“

„Mein Bräutigam ist tot, und ... sie sagen es alle. Ihr hättet reichere Mitgift verdient, sagen sie.“

Ludwig tritt von einem Fuß auf den anderen.

„Du bleibst! Ich habe es eben dem Herrn von Vargula gesagt. Du bleibst!“

„Aber warum?“

„Weil ich es will! – Ach, ich weiß nicht. Das können nur Dichter sagen. Ich kann das nicht. Aber manchmal in der Nacht ist mir kalt, und dann muß ich an dich denken. Die Ritter schleichen alle zu den Mägden. Mir gefällt es da nicht. Und darum ... Also, ich habe dir von meiner Reise ein Geschenk mitgebracht. Das wird dir Herr von Vargula heute abend in die Kammer bringen.“

Elisabeth sieht ihn betroffen an. „Ich dachte, du wärest ganz glücklich. Jetzt, wo du Herr bist im Land.“

„Herr sein – was ist das schon?“

Unvermittelt wendet sich Ludwig von ihr ab und ruft im Fortgehen: „Geh zu deinen Frauen, Schwester! Und was sie auch sagen: Du bleibst! Hörst du? Ich will es!“

Er wirft den Kopf zurück. Elisabeth sieht ihm nach, ratlos.

Ein neuer Morgen strahlt über das Land. Es ist noch früh, aber Elisabeth hält es in der dumpfen Kammer nicht mehr aus. An den Schläferinnen vorbei schleicht sie ins Freie und setzt sich wieder auf

die kleine Bank zwischen den Kräuterbeeten. Vor ihr kreisen die Falken um den alten Turm, und über die Mauer erhebt sich jubelnd eine Lerche in den Sommerhimmel.
„Oh – Herr Wolfram!"
Ohne es zu wollen, hat sie wieder den Sänger aufgestört, der fast versteckt hinter einem Busch hockt und Buchstaben auf seine Tafel malt.
„Mein Fräulein!"
„Ihr seid schon so früh auf?"
Er gähnt. „Ja, es gibt so viele Hähne auf dem Thüringer Hof, daß auch der müdeste Sänger vor Sonnenaufgang wachgekräht wird. Nur leider gibt es auch so viele betrunkene Ritter, daß man kaum vor dem Morgengrauen Ruhe findet. Ich werde mich wohl zu Mittag ein wenig in den Wald legen müssen, um schlafen zu können …"
„Das tut mir leid, Herr Wolfram!"
Elisabeth denkt nach.
„Könntet Ihr denn nicht bei uns im Palas schlafen? Einige Frauen schnarchen zwar, aber ich glaube …"
„Mein Fräulein!" Herr Wolfram springt auf und küßt gerührt ihre Hand. „Wie gut Ihr seid! Doch niemals wird ein armer Sänger wie ich bei den Frauen schlafen dürfen. Die Versuchung wäre wohl auch zu groß."
„Welche Versuchung?"
„Ach …" Die Tafel rutscht von Herrn Wolframs Schoß. Rasch bückt er sich.
„Was schreibt Ihr?"
„Soll ich es Euch vorlesen?"
Er lächelt ein wenig verschmitzt, während Elisabeth zu entziffern versucht, was er geschrieben hat. Aber es gelingt ihr nicht.
„Hört zu, mein Fräulein!"
Er setzt sich zurecht, und seine Stimme bekommt einen ganz anderen Klang; so als spräche er zu vielen Menschen, die unsichtbar zu seinen Füßen sitzen:

„Sie sprach: ‚Du solltest Hilfe und Trost bei andern suchen,
die besser helfen können, als ich, das arme Kind.
Ich bin ja eine Waise aus fernem, fremden Land.
Was könnte ich dir helfen, die selbst nichts Gutes fand?'
‚Du bist sehr groß und mächtig in deinem Heimatland.
Doch suchte ich, ob Liebe in deinen Augen stand,
als du mich jetzt erblicktest. Daran könnt' ich gesunden
von allen meinen Nöten und hätte Ruh gefunden.'"

„Herr Wolfram, von wem schreibt Ihr?"
Herr Wolfram lächelt und liest weiter.
„‚Lieb' ist ein ER? Kannst du es mir erklären?
Ist es ein SIE? Kannst du mich nicht belehren?'"
„Nein, hört auf!" Ärgerlich wendet Elisabeth sich ab.
„Aber, aber! Das ist doch nur Sigune, die mit ihrem Freund redet. Ich habe Euch schon von ihr erzählt. Erinnert Ihr Euch? Sie war jung und schön wie Ihr – und ein Kind noch. Und liebte …"
Von der Kapelle herüber tönt der Klang einer einzigen, fast schon geborstenen Glocke.
„Ich muß beten", sagt Elisabeth schnell und läuft davon.

Wie immer ist sie die erste in der Kapelle, die Kaplan Berthold gerade aufgeschlossen hat. Elisabeth wirft sich vor dem Altar auf den Boden und preßt die Knie so fest auf die Steine, daß sie schmerzen. Guda huscht kurze Zeit später herein, dann kommt die Mutter des Landgrafen mit ihren Frauen – und ganz zum Schluß, als sie schon das Vaterunser beten, schleicht sich Agnes noch durch die Tür.
Nach dem Amen erheben sich alle und drängen in den lärmenden Burghof. Erstaunt sieht Elisabeth, daß auch Ludwig – ganz gegen seine Gewohnheit – zum Morgengebet gekommen ist. Ihre Blicke treffen sich. Es wird ihr auf einmal so heiß. Sie möchte gern mit ihm sprechen. Der Spiegel, den Herr Walther gestern brachte, der kost-

bare Spiegel liegt auf ihrem Bett in der Kammer. „Ein Geschenk des Fürsten“, flüsterten sich die Frauen zu und betrachteten Elisabeth erstaunt.

Sie möchte ihm danken und weiß nicht, wie. Aber da ist er schon fort mit seinen Rittern, und die Knechte führen die gezäumten Pferde aus dem Stall.

„Komm, wir wollen auch ausreiten!“ Elisabeth packt Guda am Arm und zieht sie mit sich. Doch Sophie ruft die beiden zurück.

„Elisabeth, du wirst mich begleiten. Wir gehen nach Eisenach und werden unserem Kloster einen Besuch abstatten. Zieh dich um“, fügt sie noch mit einem kurzen Blick auf Elisabeths einfaches Kleid hinzu.

Wenn Ludwig nicht gerade beim Hinausreiten aus dem Burgtor noch einmal zurückgeschaut hätte, dann hätte Elisabeth wohl aufbegehrt. Aber so fühlt sie sich bezwungen, obwohl er kein Wort gesagt hat, und folgt Sophie in den Palas.

Das ist kein Ausritt wie Elisabeth und Guda ihn lieben. Ganz langsam bewegen sich die Zelter auf dem steilen Weg den Berg hinunter. Die Damen sitzen schwatzend im Sattel, Knechte führen die Zügel und achten darauf, daß die großen Steine und Wurzeln umgangen werden. Der junge Herr von Vargula und einige andere Ritter begleiten den Zug.

Elisabeth hat ein prächtiges Kleid angezogen. Die langen Ärmel fallen ihr auf den Schoß, und sie spielt gelangweilt mit ihnen. Das Reden der anderen interessiert sie nicht. In Gedanken folgt sie dem jungen Fürsten auf seinem Ritt über Stock und Stein, sieht sein Gesicht vor sich, von der Sonne gebräunt, sieht seine kräftigen Arme. Irgend etwas an diesen Armen gefällt ihr so gut, so gut, daß sie wünschte …

Der Wald lichtet sich, vor ihnen liegt die Mauer des Klosters. Eine unsichtbare Hand öffnet das Tor von innen. Die Ritter lagern sich neben den Pferden im Gras. Auch Guda und Elisabeth stehen zögernd. Bisher durften sie das Innere dieses Klosters noch nie betreten. Aber die Mutter winkt gebieterisch. Agnes dagegen muß draußen bleiben.

Die Frauen gehen über den Hof und betreten das Haus der Äbtissin. Ehrfürchtig neigen sich die weißgekleideten Nonnen vor der Herrin des Landes. Die „Ehrwürdige Mutter“ erwartet sie. Und da: Sophie, die Fürstin, beugt sich und küßt den Ring der frommen Frau.
Erstaunt sieht Elisabeth in die feierlichen Gesichter der Damen. Sie merkt es kaum, daß sie plötzlich allein mitten im Raum steht. Alle anderen sind zurückgetreten. Mit ihrer langen, schmalen Hand weist Sophie auf das Mädchen und sagt mit lauter Stimme in die Stille hinein: „Ehrwürdige Mutter, ich bringe Euch die zukünftige Herrin des Landes. Mein Sohn hat Elisabeth erwählt. Sie wird bald Eure Landgräfin sein.“
Die Äbtissin lächelt sie freundlich an und streckt die Hand aus. Elisabeth kniet nieder und küßt den Ring, wie ihre Mutter es getan hat. Schweigend sehen die anderen zu.
Noch einmal wendet sich Sophie an die Äbtissin: „So bitte ich Euch, mir für das nächste Jahr ein Gemach zu richten, wo ich zurückgezogen meine Witwenjahre verbringen kann. Ihr kennt meinen Wunsch.“
Die Schwestern ringsum nicken. Dann öffnet sich plötzlich wie von selbst eine Tür und auf festlich gedeckten Tischen finden die Frauen Erfrischungen und kleine Kuchen. Bald ist der Raum von fröhlichem Schwatzen erfüllt, nur Elisabeth bleibt schweigsam. Sie sehnt sich nach Stille, sie möchte in die Kirche gehen und wagt nicht, darum zu bitten. Schließlich läuft sie allein hinaus, aber sofort ist eine Nonne an ihrer Seite.
„Laß mich in die Kirche ein!“

Gehorsam geht die Schwester voran, um die Tür zu öffnen. Im Innern ist es kühl und dunkel. Und still. Elisabeth atmet auf. Während die Nonne demütig am Eingang stehenbleibt, tritt Elisabeth vor den Altar. Als sie in das Gesicht des leidenden Gottessohns sieht, muß sie seufzen.
„Es ist zuviel, o Herr", flüstert sie. „Wie kann ich so glücklich sein, wenn du leiden mußt? Hilf mir, Herr, hilf mir, daß ich es nicht vergesse, was du für mich getan hast. Einmal werde ich vor dir stehen und du wirst mich fragen ..."
Sie löst die kostbare Kette von ihrem Hals und streift die Handschuhe von ihren Händen.
„Was kann ich dir geben, lieber Herr?"
Sie wartet, aber es kommt keine Antwort.
Hinter ihr räuspert sich die Nonne. „Man erwartet Euch!"
Elisabeth faßt sich wieder, läßt Handschuhe und Kette liegen und tritt in den sonnenbeschienenen Hof hinaus. Die Damen verabschieden sich schon. Ein verwunderter Blick der Äbtissin folgt Elisabeth, als sie sich dem Zuge anschließt und als letzte durch das Tor hinausgeht, wo die Pferde und die Ritter warten.

Den Winter verbringt die landgräfliche Familie wieder in ihrer Residenz mitten in der Stadt. So hat Elisabeth Gelegenheit, täglich in der Georgenkirche die Messe zu feiern. Wenn sie an Sophies Seite geht, dann legt sie ihren kostbaren Mantel um, geht sie allein, dann trägt sie nur ein schlichtes Kleid und tritt ohne Schmuck und Handschuhe vor den Altar, auch wenn ihre Hände steif werden vor Kälte.
„Wie du aussiehst", empört sich Agnes. „Man könnte dich mit der Frau eines Handwerkers verwechseln. Ja, eine Bäckersfrau sieht so aus! Du solltest dir einen Bäcker suchen – statt den Landgrafen von Thüringen."

Die von Schlotheim, die so große und weite Ärmel trägt, daß sie fast am Boden schleifen, wendet sich verächtlich ab. Die anderen Frauen kichern. Elisabeth sieht an sich herunter. Ihr Kleid ist sauber. Warum sollte sie sich schämen?
„Siehst du nicht auf allen Bildern, wie der Teufel die Frauen mit den reichen Kleidern in die Hölle zerrt? Jesus hat doch auch keinen Schmuck getragen."
Agnes versteht nicht, was Elisabeth meint. Guda kaut auf ihren Lippen. Sie trägt natürlich auch nur ein einfaches Kleid, denn sie darf nicht prächtiger geschmückt sein als ihre Herrin. Aber ihre feinen roten Handschuhe hätte sie doch gern angezogen.
Während sie vor dem Wohnhaus beieinanderstehen, wird das Hoftor aufgerissen. Ludwig und sein Gefolge stürmen herein. Sie haben einen weiten Ritt hinter sich, sind erschöpft und durchgefroren. Sofort wird es lebendig in den Kellern und der Küche.
„Schürt das Feuer!"
„Bereitet eine Suppe!"
„Der Herr ist da – wollt ihr euch wohl rühren!"

Ludwig kümmert sich nicht um das Durcheinander. Er tritt zu den Frauen, die sich ehrfürchtig verneigen. Aber er beachtet keine, er sieht nur Elisabeth. Ihr Gesicht leuchtet vor Freude, ihre Augen strahlen, und er bemerkt nicht, daß sie keinen Schmuck trägt.
„Nun, liebe Schwester, meine Braut, geht es Euch wohl?"
„Ja, lieber Bruder, sehr wohl! Ihr seid gesund und gut zurück?"
„Ja, ja", er reckt die Arme triumphierend in die Höhe, „gesund und gut – und siegreich. Die Räuber auf ihren Burgen werden es nicht noch einmal wagen, meine Untertanen anzugreifen. Sie haben's gemerkt, wer Herr in Thüringen ist. Ha, das war ein Streich!"
„Ihr müßt mir erzählen. Habt Ihr gekämpft?" Elisabeths Stimme wird leise und bang.
Er lacht. „Und ob! Meint Ihr, mir würde auch nur einer gehorchen,

wenn ich das Schwert nicht führen könnte? Aber das sind keine Geschichten für die Ohren edler Frauen."
„Herr, wollt Ihr nicht mit uns trinken?" rufen die Kumpane. Die Becher stehen schon gefüllt auf den Tischen. In der Küche brodelt die Suppe.
„Wir sehen uns später, liebe Schwester", sagt Ludwig schnell. Er zögert, hätte wohl gern ihre roten Lippen geküßt. Aber die vielen Blicke ... und das zu erwartende Hohngelächter: Der küßt seine Braut! Zögernd folgt Ludwig den anderen zum Gelage.
Elisabeth hält einen Augenblick inne, dann stürmt sie ins Wohnhaus und ruft nach Guda. „Komm, komm, wir wollen uns umziehen! Wo sind die neuen Gürtel? Wir wollen unserm Bräutigam gefallen! Bald ist Hochzeit, ja, Guda, Hochzeit!"

Tagelang läuten die Glocken in Eisenach. Tagelang singen die Priester in der Kirche und erflehen den Segen Gottes für das junge Paar. Die Menschen auf den Straßen essen und trinken, sie jubeln und tanzen. Endlich wieder ein Fest! Von weit her kommen die Bettler und drängen durch das Tor.
„Wie schön die Braut war!"
„Und er hat sie geküßt!"
„Ich hab's gesehen!"
In den Spinnstuben ruht die Arbeit. Träumerisch schauen die Mädchen ins Feuer.
„Wenn ich so ein Kleid hätt', wär' ich auch schön."
„Du hast doch 'ne krumme Nase!"
„Ach, der Landgraf mit seinen blonden Locken! Den hätt' ich auch genommen, wenn ich Königstochter wär'."
„Hört ihr die Musik? Es wird aufgespielt! Heute können wir nochmal tanzen, noch einmal ...!"

Aber der Jubel verklingt schnell. Die Spindeln surren wieder, die Bettler verkriechen sich. In der Kemenate der Landgräfin wohnt nun Elisabeth mit ihren Frauen.

„Ich komme, um mich zu verabschieden."
Tief verneigt sich der Sänger Wolfram vor seiner Fürstin.
„Ich hörte, daß Ihr uns verlassen wollt. Warum geht Ihr fort, Herr Wolfram?"
„Ach, edle Herrin, es ist der Frühling, der mir in den Gliedern steckt. Die Amsel pfeift im Baum: ‚Auf, auf … auf, auf …' Die Straße lockt. Und wenn ich auch schon ein alter Mann bin, ich kann's nicht lassen. Verzeiht! Habe ich nicht auch lange genug die Gastfreundschaft des Thüringer Hofes genossen? Euer Koch füllt mir den Teller nur noch ungern, weil er meint, ich hätte schon zuviel von Eurer guten Suppe gehabt."
„Ich werde ihn zurechtweisen! Ihr wart mir ein lieber Gast, schon als Ihr zu den Festen unseres seligen Herrn Vater gekommen seid."
„Ihr seid sehr gütig, edle Herrin, und seid es immer gewesen! Doch die Zeiten haben sich geändert. Eure Gedanken, das weiß jedermann, richten sich mehr auf die Ewigkeit als auf irdische Freuden. Ich aber bin ein Sänger der Erde und ihrer Schönheit."
„Solltet Ihr nicht auch zu Gottes Lob singen können?"
Betroffen schweigt Wolfram. Die Frauen, die neben Elisabeth stehen, betrachten ihn wehmütig.
„Ich suche, edle Frau, noch immer den Weg zu Gott – wie auch Ihr. Laßt mich denn auf meine Weise suchen. Ich denke, der, der uns alle erschuf, wird uns auch leiten. Und wenn ich die Schönheit seiner Schöpfung preise und die Lieblichkeit seiner Geschöpfe, sollte das nicht auch als sein Lob gelten dürfen? – Laßt mich in Gnaden gehen, ich bitte Euch!"

„Wenn Ihr das wollt … Aber ich lasse Euch ungern ziehen.“
„Ihr lauscht doch lieber den Gesängen der Priester als denen der Dichter. Es ist ruhig geworden am Thüringer Hof. Früher wünschte ich oft, es gäbe kein Gekreische in den Badestuben, und ich verfluchte das Grölen der betrunkenen Ritter. Aber nun, nachdem Ihr das gemeinsame Baden verboten habt und die Schenke leer geworden ist, da ist es mir zu ruhig. Verzeiht mir das offene Wort! Ich verdanke Euch viel. Das wißt Ihr!“
Die Frauen verziehen bedenklich ihre Gesichter. Nur Elisabeth bleibt freundlich und betrachtet nachdenklich den Sänger, der vor ihr kniet.
Als hätte er immer noch nicht genug gesagt, setzt Wolfram noch hinzu: „Ich komme auch in die Jahre. Ihr wißt, auf meinem Gute warten Frau und Kind. Es wird Zeit, daß ich seßhaft werde.“
„So geht in Frieden!“
Mit leichter Hand berührt Elisabeth seine Schulter. Dann steht sie auf. „Es ist Zeit, zur Messe zu gehen.“
Die Frauen folgen ihr.
Noch immer ist sie die kleinste unter ihren Begleiterinnen, die sie respektvoll in die Mitte nehmen. Ihr schwarzes Haar ist mit einer kostbaren Haube gebunden, das Gewand aus glänzender Seide ist einer Fürstin würdig.
„Was meint ihr?“ wendet sich Elisabeth an die anderen, als sie sich ein Stück entfernt haben. „Bin ich zu streng? Aber sagt nicht das heilige Evangelium: ‚Wenn dich deine Hand ärgert, dann haue sie ab‘?“
„Ja, edle Fürstin“, anwortet die Frau von Vargula zögernd, „doch es hat auch schon viel Unmut gegeben wegen der neuen Regeln für das Baden. Die Ritter liebten es, sich mit den Weibern im Wasser zu wälzen, und selbst der frühere Kaplan …“
„Schämen sollen sie sich alle!“ fährt Elisabeth dazwischen. „Nein, ich habe richtig gehandelt. Ihre Unzucht schrie zum Himmel … Und mein edler Gemahl wurde mitgerissen in diesen Sündenpfuhl.

Nein, wir haben vor Gott versprochen, in Treue und Liebe miteinander zu leben. So sollen die anderen uns folgen, ob sie wollen oder nicht."
Die Frauen schweigen, die von Vargula seufzt kaum hörbar. Elisabeth wirft trotzig den Kopf zurück und geht – allen voran – zur Kapelle hinüber.
„Ich will es so!"

„Komm, Guda, hilf mir, ich muß mich für meinen Gemahl schmücken!"
„Jetzt schon? Es ist erst früher Abend, Herrin! Herr Ludwig sitzt noch an der Tafel."
„Trotzdem, Guda. Was soll ich sonst tun? Spazierengehen können wir nicht, es regnet schon den ganzen Tag. Und die anderen langweilen mich mit ihrem Geschwätz. ‚Habt ihr schon den neuesten Stoff gesehen? Wißt ihr, womit die Kaiserin ihr Haar bürstet? …' Da höre ich lieber den Männern zu, wenn sie von der Jagd erzählen."
„Oder vom Krieg."
„Nein – nicht vom Krieg. Es sterben so viele im Krieg, sagt mein Gemahl. Ich weiß es ja nicht, aber ich stelle es mir schrecklich vor. – Geh, Guda, laß mir ein Bad richten, leg die besten Kräuter hinein! Ich bin ja wieder rein nach meinen Tagen und freue mich auf meinen Herrn. Aber vorher will ich beten."
Guda gibt den Mägden Anweisungen für die Vorbereitung des Bades. Die anderen Frauen verziehen das Gesicht.
„Will sich die Herrin heute gar nicht mehr mit uns unterhalten?"
„Sie betet", erwidert Guda.
„Ich wollte, sie würde auch einmal mit uns spielen. Es ist so langweilig hier am Hof."
„Ihr müßtet eben auch etwas häufiger beten, Frau von Vargula!"

Die spitze Bemerkung bringt die anderen Frauen zum Schweigen. Jede denkt an die Vergangenheit und vergleicht auf ihre Weise das „Heute“ mit dem „Früher“...

Als Elisabeth aus dem Bad kommt, in ein reines weißes Tuch gehüllt, geht sie nur an den Frauen vorbei und winkt ihnen zu, daß sie entlassen seien. Mit Guda bleibt sie allein in ihrer Kemenate.

„Such mir das neue Hemd heraus, das so wunderbar glänzt. Hast du's? Nein, das andere, das hellere. Und nun bürste mir das Haar. Bin ich denn schön?“

„Soll ich Euch den Spiegel bringen, Herrin?“

Guda lacht. Sie kennt das Spiel, jeden Abend: „Bin ich schön genug? Ist nicht mein Haar zu stumpf?“ Die Bürste gleitet durch die langen Locken, mit der Hand glättet Guda das schwarz schimmernde Haar. Sie selbst hat ihr Haar nur einfach gebunden. Sie hat auch keinen Mann.

„Ich muß ihm gefallen, Guda. Du hast es gut, du brauchst nur Gott zu gefallen.“

„Ich denke, Herrin, Ihr empfangt Euern Gemahl gern.“

Elisabeth schweigt und sieht durch das schmale Fenster hinaus in den verhangenen Abendhimmel. Der Regen tropft auf die Brüstung, kühler Wind weht herein.

„Ja, du hast recht. Beim ersten Mal hab' ich geweint, es tat so weh. Aber er hat mich getröstet, mein Liebster. Er hat gesagt, ich würde auch noch wachsen, und dann täte es nicht mehr weh. Dabei bin ich doch schon vierzehn Jahre alt. Glaubst du, daß ich noch wachse?“

„Gewiß, Herrin. Ich bin seit letztem Jahr auch größer geworden.“

„Aber – es tut auch jetzt schon nicht mehr weh. Er ist ja so lieb und so gut. Und wenn seine Arme mich umfangen – ach, Guda, es ist eine Freude, das kann ich dir gar nicht sagen. Sei froh, daß du sie nicht kennst. Du vergißt dann vielleicht alle anderen Freuden. Reib mir die Brüste noch ein mit dem duftenden Öl ... Wenn ich ein Kind bekomme ...“

Im Speisesaal nebenan verebbt der Lärm, Schritte entfernen sich, eine Tür schlägt im Wind zu. Ludwigs Stimme ist am Eingang zu hören.

„Da ist er! Er kommt!"

Schnell stellt Guda das Fläschchen mit dem Öl wieder zur Seite, denn Elisabeth ist aufgesprungen und läuft dem Landgrafen entgegen.

„Liebster, ich wußte, daß du bald kommst!"

Guda schleicht zu ihrem Lager, sie schläft an der Seite neben dem Kamin, und sie wird alles hören, das leise Gemurmel, das Lachen und Stöhnen, die verhaltenen Seufzer …

„Ludwig, warst du auch in den Badestuben mit den Mägden und Frauen?"

„Hm … Ja … Mein Vater hat mich mitgenommen."

„Und – und hast du … hast du bei einer Magd gelegen so wie bei mir?"

„Sprich nicht davon, liebe kleine Schwester. Wie kannst du deinen Leib vergleichen mit … mit dem Fleisch einer Magd?"

„Trotzdem – es ist Sünde."

„Auch der Kaplan, viele Priester waren in den Badestuben und gingen zu den Frauen."

„Gott wird sie strafen."

„Ja, es ist nicht recht. Aber ich will deine Lippen küssen, du liebes frommes Kind."

Nach einer Weile hört Guda leises Schluchzen.

„Wenn Gott dich straft! Ich fürchte, ich fürchte es so sehr. Hast du denn auch gebeichtet?"

Ludwig murmelt nur noch: „Gott ist gnädig."

„Aber du darfst es nie wieder tun!"

„Nein, mein Lieb, nie wieder – ich habe ja dich."

Bald geht sein Atem ruhig. Auch Guda schläft ein. Draußen rinnt der Regen und tropft eintönig auf die Steine. Elisabeth liegt noch wach, fest in die Arme ihres Mannes geschmiegt – und betet verzweifelt zu Gott: „Straf ihn nicht, Herr, allmächtiger Gott, straf ihn nicht! Ich will auch mein Leben lang deinen Willen tun. Ich will es, ich will es, aber straf ihn nicht!"

Ludwig regt sich im Schlaf und legt seine Hand auf ihre kleine Brust. Tränen laufen über ihr Gesicht. „Nein, Herr, straf ihn nicht! Ich hab ihn doch so lieb."

4. Kapitel

Die Fürstin (1221–1225)

„Wir haben etwas gefunden!"
Zwei Knechte schieben eine fette Kuh auf den Lagerplatz des Landgrafen. „Der Bauer hat sie nicht hergeben wollen, und da haben wir ihn erschlagen müssen, aber …"
Ludwig bringt die Männer mit einer herrischen Bewegung zum Schweigen, denn Elisabeth tritt aus dem Zelt. Im leichten Reisekleid steht sie mitten auf der Lichtung.
„Was habt ihr getan?"
Die Knechte treten verlegen von einem Fuß auf den anderen, bis der älteste stotternd zu reden anfängt.
„Herrin, ja … aber … es geht doch nicht, daß so ein Bauer eine fette Kuh im Stall hat und Ihr … Ihr müßt hungern. Wir sollten etwas zum Essen herbeischaffen, und zur Stadt … da ist es heute abend zu weit. Freiwillig wollte der Kerl sie nicht hergeben. Er hat seine Abgaben alle entrichtet, hat er gesagt. Das kann sein. Wir wollten ihm die Kuh sogar bezahlen. Unser Herr ist ja so gnädig …!"
Ein anderer nickt und zeigt den gefüllten Beutel, den der Truchseß ihm gegeben hat.
„Er hat's nicht nehmen wollen. Er braucht die Kuh, hat er gesagt."
„Und da … da habt ihr ihn erschlagen?"
„Er hat zuerst das Messer gezogen."
„Und seine Frau, seine Kinder?"
„ … liefen schreiend in den Wald. Sie werden wohl das Bettelvolk in Eisenach vermehren."
Gelächter. Elisabeth erstarrt. Die Ritter, die das Landgrafenpaar begleiten, sehen besorgt auf ihren Herrn. Der wendet sich ab.
„Ludwig, Lieber …"
Ratlos sieht Elisabeth ihn an, mit der Hand streicht sie – wie unbe-

absichtigt – über ihren Leib; eine Bewegung, die Ludwig erinnern soll. Er weiß doch, woran sie denkt, immerzu denkt.
„Bringt die Kuh zurück!“ befiehlt er.
„Aber der Mann ist tot. Wem sollen wir sie zurückbringen?“
„Bringt sie seiner Frau, seinen Kindern!“ fährt Elisabeth dazwischen. „Mein Herr Gemahl, lieber Bruder, ich bitte Euch im Namen Gottes, straft die Mörder! Laßt solches Unrecht nicht zu! Ich bitte Euch, denkt an Gottes Gebot!“
Sie bricht in Tränen aus, und ihre Frauen laufen von allen Seiten herbei, um sie zu trösten. Widerwillig zerren die Knechte die Kuh zurück in den Wald. Ludwigs Ritter stehen betroffen im Kreis. Sie fürchten um ihre Mahlzeit.
„Vermutlich wird die Kuh stürzen und abgestochen werden müssen. Die Männer wollen essen“, sagt der Landgraf leise zu seiner Frau.
„Aber doch nicht unrechtes Brot!“
Aufschluchzend setzt sie sich auf das Kissen, das Guda ihr zurechtgelegt hat.
„Es war doch nur ein Bauer“, murmelt jemand.
„Was redet Ihr? Hat Gott ihn nicht auch geschaffen?“
Sie weint. Guda streichelt ihre Hand, während Ludwig beruhigend seinen Arm um ihre Schulter legt. Von fern aus dem Wald ist der Todesschrei des Tieres zu hören.
„Es ist gestürzt, Herr!“ sagen die Männer später. Dann wird das Lagerfeuer entzündet und der Spieß gedreht. Zischend tropft das Fett in die Flammen. Wein und Bier fließen aus den mitgeführten Fässern. Elisabeth hockt im Zelt und weigert sich hinauszugehen. In ihrem Reisesack findet sie noch ein Stück trockenes Brot.
„Komm, Guda, das wollen wir uns teilen. Warum müssen wir den anderen immer wegnehmen? Wenn wir nur genug haben, um uns zu ernähren – und unsere Kinder, dann können wir doch zufrieden sein! Als ich meinen Vater in Ungarn sah und die finsteren Großen um ihn herum, da war mir schwer ums Herz. Meine Mutter haben

sie erschlagen. Aus Neid und Habgier! Ich war so froh, daß wir nach Thüringen zurückgekehrt sind. Und nun dasselbe auch hier! Der arme Bauer! Wir haben ihn umgebracht!"

Am Morgen schickt die junge Fürstin einen Knecht mit einem Säckchen voller Geld ins nächste Dorf.

„Du suchst so lange, bis du die Frau des Bauern gefunden hast!" schärft sie ihm ein. „Vor einem Zeugen gibst du ihr dann den Beutel und sagst ihr, daß sie nach Eisenach kommen soll. Ich will sie dort sehen! Hörst du? Und du kommst nicht zurück, bis du alles ausgerichtet hast!"

Der Bursche betrachtet den Beutel.

„Hast du mich verstanden?"

„Ja."

Scheu blickt er zu der Landgräfin auf. Da tritt Ludwig hinzu: „Sag ihr, daß ihr Mann sich nicht hätte wehren sollen!"

Der Knecht geht, die Zelte werden abgebrochen. Durch den Morgennebel dringt die Sonne und läßt den Wald in herbstlichen Farben aufleuchten. Fröhlich wehen die Fahnen im Wind. Unter Lachen und Scherzen setzt sich der Zug in Bewegung. Elisabeth reitet still an Ludwigs Seite.

„Heute abend sind wir in Eisenach. Dann sollst du es bequemer haben. Fühlst du dich wohl, mein Liebes? Du bist so blaß."

Sie greift nach seiner Hand. Das Jauchzen der Vögel und das Leuchten des Morgens machen sie still und andächtig. Wenn sie nur nicht immer an den Bauern denken müßte …!

Am Abend läuten in Eisenach alle Glocken. Es regnet. Trotzdem drängt sich das Volk auf den Straßen, und die Menschen harren aus, bis ein Herold das Nahen des landgräflichen Paares verkündigt. Als es dunkel wird, reiten Elisabeth und Ludwig beim Gasthof „Hell-

greven" durchs Georgentor, schweigend und bewegt, während die Menge jauchzt.
Noch am selben Abend – die Nonnen haben schon ihr Nachtgebet gesungen – betreten sie das kleine Gemach der Landgrafenmutter im Katharinenkloster.
„Elisabeth!"
Von ihrem Mantel tropft Wasser, die Haare hängen der jungen Frau wirr in die Stirn. Sie beugt sich tief herab und küßt die Hand der fürstlichen Witwe.
Sorgenvoll betrachtet Sophie das blasse Gesicht.
„Jetzt, wo du die anstrengende Reise hinter dir hast, mußt du dich unbedingt ausruhen!"
„Ich bin nicht müde, liebe Mutter!"
„Wie habt ihr die Verwandten in Ungarn angetroffen? Geht es ihnen gut?"
Ludwig nickt. „Wir sind feierlich empfangen worden und wurden mit reichen Geschenken wieder entlassen ... Wenn meine Gemahlin es wollte, so könnte sie sich jeden Tag von Kopf bis Fuß in Gold und Silber hüllen", fügt er mit einem liebevollen Blick auf Elisabeths völlig durchnäßtes Kleid hinzu. „Aber auch für Euch, liebe Mutter, hat man uns Geschenke mitgegeben und Grüße aufgetragen. Wir haben am Grab der seligen Königin gebetet und sind dann von Preßburg wieder aufgebrochen. Unsere Männer haben uns treu zur Seite gestanden."
„Ihr müßt schnell geritten sein – bei dem Zustand deiner Gemahlin war das leichtsinnig. Wir hatten euch noch gar nicht erwartet. Doch als gestern der Bote kam, war überall die Freude groß, sogar die Nonnen haben ein TE DEUM angestimmt. Ruht euch jetzt gut aus! Und du, meine Tochter, solltest dir für den Winter einen bequemeren Wohnort suchen als Eisenach. Denk an dein Kind, und laß das wilde Reiten sein!"
„Ja, liebe Mutter, nur meine ich immer, es müßte ihn freuen, wenn er jetzt schon zu Pferde sitzt."

Ludwig lacht. „Und wenn es ein Mädchen wird, dann reitet es womöglich noch wilder als die Mutter."
Kopfschüttelnd erhebt sich Sophie, um das Paar zu verabschieden. „Gute Nacht! Und es wird ja vielleicht sogar trockene Kleider am Eisenacher Hof geben ..."
Ludwig führt Elisabeth zärtlich am Arm hinaus, wo vor dem Tor des Klosters die Pferde warten und Rudolf von Vargula den Zelter der Landgräfin hält.
„Herr Rudolf, die Frau Mutter verlangt, daß wir auf unsere Gemahlin besser achtgeben. Sie soll nur noch langsam reiten ..."
„Das wird schwer sein, Herr!" Der Ritter lacht fröhlich. „Aber schlagt Euch wenigstens den Mantel fest um die Schultern, Frau Gräfin!"

Durch Dunkelheit und Regen reiten sie zurück zum Hof; langsamer, als sie gekommen sind. Elisabeth lauscht in sich hinein. Bewegt sich da nicht schon etwas? Sie weiß genau: Es wird ein Sohn, blond wie Ludwig, stark wie Ludwig. Und ein mächtiger Landgraf wie sein Vater!
„Frau Gräfin!"
Herr Rudolf greift nach dem Zügel. Das Pferd ist im Dunkeln vom Weg abgekommen und tritt in eine Pfütze. Wasser spritzt auf.
„Ich habe geträumt, Herr Rudolf, verzeiht!"

In der Nacht liegt sie auf ihrem Bett, Ludwig atmet schon tief und ruhig, aber in ihrem Kopf klingen die Worte der Mutter nach: „Du solltest dir einen bequemeren Wohnort suchen ..." Bequem? Ach, das ist ihr gar nicht so wichtig, wenn sie nur Ruhe hat vor dem Geschwätz der Damen und dem unaufhörlichen Klirren der Waffen. Drei oder vier Frauen wird sie mitnehmen, die anderen können bei Agnes bleiben. Wohin aber, wenn es Winter wird? Auf der Wartburg ist es noch kälter und lauter als in Eisenach. Der Wind pfeift über die Höhen, und drinnen arbeiten die Bauleute. Vielleicht ...

„Die Creuzburg! Lieber, was meinst du? Soll ich auf die Creuzburg gehen?“
Halb im Schlaf murmelt Ludwig: „Hm“ und „Ja, das ist gut“ und „Wir werden hinüberreiten“.
Dann schlafen sie beide, eng aneinandergeschmiegt, geborgen und warm, während draußen der erste Frost übers Land zieht.

Ein paar Tage später schieben die Diener eine schmutzige Frau mit zwei mageren Kindern in das Frauenhaus. Man ruft nach der Landgräfin. Ahnungsvoll betrachtet Elisabeth das Jammerbild.
„Wer bist du?“
Die Frau starrt sie an, stumm vor Angst. Ein-, zweimal öffnet sie den Mund, aber sie bekommt keinen Laut heraus. Das kleine Mädchen klammert sich wimmernd an den Arm der Mutter.
„Frau Gräfin, werft das Pack hinaus!“
Die Frau von Schlotheim rümpft die Nase und macht einen großen Bogen um die drei.
„Komm!“
Elisabeth faßt die Frau behutsam an der Hand und führt sie in die Spinnstube. Hilflos, ihre Kinder an sich gedrückt, steht die Fremde zwischen den Mägden, die vor lauter Staunen ihre Arbeit vergessen.
„Ihr seid die Frau – die Witwe? Euch haben die Knechte eine Kuh geraubt? Der Landgraf wollte es nicht! Ganz bestimmt nicht!“
Die Frau stößt einen fast tierischen Laut der Verzweiflung aus. Fassungslos starren die Mägde auf ihre Herrin. Seit wann fragt eine Fürstin danach, ob einem Bauern die Kuh geraubt wurde?
Im Herd flackert ein Feuer. Elisabeth drängt die Bäuerin und die Kinder dorthin. Sie sollen sich wärmen, die zerrissenen Lumpen trocknen. Im Vorübergehen streift ihre Hand über das grobe, vor Schmutz starrende Tuch. Ein Schauder läuft ihr über den Rücken. Sie schickt eine Magd, Kleider zu holen.

„Woher?“ Ja, woher?
„Gibt es am Hof keinen Vorrat an Kleidern?“
„Nein, Herrin – einen Vorrat an Kleidern habt nur Ihr.“
„So holt aus meiner Truhe!“
„Aus Eurer Truhe??“
Die Magd gebärdet sich, als sollte sie drei Haare des Teufels aus der Hölle holen.
„Wo ist Guda?“
Ratlos sieht sich Elisabeth nach der Freundin um, die sofort hervortritt und Elisabeths Anweisungen entgegennimmt.
„Wähle eines der einfachen Kleider! Aber bring auch etwas für die Kinder!“
Guda steigt mit der Magd zur Kemenate hinauf. In der Tür steht wieder die von Schlotheim mit einigen anderen Damen. Sie drängeln sich, um das Ungeheuerliche auch ganz genau zu sehen: Die Landgräfin von Thüringen kümmert sich um ein zerlumptes Bettelweib.
„Ich ließ dir einen Beutel schicken. Wo ist das Geld?“
Wieder heult die Frau auf, und die Mägde fangen an zu kichern. Elisabeth fährt eine von ihnen empört an: „Was gibt es zu lachen?“
„Frau Gräfin, glaubt Ihr wirklich, daß diese Frau mit einem Beutel Geld zehn Schritte unbehelligt gehen könnte? Es gibt genug Bettler, die Fäuste haben. Euer Geld ist längst vertrunken, glaubt mir, Herrin.“
Wütend beißt sich Elisabeth auf die Lippen, Tränen steigen ihr in die Augen, aber sie faßt sich schnell wieder und befiehlt: „Hulda, füll den Badezuber mit warmem Wasser, und laß erst die Kinder, dann die Frau baden!“
„Baden?“
„Ja, baden!“
„Die hat doch in ihrem ganzen Leben noch nicht gebadet“, entfährt es der Magd.
„So tut sie es heute zum ersten Mal.“

Elisabeth spricht laut und mit Nachdruck. „Du holst Suppe und Brot aus der Küche, Margarete! Nach dem Bad gebt ihr den dreien zu essen. Dann sucht eine Schlafkammer für sie, legt ihnen sauberes Stroh zurecht. Die Frau bleibt am Hof, solange sie will. Und behandelt sie wie einen Gast. Habt ihr verstanden?"
Die Mägde, die stumm in den Ecken hocken, verziehen ihre Gesichter, während sich die Damen in der Tür die Augen reiben. „... wie einen Gast", wiederholt eine, und die zweite echot: „... einen Gast!"
„Unser Herr Jesus ist auch schmutzig und arm von der Straße gekommen." Elisabeth steht allein mitten im Raum, wartet vergeblich auf Zustimmung. Alle finden einen Grund, sich möglichst rasch zu entfernen. Man hört, wie Wasser getragen und in den Zuber geschüttet wird. Währenddessen hockt die Frau mit ihren Kindern am Feuer. Sie wiegt den Oberkörper hin und her. Die Augen hat sie geschlossen, sie murmelt etwas Unverständliches. Fast könnte man meinen, daß sie ein Gebet spricht.

Am darauffolgenden Sonntag reist Ludwig übers Land, so daß die Fürstin allein mit ihren Frauen zur Kirche gehen muß. Die Kleider der Damen glänzen in leuchtenden Farben. Als Elisabeth zu ihnen tritt, weichen sie entsetzt zurück. Die Landgräfin trägt ein Kleid aus grobem, ungefärbtem Tuch. Solche Kleider tragen Büßerinnen ...
„Frau Gräfin! So wollt Ihr zum Gottesdienst gehen?" stottert Hiltrud von Vargula. Guda errötet für ihre Herrin. Aber mit blitzenden Augen entgegnet ihnen Elisabeth: „Meint Ihr, daß Ihr Gott besser gefallt mit all dem Tand, den eleganten Ärmeln, den Schleifen und Schleppen? Habt Ihr nie gehört: ‚Gott aber sieht das Herz an'?"
Die Damen schweigen betroffen. Ohne sich weiter um sie zu kümmern, geht Elisabeth voran. Die Glocken der Georgenkirche läuten schon. Agnes mit ihren Damen folgt in einigem Abstand. Bis zur Kirchentür wird geraunt und geflüstert. Dann verstummen die

Frauen und ziehen feierlich durchs Mittelschiff. Doch als Elisabeth im Angesicht der Hostie auch noch ihr leuchtendes Diadem vom Kopf nimmt und auf die nackten Steine legt, da beugen sich die Damen weit vor und starren voller Entsetzen – nicht auf das heilige Geschehen, das Kaplan Berthold zelebriert, sondern auf den goldenen Stirnreif vor dem Altar, der dort liegt, als sei eine Krone nichts wert.

Der Winter belagert die Creuzburg mit Schnee und Regen, mit eisigem Wind und frostklirrenden Nächten. Hinter den Mauern kriechen die Menschen zusammen, hocken ums Feuer und erzählen sich Märchen aus vergangenen Tagen, als noch Wotan mit seinem wilden Heer durch die Wälder zog und im Hörselberg die Hexe hauste …
Wenn Elisabeth eintritt, verstummen die Geschichtenerzähler.
Sie schlägt in ihrem Gebetbuch die tägliche Lesung auf: „Sequentia sancti Evangelii secundum Lucam. In illo tempore dixit Jesus pharisaeis: Homo quidam erat dives … In jener Zeit sprach Jesus zu den Pharisäern: Es war ein reicher Mann, der kleidete sich in Purpurgewänder und feine Leinwand und hielt alle Tage glänzende Gelage. Es war auch ein Armer mit Namen Lazarus; der lag vor dessen Türe bedeckt mit Geschwüren. Gerne hätte er sich mit den Brosamen gesättigt, die vom Tische des Reichen fielen, aber niemand gab sie ihm …"
Es ist sehr still in der Kemenate. Guda, die sich an einer Handarbeit versucht, legt den Stickrahmen beiseite. Die Frau von Vargula und die anderen Damen sehen betreten zu Boden. Sie wissen, was jetzt kommt.
„Lag nicht gestern ein Bettler vor dem Tor der Burg? Frau von Eckartsberga, Ihr habt ihn doch gesehen – oder?"
„Es waren viele Bettler, Herrin! Viele!"
„Und – haben wir ihnen zu essen gegeben? Habt ihr sie ans Feuer eingeladen?"

Elisabeth sieht von einer zur anderen. Keine wagt den Blick zu erwidern. Endlich rafft sich Guda zu einer Antwort auf.
„Herrin, wir haben das Brot verteilt, das in der Küche übriggeblieben ist. Ein paar Bettler sind auch ans Feuer gekrochen. Die anderen haben wohl Zuflucht im Dorf gefunden. Sie werden jetzt schon wieder da sein, und wenn in der Küche ein Rest Suppe bleibt, wird der Koch sie ihnen ausschenken, wie Ihr befohlen habt."
„Sind Kranke dabei?"
„Ja, Herrin. Es kamen auch Aussätzige, aber die anderen Bettler haben sie verjagt."
„Und wo sind sie jetzt?"
Die Frauen zucken die Achseln, und seufzend murmelt die von Vargula: „Sollen wir auch noch den Aussätzigen nachgehen?"
„Habt ihr denn nicht gehört?" Elisabeth wird heftig und springt auf. Guda drückt sie auf den Stuhl zurück, beruhigend streichelt sie die Hand der Fürstin.
„... darum wird dieser jetzt getröstet, du aber gepeinigt."
„Denkt an Euer Kind, Herrin!"
„Ja, ich denke an mein Kind", sagt Elisabeth leise, mehr zu sich selbst. „Immerzu denke ich an mein Kind. Es soll doch nicht zu denen gehören, zu denen der Herr sagt: ‚Du bist verdammt.‘ "
Die älteren Frauen schütteln den Kopf. „Wenn Ihr allen Bettlern im Lande zu essen geben wollt, Herrin, dann sind Eure Vorräte bald aufgebraucht, und Ihr habt selbst nichts mehr. Gott hat Euch gegeben, damit Ihr weise verwaltet und einteilt."
„Meint Ihr wirklich, Frau von Vargula? Ich verstehe so vieles nicht. Warum sagt mir niemand ganz klar, wie ich leben muß, um Gott zu gefallen? – Doch jetzt wollen wir zum Mittagsgebet gehen!"
Die Frauen folgen seufzend – und mit knurrendem Magen. Es ist Fastenzeit, und Elisabeth achtet streng darauf, daß die Vorschriften des Priesters eingehalten werden.

Endlich, als an der südlichen Mauer der Burg die ersten Veilchen blühen und das weite Land sich mit einem Hauch von Grün überzieht, ist das lange Warten für Elisabeth vorbei.
Die Geburt wird schwer. Der junge Körper bäumt sich auf unter den Wehen, aber tapfer hält sie durch, einen ganzen Tag und eine ganze Nacht. Aus Eisenach sind Ärzte herübergekommen, die Burg ist voller Menschen, die atemlos warten, was geschieht. Kaplan Berthold betet ununterbrochen in der Kapelle. Im Morgengrauen dann ertönt ein leises Wimmern aus der Kemenate.
Die Mägde laufen keuchend über den Hof zum Brunnen und schleppen Wasser zum Herd und wieder in die Kammer. Endlich stürzt Hiltrud von Vargula mit verrutschter Haube und rotem Gesicht in den Saal, wo die Männer sitzen:
„Die Landgräfin hat einen Sohn geboren! Der Erbe ist da!"
Jubelnd springen die übernächtigten Ritter von den Bänken auf und rufen nach ihren Knechten. Herr von Vargula hält seine Frau fest: „Ist die Fürstin wohlauf? Ist sie gesund? Der Herr wird zuerst danach fragen!"
„Es geht ihr gut, sie ist nur sehr schwach. Wir fürchteten schon um ihr Leben, aber sie hat es geschafft … Doch nun reitet. Reitet! Das ist ihr größter Wunsch: Ihr Gemahl soll es erfahren. Und er soll kommen!"
Draußen werden schon die Pferde herausgeführt und gesattelt. Sie stampfen mit den Hufen und schütteln die Mähnen im Morgenwind, als freuten sie sich auf den Ritt.
Elisabeth hört den Lärm durch die mit Decken verhängten Fenster. Ganz still liegt sie auf ihrem Lager, das Kind an der Brust. Im Kamin prasselt ein Feuer und wirft flackernde Schatten ins Gewölbe. Die Mägde huschen lautlos hin und her.
„Wenn er nur bald kommt! Guda, wenn er nur bald kommt!"
„Er kommt, bestimmt! Aber Ihr müßt jetzt schlafen, Herrin. Ich will das Kind nehmen und der Amme bringen."
„Nein, Guda, nein! Laß ihn mir noch. Nur diese Stunde. Ich muß

ja schon so bald wieder hergeben." Selig betrachtet sie das kleine verkniffene Gesichtchen, die langen Wimpern, den halboffenen Mund. Guda setzt sich ans Fenster. Der Lärm draußen verklingt. Schon sind die Reiter den Berg hinunter und sprengen durchs Tal der Werra. Der Landgraf ist in Marburg. Zwei andere Boten werden schon bald Eisenach erreicht haben, wo im Kloster der frommen Zisterzienserinnen die Mutter des Landgrafen für das Kind ihres Sohnes betet.
„Ave Maria gratia plena … Ich bin so glücklich, Guda, bete mit mir!"

„Er kommt!"
Der Burghof, eben noch still in der Frühlingssonne, beginnt wie ein Bienenkorb zu summen.
„Er kommt!"
Elisabeth springt von ihrem Lager auf und läuft zur Treppe.
„Guda! Wo seid ihr alle?"
Die Frauen stürzen herbei.
„Helft mir! Ich will mich schmücken! Sucht das schönste Kleid! Ja, das blaue dort, das blaue! Und dazu gebt mir den weißen Mantel. Habe ich noch Schmuck? Den Stirnreif will ich tragen! Ich will schön sein, wenn mein Gemahl kommt!"
„Es dauert noch, Herrin", sagt schnaufend die Frau von Eckartsberga, „der Landgraf sandte den Boten von Kassel."
„Oh, Ihr wißt nicht, wie schnell Ludwig reitet!"
In der Küche rumort es. Die Küchenjungen werden herumgejagt, und der Koch poltert mit den Töpfen, daß die Katzen und Hunde vor Schreck ins Freie flüchten. Nur der kleine Hermann schläft noch selig, bis die Amme ihn aus der Wiege nimmt, ihm die Brust gibt und ihn wickelt.
Als Ludwig und seine Männer im Licht der Abendsonne die steile Einfahrt emporreiten, steht Elisabeth im Tor, strahlend wie die

Himmelskönigin in goldenem Schmuck. Ihr Kind hält sie stolz im Arm.
Der Fürst springt behende vom Pferd und verneigt sich tief.
„Meine Herrin!“
„Mein Gemahl! Mein Bruder!“
Verstohlen wischen sich die Frauen über die Augen, ein Ritter stößt den anderen an: „Er liebt tatsächlich seine eigene Frau!“
„Und sie ihren eigenen Gemahl!“
Ludwig nimmt das kleine Bündel, seinen Sohn, und hält ihn einen Augenblick ungeschickt in den großen Händen. Als die Amme ihm das Kind wieder abnimmt, wendet er sich erleichtert Elisabeth zu.
„Du bist blaß, liebe Schwester. In allen Kirchen des Landes soll man für dich beten, daß Gott dir neue Kraft schenkt. Wie reich hast du mich gemacht – mich und das ganze Haus Thüringen!“
Er führt sie durchs Tor, das Gefolge drängt nach. Bald füllen Lärmen und Lachen den Hof. Auch auf dem Weg vom Dorf herauf wird es lebendig.
Elisabeth löst sich von Ludwigs Arm und tritt in die Küche.
„Nehmt reichlich von allem!“
„Herrin, der Vorrat muß noch reichen.“
„Sorgt euch nicht. Ich will, daß alle satt werden und genug bleibt für die draußen. Ihr wißt schon ...“
Der Jubel dringt weit übers Land. Man hört: Es wird gefeiert, und die Bettler dürfen mitfeiern. Die ersten sind schon angekommen und lagern vor dem Tor. Die andern machen sich auf – von den Landstraßen, aus den Wäldern, von überall her ziehen dunkle Gestalten herauf. Sie humpeln, schlurfen und kriechen zur Creuzburg, beten laut für das Landgrafenpaar, für den Erben – und warten so lange, bis das Tor sich öffnet und in großen Kübeln die Suppe herausgetragen wird.

Reiten, reiten, reiten!
Die Stute fliegt über Wurzeln und Steine den steilen Weg von der Wartburg herunter. Wie der Wind geht es unter dem dichten Blätterdach der Buchen hindurch auf gewundenen Wegen ins Tal hinab, schneller, nur schneller! Das Grün der Blätter ist noch zart und frisch – Elisabeth sieht es nicht. Vor ihr breiten sich Sonnenkringel auf dem Weg. Sie ist schon vorbei. Der Eichelhäher ruft – zu spät. Das Pferd dampft, ihre Haare fliegen. Was kümmern sie die Haube und der Schleier, wenn sie nur den Wind im Gesicht fühlt! Voller Duft und Leben ist der Wald, und ihr Herz schlägt laut vor Freude.
Er kommt!
Reiten, reiten – ihm entgegen, am Felsen vorbei, mit einem Satz über den Bach. Schon hat sie das Tal erreicht, der Wald lichtet sich. Da keucht es neben ihr: „Wollt Ihr mich zu Tode hetzen, Herrin?"
„Herr Rudolf, Ihr mußtet mir nicht folgen."
Sie zügelt das Pferd. Vor ihnen im Licht des späten Sommertages liegt die Straße durchs Hörseltal. Hier wird er kommen!
„Ich wollte meinem Gemahl entgegenreiten."
„Frau Gräfin, aber doch nicht allein!"
„Eure Pferde sind mir zu lahm, wenn mein Herr kommt."
„Er hat mich beauftragt, auf Euch achtzugeben. Ihr macht es mir nicht leicht."
„Ach, Herr Rudolf, verzeiht." Verschmitzt lacht sie ihn an. Aber ein wenig grollt sie ihm doch, daß sie nun langsamer reiten muß.
„Da! Seht!"
Am Ende der Straße, in einer Staubwolke, tauchen Fahnen auf.
„Seht zu, daß Ihr auf mich achtgebt!" Lachend schießt Elisabeth davon, Herr Rudolf hinterher. Aus der Schar der Reiter, die ihnen entgegenkommen, löst sich eine Gestalt.
„Ludwig! Mein Bruder!"
„Meine Schwester!"
Herr Rudolf wendet sein Pferd und wartet am Straßenrand. Er hat

seine Aufgabe erfüllt. Bald werden ihn die anderen umdrängen und berichten. Elisabeth und Ludwig reiten zwischen den Rittern. Ihre Gesichter sind voller Lachen. Und sie fragt nicht, was er bringt …

Am Abend führt Elisabeth den Landgrafen an die Wiege der kleinen Sophie, die zwei Jahre nach ihrem Bruder Hermann zur Welt gekommen ist. Zärtlich streicht sie dem Kind über die schweißnasse Stirn. Es schläft mit geballten Fäusten. Ludwig hat sie acht Wochen lang nicht gesehen.

„Sie will schon kämpfen. Das wird eine Fürstin – so wie du!"

„Ach, nein, ich kämpfe nicht."

„Nicht mit Waffen", erwidert Ludwig fröhlich.

Gemeinsam gehen sie in den Hof hinunter, wo es von Knechten und Mägden wimmelt. Ehrfürchtig weicht alles zurück. Dann steigen sie zu den Arkaden des Obergeschosses hinauf, genießen den frischen Wind und den Blick ins weite grüne Land.

„Das schöne Paar!" Etwas verlegen schauen die Ritter zur Seite. Ein so mächtiger Fürst und so freundlich zu seiner Frau! Aber wie lange noch? Ob sie schon weiß …?

Sie weiß noch nicht.

Als es dunkel geworden ist, tritt Ludwig in die Kemenate.

Elisabeth erwartet ihn.

„Endlich!"

„Verzeih, mein Liebes! Die Ritter – du weißt – sie wollen ihren Herrn immer bei sich haben, und gerade jetzt …"

„Gerade jetzt …?"

„Ach, nur so."

Er zögert und blickt einen Augenblick lang aus dem Fenster. Kühler Wind weht herein, weht durch sein Haar. Hingerissen sieht Elisabeth zu ihm auf.

„Komm zu mir!"
Mit einer kraftvollen Bewegung löst er den Gürtel und wirft den Rock ab. „Wie habe ich mich gefreut auf mein schönes Weib!"
Etwas wie eine Schlange windet sich auf dem Boden, rot schimmernd im Mondlicht: Ein Stück Stoff ist aus seiner Tasche gerutscht.
„Liebster, was ist das?"
„Ach …" Ludwig kann den Fuß nicht mehr darüber schieben. Sie kniet vor ihm und zerrt an dem Tuch, bis sie es ganz in den Händen hält und auseinanderfalten kann. Noch einmal versucht er, es ihr wegzunehmen, aber sie hat schon zuviel gesehen.
„Nein! Nicht weinen! Liebes Weib, nein! Es dauert ja noch. Ich mußte es doch tun. Sie verlangen es von mir. Der Kaiser muß ziehen, und ich muß mit."
Sie hat das Zeichen erkannt.
„Also deswegen mußtest du zum Bischof! Also deswegen! Du willst mich verlassen!"
Ludwig nimmt ihr das aus rotem Stoff genähte Kreuz aus der Hand. Auf dem Weg ins Heilige Land wird er es am Mantel tragen.
„Und die Kinder? Und ich?"
„Mein Liebes! Soll ich denn zu Hause bleiben, bei meiner schönen Frau schlafen und mein gutes Land regieren, wenn das Grab unseres Erlösers von den Heiden geschändet wird? Soll ich wirklich zu Hause bleiben, wenn die mächtigsten Fürsten und der Kaiser selbst zum Kreuzzug aufbrechen? Willst du einen Feigling zum Mann haben …?"
Ludwig redet und redet. Alles, was die gewaltigen Prediger auf und ab im Land verkünden: von der Pflicht eines jeden guten Christen, von dem Willen Gottes, von ewiger Strafe und ewigem Lohn … Alles flüstert er aufgeregt seiner Frau ins Ohr.
„Beruhige dich! Noch ist es nicht soweit. Erst einmal muß ich im Land Ordnung schaffen. Dann muß ich Agnes verheiraten. Die Österreicher haben einen Mann für sie. Und wenn das alles geregelt

ist und der Kaiser mich gut bezahlt, dann werden wir aufbrechen. Aber das dauert noch. Beruhige dich doch!"
„In den Krieg! Und wenn die Heiden dich töten? O mein Gott! O mein Gott!"
„Mein Vater ist vom Kreuzzug gesund zurückgekehrt. Und was hat er für Schätze mitgebracht! Weißt du das nicht mehr? Ich werde dir auch Stoffe mitbringen, Gold, Silber, die wundervollsten Edelsteine! Was du nur willst. Aber beten mußt du für mich! Deine Gebete werden mich bewahren. Und du stickst mir ein Tüchlein, das ich immer bei mir tragen werde ..."
Wie zu einem kleinen Kind spricht der Landgraf zu seiner Frau, streicht über ihr Haar, über ihren Rücken, ihre Brust, aber sie hört nicht auf zu weinen.
„So glaub mir doch!"
Sie weint nur noch heftiger.
„Wollen wir nicht die Zeit genießen, die wir noch haben? Oder soll ich gleich fortziehen?"
Da umklammert sie ihn mit ganzer Kraft, daß er ihre Nägel in seinem Fleisch spürt. Lachend wirft er sie aufs Lager.
„Kleine Hexe!"

Gefaßt, aber immer noch bleich, schreitet Elisabeth am Morgen an der Seite ihres Mannes zur Messe. Sie hat sich mit kostbaren Stoffen, Edelsteinen und langen Handschuhen geschmückt, und die anderen Frauen staunen. Ludwig betrachtet sie stolz. Auch Agnes lächelt anerkennend: Endlich sieht sie wie eine Fürstin aus!
Nach der Messe meldet man dem Landgrafen einen ungewöhnlichen Besucher. Auf einem Maultier sei er zur Wartburg hochgeritten, und außer einigen zerlumpten Begleitern habe er nichts bei sich. Aber er behaupte, der Landgraf wolle ihn sprechen. Konrad sei sein Name, Magister Konrad von Marburg.
Ludwig nickt und wendet sich Elisabeth zu: „Ich habe ihn herbefohlen. Er ist ein berühmter Prediger, und ich hoffe, daß er

mit seinem Ruf zum Kreuzzug auch meine Ritter – und dich – überzeugen wird."
Elisabeth schüttelt heftig den Kopf.
„Ich will ihn nicht sehen."
Vom Tor her nähert sich dem fürstlichen Paar eine kleine Gruppe Männer. Zwei Mönche in abgerissenen Kutten gehen neben einem Maultier, das sie mit Ruten zu lenken versuchen. Auf dem Rücken des Tieres sitzt ein hagerer Mann, so groß gewachsen, daß er mit den Füßen fast am Boden schleift. Trotz der spätsommerlichen Wärme hat er die Kapuze über den Kopf gezogen, sein Gesicht liegt im Schatten.
„Du siehst", flüstert Ludwig, „er tritt anders auf als die eitlen kirchlichen Herren, die das Volk schlimmer auspressen als meine Ritter."
Aber Elisabeth sieht zur Seite und entfernt sich, ohne dem Fremden einen Gruß zu gönnen. Mit ihren Kindern zieht sie sich in die Kemenate zurück. Dort läßt sie sich berichten, daß der Landgraf und Magister Konrad über die Möglichkeiten der Kreuzpredigt in Thüringen gesprochen haben und daß es in Eisenach ein großes Passionsspiel geben soll, um die Herzen der Menschen für den Kreuzzug zu gewinnen.
„Ich habe ihn mir angesehen", berichtet Guda. „Sein Gesicht ist wie aus Holz geschnitten, ja wie das Gesicht des Herrn am Kreuz, so leidend. Nur – es fehlt die Güte darin."
„Ich will ihn nicht sehen", wiederholt Elisabeth.
Schweigend räumt Guda die festlichen Gewänder in die Truhe. Nach einer Weile sagt sie: „Aber wart Ihr nicht immer unzufrieden mit den geistlichen Herren, die so ganz anders leben, als es im Evangelium steht?"
„Ja, ja, nur … Er nimmt mir so viel."
„Er sagt, wir müßten Gott alles geben."

Während Herr Konrad im Land den Kreuzzug predigt und denen nachspürt, die sich heimlich von den Lehren der heiligen Kirche lossagen, machen sich auch die grau gekleideten Brüder des sanftmütigen Franziskus auf den Weg durch Thüringen, um auf ihre Weise die Herzen der Menschen zu bewegen.

„Erzählt mir von dem Mann aus Assisi, Bruder Hermann. Ich habe von ihm reden hören. Trägt er kein Brot bei sich, keine Flasche mit Wein oder Wasser, wenn er über das Land zieht? Wo schläft er? Hat er nicht irgendwo ein Haus, eine Hütte?"

„Nein, Frau Gräfin, unser Meister und Bruder hat nichts, wo er sein Haupt hinlegen könnte. Wie auch unser Herr Jesus und seine Jünger nichts hatten. Er lebt von dem Brot, das ihm mitleidige Seelen schenken."

„Das lehrt auch der Magister Konrad, den mein Gemahl so sehr schätzt. Voriges Jahr war er hier. Gehört er zu euch?"

„Nein, Herr Konrad von Marburg ist kein Nachfolger des Franziskus. Er steht als Priester im Dienst der Kirche. Wir aber dienen unserm Herrn Jesus."

„Und wie lebt ihr?"

„Wir wandern über die Straßen bei Regen und Hitze, ohne Beutel und ohne Stock. Wir haben nur ein Gewand und ernähren uns von dem, was uns gläubige Menschen geben."

„Aber seid Ihr nicht ein reicher Mann gewesen? Hättet Ihr nicht mit Eurem Reichtum vielen Menschen helfen können?"

„Reichtum ist der größte Feind der Seele."

„ … der größte Feind?"

Elisabeth setzt den kleinen Hermann, der auf ihrem Schoß gespielt hat, auf den Boden. Der Junge greift nach seinem Holzschwert und schlägt wild um sich.

„Hermann, nein, warum schlägst du?"

„Böse!" ruft der Junge. „Böse, böse!"

Die Amme nimmt ihn an die Hand und führt ihn hinaus.

„Seid ihr viele, die den Weg der Armut gehen?"

„Ja, wir sind viele“, erwidert der Franziskaner stolz, „und wir werden jeden Tag mehr. Reiche Männer verlassen ihre Güter und folgen uns, an den Wegrändern stehen die Menschen und reichen uns ihre Gaben. Wenn wir mit den Aussätzigen gehen …“
„Mit den Aussätzigen!?“
„Wen treffen wir denn auf den Landstraßen, in den Wäldern und Höhlen, Herrin? Bettler und Aussätzige. Wir gehen zu ihnen und teilen unser Brot.“
„Ihr habt recht!“
Ergriffen springt Elisabeth auf.
„Ich bitte Euch, bleibt in Eisenach! Bleibt in meiner Nähe! Kommt morgen wieder und lehrt mich, Gottes Willen zu tun. Es quält mich, daß ich nicht weiß, was ich tun soll. Lehrt mich, lehrt mich, auch wenn ich … wenn ich … Wird Gott mir verzeihen, daß ich reich bin?“
Der Franziskaner zögert. Tief schiebt er die Hände in die Ärmel seines einfachen Gewandes. „Frau Gräfin, wenn Ihr Euren Reichtum demütig aus Seiner Hand nehmt …“
„Betet für mich und meinen Gemahl!“
Elisabeth entläßt den Franziskaner. Auf dem Burghof bleiben die Knechte und Mägde stehen, als er vorübergeht – barfuß. Die Kinder weichen zurück. Seine brennenden Augen sind in die Ferne gerichtet, als sähe er schon etwas, was den anderen noch verborgen ist.
„Das Ende der Welt naht“, murmelt der alte Lukas seinem Bruder zu. „Wenn ich *die* sehe, dann denk’ ich, es kann nicht mehr dauern. Die haben so was …“
„Ihr Meister soll sogar … Jesu Wunden soll er … an seinen Händen und Füßen hat er sie gehabt“, flüstert der andere zurück. Sie stolpern weiter und weichen ehrerbietig Elisabeth aus, die an ihnen zur Kapelle vorübereilt. Dort fleht sie inständig um Gnade für ihre sündige Seele, sie scheuert sich die Knie wund auf dem rauhen Steinboden.

„Ach Herr, miserere, miserere – Ludwig kämpft im Osten, er ist so weit fort – erbarme dich, erbarme dich! Gloria patri et filii ...“
Draußen hört sie die Kinder schreien.

Am Abend sitzt die Landgräfin, das Gebetbuch auf dem Schoß, wieder mit ihren Frauen zusammen.
„Die Witwe des Herrn von Hörselgau wird Euch morgen ihre Aufwartung machen“, sagt Hiltrud von Vargula und sieht vom Kartenspiel auf.
„Ach ja!“ antwortet Elisabeth zerstreut.
„Dann erwarten wir auch Besuch von Eurer gnädigen Schwester, der Gräfin von Orlamünde. Wollt Ihr nicht zu diesem Anlaß das neue Gewand anlegen, das so wunderbar verzierte enge Ärmel hat? Gräfin Hedwig pflegt immer dergleichen Schmuck zu tragen. Auch schenkte Euch Euer Gemahl kürzlich eine Korallenkette, die zu dem weißen Mantel, Ihr wißt, welchen ich meine ...“
„Ich will von Ketten und Ärmeln nichts mehr hören! Wenn nicht mein Herr mir den Schmuck geschenkt hätte, dann ... dann würde ich ihn verkaufen und das Geld den Armen geben. Erkennt ihr denn nicht die Zeichen der Zeit? Reichtum ist der schlimmste Feind der Seele!“
Die Frauen schweigen, im letzten Dämmerlicht über den Tisch gebeugt, auf dem sie die bunten Karten ausgebreitet haben.
Plötzlich steht Elisabeth auf. „Ich will noch ein wenig auf den Hof gehen. Guda soll mich begleiten.“
Guda folgt der Herrin. Im Hinausgehen legt sie ihr einen Mantel um die Schultern. Draußen steigt der Nebel aus den herbstlichen Wäldern, die Vögel suchen ihre Nester. Tiefes Schweigen liegt über dem Land.
Nicht weit vom Südturm rankt sich ein Rosenstock an der Mauer empor. Letzte, vom Wind zerzauste Blüten erwarten den Herbst.

Elisabeth greift nach einer von ihnen, aber schnell zieht sie die Hand wieder zurück.
„Guda, möchtest du nicht auch arm sein und wie der Herr Jesus auf den Straßen wandern?"
Guda zögert ein wenig. „Ich weiß nicht, Herrin. Und auch Ihr … Ihr könntet doch mit Euren Kindern nicht betteln gehen. Ihr seid eine Fürstin."
„Ja, du hast recht."
Elisabeth nickt traurig. Sie lehnt sich an die Mauer, die noch warm ist von der Hitze des Tages.
„Wollt Ihr wirklich lieber Frost und Hitze ertragen, statt in weichen Kissen liegen?" fragt Guda erstaunt.
„Was nützen mir die weichen Kissen, wenn meine Seele fern von Gott ist?"
Hinter den Bergen steigt der Mond auf und breitet sein silbernes Licht über die Wipfel der Bäume.
„Heißt es nicht in der Geschichte vom armen Lazarus: ‚Du hast Gutes empfangen im Leben, darum bist du verdammt in Ewigkeit.'? Die Aussätzigen und Bettler, die werden in Abrahams Schoß sitzen. Und wir?" Guda fröstelt und wartet. Nach langem Schweigen beginnt Elisabeth von neuem: „Guda, willst du mir etwas zuliebe tun?"
„Herrin, ich tue für Euch, was Ihr wollt."
„Dann stehe heute nacht mit mir auf, und komm in das abgelegene Gemach am Ende des Ganges. Und dort schlage mich, daß ich Schmerzen spüre und Gott sieht: Ich bin bereit, sie auszuhalten."
„Oh, Herrin!"
„Tu es, bitte! Denn sonst wird Gott andere Opfer von mir fordern, ganz gewiß! Stell dir vor, mein Gemahl kehrt vom Kreuzzug nicht zurück … Nein, nein, Guda, hilf mir, daß ich leiden darf – für Gott. Damit er weiß, daß ich ihn liebhabe, mehr als alles auf der Welt! Fast alles. Auch wenn ich reich bin! – Du wirst es tun!"

Am nächsten Tag wird die Witwe des verstorbenen Herrn von Hörselgau vor Elisabeth geführt. Die Landgräfin, in die Lektüre der Psalmen versunken, nimmt nur einen Schatten wahr. Als sie aufsieht, blickt sie in die hellen Augen der jungen Frau.
„Ihr seid Isentrud von Hörselgau?“
„Ja, Frau Gräfin.“
„Man hat mir gesagt, daß Ihr bei mir dienen wollt.“
„Mein Tante hat mich Euch empfohlen.“
„Denkt Ihr nicht daran, wieder zu heiraten?“
„Herrin, ich habe geschworen, bis an mein Ende unvermählt zu bleiben und in Keuschheit zu leben.“
Beatrix von Eckartsberga, die schon zum dritten Mal verheiratet ist, gluckst leise. Zornig fährt Elisabeth sie an. „Was gibt es da zu lachen? Laßt mich allein mit der Frau von Hörselgau!“
Die Gewänder der Damen schleifen hörbar über den Boden, als sie beleidigt in den Vorraum rauschen. Nun legt Elisabeth endlich das Buch zur Seite und wendet sich ganz der jungen Witwe zu.
„Ihr habt Euren Gemahl verloren“, sagt sie voller Mitgefühl. „Bestimmt habt Ihr ihn sehr geliebt.“
Isentrud schluckt. Sie schweigt verlegen.
„Ist es nicht so?“
„Nein, Herrin ... Verzeiht mir, wenn ich so offen rede. Aber alle hier am Hof wissen, daß ... ja, daß der Herr von Hörselgau nicht so war wie ... wie Euer Gemahl. Er war ...“
Sie schüttelt den Kopf und spricht nicht weiter.
Ein wenig ratlos betrachtet Elisabeth Isentruds blasses Gesicht. Eine feine rote Narbe zieht sich darüber.
„Hat er Euch wohl ...“ Sie sieht sich um, aber es ist kein Lauscher in der Nähe. „Hat er Euch wohl schlecht behandelt?“
Isentrud zögert und schüttelt dann heftig den Kopf. „Herrin, erspart mir zu reden! Seid froh, daß Ihr nicht wißt, wie die Männer aus Eurem Gefolge zu ihren Frauen gehen, nachdem sie erst bei den schmutzigsten Mägden waren. Aber jetzt steht er vor Gott, und ich

habe viele Messen für sein Seelenheil lesen lassen. Ich habe die Priester angefleht, für ihn zu beten. Ob das reichen wird, weiß ich nicht. Er war ein großer Sünder. Aber die Priester haben mein Geld genommen und mir Hoffnung gemacht. Vielleicht, wenn ich Gott – so wie Ihr – mit ganzem Herzen diene, vielleicht wird er ihm dann verzeihen und meine seligen Kinder ..."

„Eure Kinder sind gestorben?"

„Drei Kinder hat Gott mir gegeben – und genommen."

„Setz dich zu mir!"

Als die anderen Frauen wieder ins Zimmer kommen, finden sie Elisabeth und Isentrud in Tränen und die Hände wie zum Bund ineinandergelegt.

„Die Frau von Hörselgau gehört von heute an zu meinen Begleiterinnen. Sie wird mit Guda neben meiner Kammer schlafen", erklärt Elisabeth bestimmt.

Endlich ist der Landgraf zurückgekehrt. Es ist schon fast wieder Winter geworden. Auf Elisabeths Fragen gibt er nur ausweichend Antwort.

Ja, die Polen sind besiegt! Nein, nicht alle hat er erschlagen. Natürlich war es gefährlich, Blut ist geflossen, sein Pferd einmal gestürzt. Aber er versteht zu kämpfen. Nun werde das Land bis zur Elbe und vielleicht noch darüber hinaus thüringisch. Hermann wird ein großes Reich erben. Zärtlich legt Ludwig den Arm um Elisabeths Schulter.

Einige Tage später, als der Landgraf einen Ritter nach seiner Gemahlin schickt, sagt Isentrud: „Sie ist im Garten."

Dem Herrn von Eckartsberga begegnen auf dem Weg zum kleinen Kräutergarten am Südturm kichernde Mägde, die ihre Köpfe zusammenstecken, als hätten sie etwas ganz Außergewöhnliches

gesehen. Und gleich darauf wird ihm klar, worüber sie sich lustig machen.
Elisabeth ist nicht allein im Garten. Vor ihr kniet ein zerlumpter Mann, den Kopf voller Wunden in ihren Schoß gebettet. Sie wäscht ihn, und der Ritter erstarrt, als er näher kommt.
Der Mann ist aussätzig.
„Frau Gräfin, was tut Ihr da?"
Elisabeth hat ihn nicht kommen hören. Mit einem strahlenden Lächeln sieht sie zu ihm auf.
„Seht Ihr nicht, wie schmutzig er ist? Ich wasche ihn."
„Das ist Aussatz!" schreit Herr von Eckartsberga.
„Ich weiß."
Der Ritter weicht drei Schritte zurück und starrt stumm vor Entsetzen auf das Bild vor seinen Augen. Ohne ihn weiter zu beachten, drückt Elisabeth ihr weißes Tuch aus und beginnt mit frischem Wasser an einer anderen Stelle Schmutz und Schorf abzuweichen. Der junge Mann in ihrem Schoß hat die Augen geschlossen, er zittert am ganzen Körper.
„Das dürft Ihr nicht, Frau Gräfin!"
„Wer hat mir zu befehlen?" erwidert Elisabeth kühl.
„Euer Gemahl schickt mich. Er möchte mit Euch sprechen."
„Sagt ihm, daß ich meinem Herrn Jesus noch zu dienen habe. Sobald ich fertig bin, werde ich kommen."
Herr von Eckartsberga preßt die Lippen aufeinander, flucht leise in sich hinein und bleibt stehen, obwohl er eigentlich nichts mehr zu tun hat. Elisabeth aber streicht beruhigend über den kahlen Kopf des Kranken. Traurig betrachtet sie die offenen Wunden und trocknet sie behutsam mit ihrem Schleier. Dann faßt sie dem Mann unter die Schultern und hilft ihm, sich aufzurichten. Er öffnet die Augen und sieht sie an.
„Lazarus", sagt sie leise. „Wie heißt du?"
„Ich heiße Simon."
„Geh, Simon! Geh in die Küche, sage, ich habe dich geschickt. Sie

werden dir Brot geben. Und dein Weib soll morgen wieder deine Wunden waschen."
„Ich habe kein Weib."
Ratlos sieht Elisabeth ihn an, dann den Ritter, der immer noch vor ihr steht.
„Er hat keinen Menschen", sagt sie zu dem von Eckartsberga, „keinen Menschen!"
Der Aussätzige schluchzt auf, greift nach ihren Händen und bedeckt sie mit Küssen. Das erträgt der Ritter nicht mehr. Er springt dazwischen und reißt Simon zur Seite.
„Geh", sagt Elisabeth ruhig zu dem Kranken. „Ich werde dich morgen vor dem Tor der Burg suchen und sehen, wie es dir geht."
Er humpelt davon, immer noch laut weinend. Elisabeth streicht ihr Kleid glatt.
„Zuerst will ich mich umziehen und dann zu meinem Herrn gehen. Geht Ihr voran!"
Ludwig sieht ihr besorgt entgegen, als sie den Saal betritt. Herr von Eckartsberga hat alles berichtet. Jetzt sitzen die Ritter in einer Ecke zusammen und schielen gespannt herüber.
In der Zwischenzeit hat Elisabeth ein leuchtend rotes Kleid angelegt. Sie trägt eine glitzernde Kette aus Gold und Edelsteinen. Das Haar mußte Guda ihr noch bürsten und binden: Sie ist schön, und sie weiß es.
„Geht es dir gut, meine Schwester?"
„Es geht mir sehr gut, mein lieber Gemahl. Warum sollte es mir nicht gutgehen?"
Ludwig sieht zu den Rittern hinüber. Die wenden sich scheinbar gelangweilt ihrem Würfelspiel zu.
„Muß es denn ein Aussätziger sein?"
„Unser Herr Jesus hätte ihn geheilt. Das kann ich nicht. Aber der arme Mann hat keinen Menschen, nicht Weib, nicht Kind! Niemanden, der seine Wunden wäscht. So wie Lazarus. Und er liegt vor unserer Tür. Sollen wir darauf warten, daß die Hunde seine

Geschwüre lecken? Du weißt, was mit dem reichen Mann geschehen ist, vor dessen Tür er lag ..."
Ludwig betrachtet sie nachdenklich.
„Wenn ich dich so reden höre, dann ... Also: Du hast recht!"
Er schlägt mit der Faust auf den Tisch, daß die Ritter hochfahren, und springt auf.
„Meine Gemahlin wird heute abend mit uns speisen."
Er reicht Elisabeth den Arm und führt sie an die Spitze der Tafel. Die Mägde drängen herein und bringen das Geschirr. Im Klappern der Teller und Töpfe geht das Gemurmel der Ritter unter.
„Er bringt seine Frau an unseren Tisch ... Selbst beim Essen will er sie um sich haben ... Demnächst kommen noch die Aussätzigen ... Was soll das noch werden ... noch werden ...?"

„Einen Aussätzigen waschen, milde Gaben verteilen? Meint Ihr wirklich, das reiche schon zur ewigen Seligkeit?"
Magister Konrad, vom Landgrafen noch einmal auf die Wartburg gerufen, steht vor Elisabeth am Kamin und blickt ins Feuer. In seinen Augen spiegeln sich die flackernden Flammen.
„Um Gott zu gefallen, bedarf es anderer Dienste, Frau Gräfin! Euer Gemahl wird mit dem Kaiser ins Heilige Land ziehen. Wohlgetan! Das wird ihm die ewige Seligkeit bringen. Den Frauen bleibt nichts als Keuschheit und Armut und Gehorsam, um gottgefällig zu leben. Aber welche Frau ist dazu schon bereit – und gar welche Fürstin!"
„Ich bin durch die heilige Ehe gebunden, aber Armut und Gehorsam ..."
„Unmöglich für Euch!"
Trotz der Wärme aus dem Kamin fröstelt Elisabeth unter Konrads bitterem Lachen.
„Schließe die Läden!"

Guda steht auf und schiebt ein Holzbrett vor die Fensteröffnung. Nun wird es noch dunkler in der Kammer, im beißenden Rauch tränen die Augen.
„Unmöglich! Ihr seid eine Fürstin. Euer Reichtum ist Euer Fluch. Eher wird ein Kamel durchs Nadelöhr gehen, als daß Ihr die ewige Seligkeit erlangt. Jeden Tag Brot und Fleisch und Wein: Überfluß! Und das alles herausgepreßt aus Euren Untertanen, die selbst nichts haben und darben müssen, während Ihr praßt und noch über die Armen spottet. Ihr werdet Gottes Strafe fühlen!"
„Nein, Herr Konrad! Ich spotte nicht. Ich will ... hört Ihr, ich will anders leben. Helft mir! Sagt mir, wie ich es kann!"
Konrad schüttelt den Kopf.
„Unmöglich! Jeden Tag eßt Ihr das Brot, das Eure Leute aus dem gestohlenen Getreide backen."
„Und wenn ich es nicht esse?"
„Dann müßt Ihr hungern."
„Aber ich habe eigenes Gut! Auch mein Gemahl."
„Trotzdem ist Eure Küche voll von Geraubtem. Den Klöstern haben Eure Verwalter Wein aus den Kellern geholt, der zum Abendmahl bestimmt war."
„Das glaube ich nicht!"
„Ihr laßt die Bauern wie Sklaven arbeiten. Kein Schwacher, kein Kranker wird verschont. Ihr preßt aus ihnen heraus, was Ihr braucht, und fragt nicht, ob ihnen noch genug zum Leben bleibt. Sogar ihr altes Recht, das Wild aus den Wäldern zu holen, machen Eure Knechte ihnen streitig. Unrecht überall!"
Elisabeth beißt sich auf die Lippen. „Sagt mir, was ich tun soll!"
Mit finsterem Gesicht starrt er in den Kamin. „Es ist unmöglich. Ihr könnt nichts tun."
„Doch! Ich verspreche, daß ich Euch gehorchen werde."
„Welch ein Versprechen! Von einer Frau!"
Guda und Isentrud sehen einander besorgt an. Wird sie sich das sagen lassen? Einen Augenblick lang sieht es so aus, als wolle die

Landgräfin eine heftige Antwort geben. Aber dann senkt sie demütig den Blick.

„Ich bitte Euch, redet! Sagt mir, was ich tun soll! Und ich werde – dies ist das Wort einer Fürstin! –, ich werde alles tun, was mir mein edler Gemahl erlaubt. *Ihn* kennt Ihr, seinem Versprechen glaubt Ihr. Darum glaubt auch mir und redet!“

Sehr langsam wendet der Mann im dunklen Rock sein Gesicht vom Feuer ab und sieht Elisabeth an. Vor ihm sitzt eine kleine Frau mit blitzenden Augen. Mühsam bewahrt sie ihre Gelassenheit und wartet auf seine Antwort.

„Ihr wollt mir gehorsam sein? Gerade mir? Habt Ihr Euch nicht einem Bruder des Franziskus als geistlichem Ratgeber anvertraut? Man hat mir davon erzählt.“

„Ihr wißt, daß die Brüder nur Jesus allein dienen, keinem Fürsten, keinem Herren. Sie sind voller Demut und Liebe. Aber Ihr seid streng und gerecht. Darum bitte ich Euch, daß Ihr mir dient, indem Ihr mir befehlt.“

„Warum?“

Sie sucht nach Worten.

„Damit ich … damit ich die Vollkommenheit erreiche, die vor Gott gilt.“

„Und wenn ich Euch verbiete, bestimmte Speisen zu essen?“

„Dann werde ich sie nicht essen.“

„Und wenn ich Euch gebiete, meine Predigten anzuhören?“

„Dann werde ich Euch folgen.“

„Und wenn ich sage, Ihr sollt zu Fuß kommen?“

„Dann komme ich zu Fuß. Alles – außer …“

„Was nicht?“

„Ich kann, solange mein Gemahl bei mir ist, nicht in Keuschheit leben.“

Konrad lacht verächtlich, aber Elisabeth läßt sich nicht beirren. „Sollte mein Gemahl jedoch …“

Erschrocken hält sie inne.

„Sollte er von Gott abberufen werden, dann würdet Ihr ehelos bleiben?“ Sie sieht Konrads Augen aufleuchten.
„Ja“, flüstert sie.
„Ich werde es mir überlegen. Der Umgang mit Frauen ist schwierig. Nicht nur Franziskus, schon die Väter unserer Kirche haben davor gewarnt. Wie sagt der heilige Hieronymus? Die Frau ist die Pforte des Teufels …, der Weg der Bosheit …, der Stachel des Skorpions …, mit einem Wort: ein gefährlich Ding …“
Unverständliches murmelnd geht er hinaus.
„Ach, Herrin“, seufzt Isentrud. „Ich mag den Mann nicht, auch wenn er die Seelen der Menschen mit seinen Worten bezwingt. Ich mag ihn nicht.“
Elisabeth nickt verständnisvoll.
„Gerade darum, Isentrud, gerade darum will ich ihm gehorchen. Jeder seiner Blicke ist wie ein Geißelhieb. Gott wird wissen, wie sehr ich *ihn* liebe, wenn ich diesem Mann Gehorsam leiste. Er hat ja recht: Den Armen zu helfen, die Aussätzigen zu waschen – was ist das schon? Es erfüllt meine Seele mit Licht und Freude. Aber Konrads Predigten anzuhören, in sein dunkles Gesicht zu sehen, das macht mir Angst. Dann weiß ich, wie es sein muß, wenn wir einmal vor Gott stehen. Es ist das Gesicht des Richters, Isentrud!“

Wie die edle Witwe Isentrud dem Magister Joseph von der glücklichen Ehe der seligen Landgräfin erzählte

Die hochgewachsene fromme Witwe Isentrud von Hörselgau empfing den Magister Joseph und seinen Schreiber vor ihrem Fenster stehend. Sie hielt die Hände in den weiten Ärmeln ihres grauen Gewandes verborgen und blickte dem gelehrten Kirchenmann ruhig entgegen. Unwillkürlich verneigte sich Magister Joseph sehr tief und gab dem Schreiber einen Stoß, es ebenso zu tun.

„Ihr seid ..."

„Ich bin die Witwe des Herrn von Hörselgau. Was wollt Ihr von mir?"

„Es heißt, Ihr kanntet die selige Landgräfin und habt viele Jahre mit ihr gelebt."

„Das ist wohl wahr. Nach dem Tod meines Gemahls verließ ich die Burg und kam nach Eisenach. Man brachte mich vor die junge Landgräfin, und sie fand Gefallen an mir. So wählte sie mich zu ihrer engsten Vertrauten. Es waren an die fünf Jahre, bevor ihr Gemahl, der selige Landgraf, uns für immer verließ."

Magister Joseph setzte sich, der Schreiber breitete seine Utensilien aus. Isentrud blieb unbeweglich stehen.

„So bitten wir Euch, von der Zeit ihrer Ehe zu erzählen. War sie auch da schon eine Heilige, obwohl sie mitten in der Welt lebte? Erzählt!"

Ohne zu zögern, begann Isentrud.

„Die selige Elisabeth, meine Herrin, war immer, auch zu Lebzeiten ihres Gemahls, gottesfürchtig, demütig und mildtätig sowie fromm dem Gebet ergeben. Oft eilte sie den unwillig darüber murrenden Dienerinnen schnellen Schrittes in die Kirche voraus und beugte dabei heimlich immer wieder die Knie."

„Sehr gut! Und wie gelang es ihr, heiligmäßig zu leben, obwohl sie dem Joch der ehelichen Verpflichtung unterworfen war? Sie wird doch kaum anders als widerwillig ihrem Ehemann fleischlich zu Willen gewesen sein?"

„Magister Konrad behauptete, daß sie Gott lieber als Jungfrau gedient hätte. Davon weiß ich nichts. Ich weiß nur, daß sie in zärtlicher Liebe an ihrem Gemahl hing – und er an ihr. Den ehelichen Freuden haben die beiden sich mit Wonne hingegeben."

„Schweigt!"

Mit hochrotem Kopf fuhr Magister Joseph aus seinem Stuhl auf. Jetzt endlich begriff er, warum Konrad von Marburg auf das Zeugnis der Dienerinnen verzichtet hatte.

„Ihr wollt doch nicht sagen, die Heilige habe die Nächte in ausschweifender Sinnlichkeit mit ihrem Gemahl verbracht?"

„Nein, nicht nur. Sie betete auch nachts."

„Dann erzählt davon! Und das andere laßt beiseite!"

Magister Joseph lehnte sich wieder zurück, gab dem Schreiber ein Zeichen, und Isentrud begann von neuem zu berichten – ruhig und ohne Stocken.

„Die selige Elisabeth stand des Nachts häufig auf, um zu beten, obwohl ihr Gemahl sie ermahnte, dabei ihrer Gesundheit nicht zu schaden. Bisweilen hielt er auch eine ihrer Hände in seiner Hand, während sie betete, und bat sie – aus Sorge um ihr Wohlergehen –, sich doch wieder hinzulegen. Sie forderte ihre Dienerinnen oft dazu auf, sie nachts zum Gebet zu wecken. Manchmal schlief ihr Gemahl dabei weiter, manchmal stellte er sich aber auch nur so. Da wir Dienerinnen befürchteten, unseren Herrn durch das Wecken zu stören, fragten wir sie, wie wir das Wecken besorgen sollten. Sie gab uns die Anweisung, sie an den Zehen

zu ziehen. Einmal zog ich aus Versehen an einer Zehe des Herrn. Er wachte auf, aber weil er meine Absicht erkannte, zürnte er nicht.
Sie dehnte auch ihr Beten so lange aus, daß sie häufig auf dem Teppich vor ihrem Bett einschlief. Als wir ihr deswegen Vorwürfe machten, daß sie nicht gern bei ihrem Gemahl schlafe, antwortete sie: ‚Wenn ich auch nicht immer beten kann, so möchte ich meinem Fleisch doch diese Gewalt antun, daß ich mich von meinem liebsten Mann losreiße.'
Hatte sie Besuch von weltlichen Damen, dann sprach sie mit ihnen wie ein Prediger über Gott. Wenn es ihr nicht gelang, sie dazu zu bringen, ihre Eitelkeiten abzulegen – wie zum Beispiel Tänze und allzu eng anliegende Ärmel oder seidene, in die Haare eingeflochtene Zierbänder, sonstigen Haarschmuck oder andere Überflüssigkeiten –, dann legte sie ihnen nahe, wenigstens auf eines dieser weltlichen Dinge zu verzichten, und sie schickte ihnen anständige, den guten Sitten entsprechende Ärmel."
„Wunderbar", seufzte Joseph, der mit geschlossenen Augen und einem verzückten Lächeln auf dem Gesicht zugehört hatte.
„Wenn der Heilige Vater das liest, wird er weinen vor Freude, mag sie auch ein wenig zu sehr in ihren Mann verliebt gewesen sein."
Isentrud räusperte sich.
„Ja, ja, sprecht weiter!"
„Sie hielt sich auch streng an das Gebot des Magisters Konrad, *nur solche Einkünfte ihres Gemahls zu verwenden, über deren rechtmäßige Herkunft sie ein gutes Gewissen habe. Daran hielt sie sich so streng, daß sie bei Tisch an der Seite ihres Gemahls alles verschmähte, was von den Eintreibungen der Beamten stammte. Sie griff nur zu, wenn sie wußte, daß die Speisen von den rechtmäßigen Gütern ihres Gemahls kamen. Wurden aber Gerichte aus erpreßten Abgaben aufgetragen, dann brach sie vor den Rittern und Herren oft das Brot, zerteilte die Speisen und reichte sie hin und her, um so den Anschein zu erwecken, als esse sie. Daher wurde sie, selbst bei verschiedenen Gängen am Tisch ihres Gemahls von Hunger und Durst geplagt. Einmal aß sie mit ihm und verzichtete dabei auf mancherlei Speisen aus ungerechter Herkunft.*

Nur fünf kleine Vögelchen waren ihr von ihrem Gut geschickt worden; davon behielt sie nur einen Teil für sich selbst. Das Übrige sandte sie ihren Dienerinnen und begnügte sich bei diesem Mahl mit dem wenigen. Wenn aber ihre Frauen Not litten, weil sie ihnen nichts geben konnte, was aus rechtmäßigen Einkünften stammte, dann quälte sie das mehr als eigener Mangel."

„Wie heilig!" rief Magister Joseph aus und erinnerte sich daran, daß er lange nichts zu sich genommen hatte. „Wir werden heute nachmittag weiter von Euch hören, edle Frau! Der Hospitalmeister hat mich zum Essen eingeladen, entschuldigt mich bitte."

„So wünsche ich Euch guten Appetit", sagte Isentrud höflich, neigte ein wenig den Kopf und verschwand sehr schnell durch die schmale Tür, die ins Hospital hinüberführte. Auch dort klapperte das Geschirr, und aus großen Kübeln wurde den Kranken der Brei ausgeteilt.

Wenig später saß Magister Joseph am Tisch des Hospitalmeisters und biß in eine fette Gänsekeule.

„Nun, habt Ihr die Bekanntschaft der beiden frommen Schwestern gemacht?" fragte der Gastgeber und sah Joseph ein wenig lauernd von der Seite an.

„Ja", nickte der Magister genüßlich kauend, „bemerkenswert, wirklich bemerkenswert, was sie zu erzählen haben!"

5. Kapitel

Der Richter (1226)

„Nicht kommen? Ihr konntet nicht kommen? Spreche ich mit einer Magd oder mit einer Fürstin? Wer hat mir Gehorsam geschworen? Es sind kaum ein paar Wochen vergangen. Wer? – Ich lege mein Amt nieder. Hat Euch meine Botschaft nicht erreicht, oder habt Ihr sie nicht verstanden? Sucht Euch einen anderen Beichtvater! Mit Frauen soll sich plagen, wer will. Ich habe Wichtigeres zu tun. Jetzt hättet Ihr nicht mehr zu kommen brauchen."

Konrad wendet sich ab. Barfuß, frierend, im leichten Mantel steht Elisabeth mit ihren Frauen vor dem Eingang zur Nikolaikirche. Es wird schon Abend, der Himmel ist dicht verhangen, eine Mischung aus Schnee und Regen treibt die Straße entlang.

Vor ihren Augen schließt Konrad das Tor. Im Halbrund über den beiden Türflügeln thront Jesus als Weltenrichter und weist mit der Linken in das Gewühl von Teufeln und Ungeheuern, die sich der schreienden Sünder bemächtigen.

Elisabeth sinkt schluchzend auf die Knie.

„Bitte hört mich an, Herr Konrad! Nicht, daß ich mich entschuldigen wollte! Ich weiß, daß ich gesündigt habe! Aber vergebt mir. Ich konnte nicht anders!"

Als könnten sie einen Schutzwall gegen den Zorn des Meisters bilden, drängen sich die Begleiterinnen um ihre Herrin.

„Was ist denn geschehen, daß Ihr meinem Befehl nicht folgen konntet?"

„Die Markgräfin von Meißen, meines Eheherrn Schwester, ist zu Besuch gekommen. Sie traf den Herrn nicht an, weil er, wie Ihr wißt, zum Kaiser aufgebrochen ist. Ich mußte sie begrüßen, ihr ein Mahl richten ..."

„Ihr kennt die Gebräuche am Hof, Herr Konrad!" wirft Hiltrud von Vargula gereizt ein.

„Habe ich Euch gefragt?"
Die Frau hüllt sich fester in ihren Mantel und weicht zurück. Elisabeth bebt vor Kälte und Angst.
„Ich konnte nicht, Herr Konrad! Es wäre eine große Unhöflichkeit gewesen, sie nicht zu begrüßen. Sie wäre erzürnt weitergereist, hätte sich vielleicht mit unseren Feinden verbündet ... Bitte, verzeiht mir, daß ich Euch nicht gehorcht habe!"
Konrad schlägt die Kapuze zurück und scheint im Halbdunkeln zum Riesen zu wachsen. „So seid Ihr bereit, Buße zu tun?"
„Ja!"
Etwas blitzt in seinen Augen. Er winkt den Mönchen, die sich im Hintergrund halten.
„Holt Bruder Gerhard. Er soll die Geißel bringen."
Isentrud schreit entsetzt auf. „Die Fürstin? Es ist die Fürstin!"
„Ich weiß, daß es die Fürstin ist. Wer ist bereit, die Strafe für sie zu erleiden?"
Hilflos sieht Elisabeth zu ihm empor.
„Aber ich ... ich bin schuldig."
„Euch kann ich nicht strafen, wie es sich gebührt."
Bruder Gerhard nähert sich zögernd. Neugierige Mönche strömen plötzlich von allen Seiten, während die Frauen angstvoll zurückweichen. Mit einer heftigen Bewegung greift Konrad nach der Geißel und schlägt sie zischend durch die Luft.
„Wo Schuld ist, muß Strafe sein. Wählt unter Euren Begleiterinnen!" Elisabeth kauert weinend auf dem Boden. Nach kurzem Zögern wirft Guda sich neben sie in den Schmutz.
„So straft mich!"
Konrad reißt ihr den Mantel herunter und schlägt zu. Einmal. Zähneknirschend beugt sich Isentrud an Gudas Seite und erhält den zweiten Schlag. Elisabeth sieht nicht auf, sie hört nur das Zischen der Peitsche und das leise Stöhnen der Frauen. Auch die von Vargula beugt den Rücken unter den Schlägen – nicht ohne laut zu jammern. Fünf-, sechsmal saust die Geißel noch durch die Luft,

dann wendet Konrad sich ab. Die Mönche folgen ihm. Lautlos verschwinden sie in der Dunkelheit.
„Kommt, Herrin!"
Die Frauen richten Elisabeth auf. Schweigend und eng aneinandergeschmiegt treten sie den Heimweg zum Langrafenhof an, eine die andere stützend. In den Gassen begegnet ihnen kaum jemand, die Menschen haben sich in ihre Häuser verkrochen. Schneewasser und Unrat fließen in Rinnsalen die Straßen entlang. Noch einmal treibt der Winter sein Unwesen zwischen den Häusern.
Als sie in tiefer Dunkelheit ihre Kammern erreichen, werden die Mägde gerufen. Sie breiten die Mäntel zum Trocknen aus. Inzwischen hat Elisabeth schon selbst Wasser geholt und wäscht unter Tränen die blutigen Spuren auf Gudas Rücken. Die anderen haben weniger Schläge abbekommen, sind aber nicht weniger verbittert.
„Ihr hättet Euch doch einen anderen Beichtvater erwählen sollen, Herrin!" schimpft Hiltrud von Vargula. „Muß er uns alle Höllenstrafen jetzt schon erleiden lassen?"
„Es ist doch zu unserem Besten!" Elisabeth hebt flehend ihre Hände. „Glaubt es doch! Was wir hier leiden müssen, das erspart uns der ewige Richter im Jenseits."
„Wenn man's denn so genau wüßte", murmelt die von Vargula.

In diesem Sommer sind die Vorratskammern der Bauern schon leer, als die neue Saat gerade erst zu keimen beginnt. Elisabeth hört das Klagen.
„Warum haben die Leute nichts zu essen?"
„Sie waren faul", sagen die Frauen auf der Wartburg. „Übrigens trägt man jetzt überall eng anliegende Ärmel. Wir müssen Euch neue Kleider nähen lassen, Herrin. Eure schlanken Arme sehen in

den schmal geschnittenen Ärmeln bestimmt sehr verlockend aus. Dann werden auch noch Perlen darauf gestickt ..."
Zornig schüttelt Elisabeth den Kopf.
„Ob meine Ärmel weit oder eng sind, ist mir gleichgültig. Wenn mein Gemahl zurückkommt, werde ich mich schmücken. Jetzt wollen wir spinnen gehen."
„Schon wieder?"
Während einige zurückbleiben und sich weiter über die geschmückten Ärmel ereifern, steigt Elisabeth mit Guda, Isentrud und den engsten Vertrauten in den Keller hinunter. Dort unterbrechen die Mägde erschrocken ihr Schwatzen, als die Damen eintreten.
„Öffnet die Tür, laßt Luft herein!" Es fällt Elisabeth schwer zu atmen. Isentrud hält sich ungeniert die Nase zu. Die ungewaschene Wolle liegt in der Mitte auf einem großen Haufen mit Kot und Erde vermischt. Seufzend zieht Guda den Rocken in die Nähe der Tür. Die Mädchen wagen nicht mehr, von ihrer Arbeit aufzusehen. Nur leises Surren erfüllt den Raum, bis Elisabeth endlich die gespannte Stille durchbricht.
„Die Wolle, die wir hier spinnen, wird den Brüdern des frommen Lehrers Franziskus dienen, die in ihrer Armut und ihrer Frömmigkeit uns allen ein Vorbild sind. Ist es nicht schön, daß wir Frauen sie bei ihrem Dienst unterstützen können?"
Niemand antwortet. Guda ist der Faden abgerissen, schimpfend versucht sie, ihn wieder zu befestigen. Jemand bringt ein Licht, weil es draußen schon dämmrig wird. Frische Luft dringt allmählich herein und erleichtert das Atmen.
„Warum redet ihr nicht?"
Elisabeth sieht sich stirnrunzelnd um.
„Ich fürchte", meint Isentrud, „die Gespräche der Mägde würden Euch nicht erfreuen, Herrin."
„Nein? Worüber sprecht ihr denn?" wendet sich Elisabeth an ein rundliches Mädchen, das nicht weit von ihr sitzt. Die Kleine starrt errötend auf ihre Spindel.

„Wir … wir sprechen von den Taten der Heiligen.“
Die anderen unterdrücken nur mühsam ihr Gelächter. Isentrud schüttelt den Kopf.
„Sie sprechen von Männern, Herrin, von fast nichts anderem. Und vielleicht noch von der Hungersnot.“
„Hungersnot? Wer hat Hunger?“
Auf einmal ist die Spinnstube voller Leben und Geschrei. Einige weinen, andere springen auf.
„Mein Vater … er hat seine letzte Kuh verloren. Die schreckliche Seuche!“
„Meine Mutter ist am Fieber gestorben. Sie hatte keine Kraft mehr.“
„Mein kleiner Bruder, meine Schwester … sie essen nur noch am Sonntag Getreide. Sonst müssen sie Blätter und Wurzeln essen!“
„Die Kranken, die Bettler liegen auf der Straße. Drei Tote haben sie heute nacht am Fuß des Berges gefunden …“
„Und das habt ihr mir verschwiegen? Nur die Faulen müßten hungern, habt ihr gesagt.“ Elisabeth wendet sich fassungslos an ihre Frauen. Die zucken mit den Achseln.
„Was sollen wir tun?“
„Aber wir haben Vorräte! Ich weiß doch, wieviel in die Keller der Wartburg eingefahren wurde.“
Entschlossen schiebt Elisabeth den Spinnrocken beiseite. „Ruft mir den Burghauptmann! Ich erwarte ihn in meiner Kammer. Und wenn der Magister Konrad kommt – sofort, sofort muß ich ihn sprechen!“

Einige Wochen später steht Konrad wieder vor der Fürstin. Diesmal kam er ungerufen.
„Man klagt, daß Ihr zuviel gebt. Die Vorräte könnten auch für die Burgbewohner nicht mehr reichen, man könnte hochstehende Gäste nicht mehr angemessen bewirten.“

Belustigt sieht Elisabeth ihn an. „Habt Ihr mich nicht gelehrt, daß Geben seliger ist als Nehmen? Und nun verlangt Ihr von mir, daß ich geizig bin?“

Es entgeht ihr nicht, daß er unsicher wird; er, der doch auf alle Fragen eine Antwort weiß …

„Trotzdem solltet Ihr Euer Gut nicht verschleudern. Man hat mich ermahnt, Euch zu warnen. Soll Euer Eheherr etwa nicht mehr vorfinden, was ihm gehört? Auch für die Vorbereitung des Kreuzzuges braucht er Geld. Er kann schließlich nicht auf einem Maultier ins Heilige Land ziehen! Also handeln wir mit Bedacht! Wer noch Vieh hat und ein Stück Acker, der wird nicht verhungern. Wirkliche Not leiden solche, die kein Land haben oder zu krank sind, um es zu bebauen. Auch die Witwen und die fahrenden Leute, die auf Almosen angewiesen sind – denen gibt niemand mehr ab.“

„So wollen wir sie in die Burg aufnehmen.“

„Nein! Vielleicht in die Nähe. Ihr könnt Eure gräflichen Brüder nicht dem Anblick des Elends aussetzen.“

„Das sagt Ihr?“

Erstaunt tritt Elisabeth näher an Konrad heran, sucht seinen Blick. Aber er wendet sich ab. Sie spricht ruhig weiter: „Herr Konrad! Am Fuß des Felsens, auf halber Höhe, hat man eine Frau mit einem Kind gefunden, beide tot. Sie hatte den Säugling an ihrer leeren Brust liegen. An der Stelle will ich für die Armen ein Haus errichten! Es sollen nicht noch mehr Kinder sterben müssen – unter meinem Fenster. Helft mir, Herr Konrad. Meine Brüder werden es nicht gern sehen, ich weiß. Aber mein Gemahl … er wird sagen: Es ist recht, was du tust! Ihr kennt Ludwig!“

„Es werden zu viele kommen.“

„Wir nehmen die auf, die krank sind. Den anderen werden wir zu essen und zu trinken geben, und dann sollen sie arbeiten. Ich habe noch Truhen voller Gold und Silber, die meine selige Mutter mir an den thüringischen Hof mitgegeben hat. Davon werde ich nehmen, wenn die Herren Grafen meinen, sie seien zu arm, um ihre Untertanen zu ernähren."

„Die Menschen sind wie Schafe, die keine Hirten haben. Sie brauchen nicht nur Brot, sie brauchen geistliche Nahrung!"

„Ja, ja, Herr Konrad! Aber hat nicht auch unser Herr Jesus die Menschen nach seiner Predigt gespeist? Hat er uns nicht Belohnung versprochen für jedes Glas Wasser, das wir dem Geringsten seiner Brüder reichen? Ich habe Eure Predigten wohl verstanden!"

Nachdenklich betrachtet Konrad die Fürstin. Seine schmalen Lippen verziehen sich ein wenig.

„Ja, Frau Gräfin, Ihr versteht vieles von dem, was ich sage. Nur immer etwas anders, als ich es gemeint habe."

Gerade als Herr Konrad aus der Kemenate der Landgräfin tritt, stürzt ein laut schreiendes Kind herein, das Gesicht mit Blut und Schmutz verschmiert. Entsetzt breitet Elisabeth ihre Arme aus und preßt den Jungen an sich. Ihr Kleid färbt sich dunkel.

„Was ist passiert?"

Die dicke Amme, völlig außer Atem, keucht herein.

„Er ist gefallen, vom Pferd gefallen. Euer Bruder, Herr Heinrich, hat ihn auf – auf seinen Hengst gehoben."

Mit dem Ärmel wischt Elisabeth das Blut aus Hermanns Gesicht und preßt den Stoff auf die Wunde. Eine Magd wird geschickt, um sauberes Leinen und blutstillende Kräuter vom Bader zu holen. Langsam beruhigt sich der Junge.

„Böses Pferd! Dummes Pferd!"

„Herr Heinrich erlaubt sich manchmal wirklich seltsame Scherze."

Schimpfend und schwatzend umdrängen die Frauen Mutter und Kind.

„Man könnte fast meinen ... Wenn er selbst Kinder hätte, würde er sich solche Späße nicht erlauben ... Es wird Zeit, daß er eine Frau nimmt ..."

„Der Knabe wollte reiten, unbedingt", versucht die Amme zu erklären.

„Aber es muß doch wohl nicht gleich der wildeste Hengst sein!"
„Was ein rechter Ritter werden will, der übt sich früh", sagen die einen, während die anderen weiter über die rauhen Sitten des Herrn Heinrich schimpfen. Elisabeth achtet nicht auf das Schwatzen und nicht auf ihr schmutziges Kleid. Sie streichelt und liebkost ihren Sohn, hält ihn und summt leise ein Wiegenlied:
„Vöglein im Baum
rührt sich im Traum
Tandaradei ...
Es tut schon nicht mehr weh, nicht wahr? Nicht wahr, Hermann? Denke daran, wieviel Schmerzen unser Herr Jesus leiden mußte."
„Nicht reiten, nie mehr reiten", weint der Junge und preßt den kleinen Kopf an die Brust der Mutter.
„Doch, doch, du wirst auch wieder reiten."
Sie streicht ihm durch seine blonden Locken – so blond wie Ludwigs Haar.
Wenn er doch wiederkäme! Wenn er doch bald wiederkäme! Niemand würde es wagen, seinem Sohn ein Leid anzutun. Niemand! Aber Ludwig ist noch so weit ...

Ein schwüler Sommertag geht zu Ende. Auf den Feldern steht die Ernte, aber sie wird vertrocknen, wenn es nicht bald regnet ... Fern im Westen zucken Blitze über dem Werratal. Die Sonne versinkt hinter einem schwarzen Wolkengebirge.
„Kommt, es ist Zeit", ruft Elisabeth ihren Frauen zu. Seufzend erheben sie sich von ihren Steinbänken oben im ersten Stock des Palas, wo unter den Arkaden ein leichter Wind geht. Widerwillig folgen sie ihrer Herrin auf den Hof.
Elisabeth ist schon in die Küche vorausgeeilt, wo die Mägde Brotkörbe und Krüge mit Bier bereitgestellt haben.

„Habe ich euch nicht gesagt, daß ihr auch Spielzeug für die Kinder hineintun sollt?"
„Frau Gräfin, woher sollen wir denn Spielzeug nehmen?"
„Aber wir haben doch genug. Ich finde jeden Tag neue Puppen und bunte Steine in den Truhen meiner Kinder."
„Das gehört alles den jungen Herrschaften."
„Ach, was!"
Verärgert läßt Elisabeth die Amme rufen und fordert sie auf, Spielzeug auszusuchen, das Hermann und Sophie den Armen schenken können: Puppen, bunte Ketten, Steine, verzierte Stöcke … Aber die Frau kommt unverrichteter Dinge zurück. Der kleine Hermann will nichts aus seiner Truhe hergeben, und Sophie hat alle Puppen schnell versteckt.
„Dann müssen wir etwas kaufen! Wenn in Eisenach wieder Markt ist, werde ich Spielzeug kaufen. Also gehen wir jetzt. Nehmt die Körbe! Isentrud, den … Ja, den schweren will ich tragen. Nein, gib ihn mir. Nun wollen wir gehen, die Kranken warten."
Die Frauen mit ihren Körben, gefolgt von Mägden, die Krüge tragen, treten gerade aus der Küche, als Heinrich und Konrad, die jungen Grafen, in den Hof einreiten.
„Seid gegrüßt, liebe Brüder", ruft Elisabeth ihnen zu. Heinrichs Miene bleibt unbewegt, während sein Bruder sich immerhin zu lächeln bemüht.
Der Burghauptmann tuschelt mit den Herren, und der von Schlotheim geht mit hochrotem Gesicht vorüber. Kaum lassen die Ritter den Frauen Platz hindurchzugehen. Guda wäre fast über einen gestolpert, der betont breitbeinig neben seinem Pferd steht. Elisabeth fühlt die Blicke wie Pfeile im Rücken, aber sie geht ruhig weiter und lächelt den Frauen aufmunternd zu.
Über den steilen Pfad, der vom Burgtor herabführt, müssen die Frauen mit ihren Körben balancieren. Der Schweiß läuft ihnen übers Gesicht, ein Mückenschwarm begleitet sie mit bedrohlichem Summen. Selbst zum Schimpfen haben sie keine Kraft mehr,

würden von Elisabeth auch kaum gehört, denn die läuft behende und leichtfüßig auf dem schmalen Weg vor ihnen den Berg herab, ohne sich nach den schnaufenden Hofdamen umzusehen.
Guda ist wie immer an ihrer Seite. Vorsichtig mahnt sie: „Nicht zu schnell, Herrin, nicht zu schnell!"
Ganz hinten, so daß sie fast den Anschluß verpaßt, müht sich Beatrix von Eckartsberga, dem Zug zu folgen. Ihr leises Fluchen wird vom Summen der Insekten übertönt.
Unterhalb des Felsens, auf dem sich der Palas erhebt, ist ein festes Haus entstanden. Die Türen sind weit geöffnet. Vor dem Eingang spielen schmutzige Kinder auf dem Boden. Ein Franziskaner kommt heraus und eilt den Frauen entgegen.
„Herrin, Herrin!" Er verneigt sich tief. „Sie ist tot, die Frau, um die Ihr Euch gestern gemüht habt. Eben ist sie, mit allen Tröstungen der heiligen Kirche versehen, gestorben."
„Und ihre Kinder?"
Der Mönch weist auf die mageren kleinen Gestalten, die von überallher aus dem Gebüsch auftauchen. „Sie sind … irgendwo."
„Woran ist die Frau gestorben?"
Elisabeth stellt den Korb ab, die anderen folgen ihrem Beispiel nur zu gern. Laienbrüder aus der abseits gelegenen Küche stürzen sich auf die Krüge und Körbe, um sie davonzutragen.
„Ihr Körper war über und über mit Geschwüren bedeckt. Ihr habt es gesehen, Herrin, als Ihr selbst …", er schluckt, wagt das Unglaubliche kaum auszusprechen, „ … als Ihr selbst sie gewaschen habt. Sie konnte auch ihren Namen nicht mehr nennen, lallte nur unverständlich … Herrin, wenn es ansteckend war!"
„Unsinn!" Elisabeth wendet sich traurig ab. „Sucht mir die Kinder der Frau! Und jetzt laßt uns hineingehen."
Trotz der weit geöffneten Tür scheint die schlechte Luft in dem Gemäuer zu stehen. Zu beiden Seiten eines schmalen Ganges liegen in roh gezimmerten Kästen fast dreißig Kranke auf Strohsäcken, die mit hellem Leinen bedeckt sind. In der hinteren

Ecke wird die Tote gewaschen. Eine ausgemergelte Alte kriecht auf allen Vieren der Fürstin entgegen und versucht, ihre Füße zu küssen. „Steh auf!“ fährt Elisabeth sie an. Aber die Alte hat keine Kraft mehr und sinkt in sich zusammen.

Neben der Tür stapelt sich ein Berg Wäsche, mit Blut und Eiter verschmiert. Es riecht nach Erbrochenem. Die Hofdamen drücken Tücher vor ihre Nasen und versuchen, wieder ins Freie zu entkommen.

„Bringt die Wäsche hinaus! Warum muß die hier drin liegen?“

Mit einiger Überwindung beginnt Elisabeth ihren gewohnten Rundgang. Doch als sie in das erste Bett sieht, entspannt sich ihr Gesicht: Eine junge Frau liegt darin, ihr neugeborenes Kind an der Brust. Sie lächelt müde, aber glücklich.

„Wie geht es dir?“

„Wir haben gegessen und getrunken! Sie haben uns gewaschen. Es war gut, so gut, Herrin!“

„Woher bist du gekommen, als wir dich gestern fanden?“

„Aus Uetteroda.“

„Und dein Mann?“

„Ich weiß nicht. Sie haben ihn geholt.“

„Wer?“

„Die Knechte des Ritters.“

Ihre Stimme wird leiser. Elisabeth runzelt die Stirn.

„Er taugte nichts, Herrin, er taugte nichts. Hat alles vertrunken. Da ist er mit ihnen gegangen.“

Elisabeth streicht dem Kleinen über die Stirn, an der die schwarzen Haare kleben. Beim Trinken ist das Kind eingeschlafen.

„Wie heißt er?“

„Es ist ein Mädchen, Herrin, und es heißt – Elisabeth.“

„Wir wollen es noch heute taufen.“

„Danke!“

Die Frau versucht sich aufzurichten und Elisabeths Hände zu küssen. Aber die Fürstin ist schon weitergegangen und beugt sich

über einen Mann, aus dessen Bettkasten ein ekelerregender Geruch dringt.
„Nun, Ruprecht, wie geht es heute? Hat dich niemand sauber gemacht? He, Bruder Johannes!"
Die Brüder verteilen gerade das mitgebrachte Brot und hören nicht. Magere Hände strecken sich gierig aus den Kästen und stopfen sich kleine Stücke in den Mund. Die Krümel fallen auf das Leinen, mit Speichel und bei einigen mit Blut vermischt. Elisabeth muß ins Freie gehen. Ihr ist übel geworden.

Draußen lagern die Hofdamen im Schatten einer alten Buche und fächeln sich Luft zu. Ärgerlich fährt Elisabeth sie an:
„Habt ihr gesehen, wie rund und gesund der alte Ruprecht wieder aussieht? Aber nein, ihr schnappt nach Luft wie die Fische auf dem Trockenen. Was aus den Kranken wird, ist euch gleichgültig."
Die Frauen blicken stumm zu Boden. Da wendet sich Elisabeth den Kindern zu, die scheu näherkommen, in den Händen Stöckchen oder vom Boden aufgelesene Steine. Ein kleiner nackter Junge krabbelt bis vor ihre Füße, sieht lachend zu ihr auf. Vergnügt hebt Elisabeth ihn hoch und wirft ihn in die Luft. Das Kind jauchzt, Sand rieselt von seinen Händen und Füßen über ihr Kleid.
„Ja, das ist eins von den Kindern", sagt Bruder Johannes, der gerade zurückkommt, nachdem er mit dem Verwalter des Hospitals gesprochen hat.
„So nehmt ihn ins Kloster auf, wenn er größer ist. Ich werde dafür bezahlen. Ihr bekommt auch noch Geld für die Hirse, die ihr gekauft habt. Wo ist mein Beutel?"
Hiltrud von Vargula nestelt an ihrem Gürtel und reicht Elisabeth den mit Perlen bestickten Geldbeutel. Als die Fürstin ihn öffnet, erschrickt sie.
„Es reicht nicht mehr, Guda! Wo ist das Geld? Ich habe doch erst gestern die letzten Silbermünzen aus der Truhe genommen!"
„Ihr habt heute früh schon bezahlt, Herrin – für das frische Leinen.

Und dann habt Ihr vor dem Tor den Bettlern gegeben, und zwar reichlich." Seufzend nimmt die Frau von Vargula den Beutel zurück.
„Euer Reichtum wird bald ganz vergeudet sein – für dieses Pack."
Einen Augenblick lang ist Elisabeth betroffen. Sie betrachtet nachdenklich die spielenden Kinder, das Haus, die Mägde, die in großen Krügen das Wasser von der etwas tiefer gelegenen Quelle herbeitragen, und die Gesichter ihrer Begleiterinnen. Aber dann blitzt es in ihren Augen.
„Und ihr meint, die Landgräfin von Thüringen hat kein Geld mehr, um Hungrige zu speisen? Hat nicht unser Herr befohlen: ‚Gebt ihr ihnen zu essen'? Die Jünger hatten nur fünf Brote und zwei Fische. Wir haben mehr!"
Mit einer entschlossenen Bewegung zieht sie ihren goldenen Ring vom Finger und drückt ihn Bruder Johannes fest in die Hand. „Geh und verkauf ihn! Es wird reichen – für das Kind und die anderen. Es wird reichen!"
Die von Schlotheim und die von Eckartsberga wenden sich ab.
Ein dumpfes Grollen schreckt die Vögel auf. Über den Wipfeln der Buchen ballen sich finstere Wolken.
„Frau Gräfin, Frau Gräfin, ein Gewitter!"
Die Frauen raffen ihre Kleider zusammen.
„Schnell! Schnell!"
Elisabeth lacht. „Was habt ihr Angst! Lauft nur, daß ihr eure Seidengewänder ins Trockene bringt! Ich habe noch Zeit."
Unschlüssig stehen die Hofdamen unter der Buche. Da kommt ein Windstoß und wirft ihnen die Schleier ins Gesicht. Beatrix von Eckartsberga läuft als erste los, auf den Pfad zu, der zur Burg hinaufführt. Fast wäre sie mit den Eseln zusammengestoßen, die ohne Hast, vom Gebimmel ihrer Glöckchen begleitet, Wasserkrüge hinauftragen. Die Eselstreiber feixen, als ihnen die verschreckten Damen in den Weg laufen. Bereitwillig machen sie Platz. Nur Guda und Isentrud bleiben bei Elisabeth zurück.

„Kommt, wir wollen noch nach den beiden Aussätzigen sehen!"
„Ich warte auf Euch", stottert Isentrud.
Schmutz und Staub wirbeln durch die Luft.
„Laßt es gut sein für heute, Herrin! Morgen früh kommen wir wieder!" Auch Guda tritt von einem Fuß auf den anderen.
Mit lautem Knall schlägt die Tür des Hospitals zu. Die Kinder laufen schreiend zusammen. Bruder Johannes öffnet von innen und läßt sie ein. Leer liegt der Platz vor den drei Frauen, nur abgerissene Blätter fegen an ihren Füßen vorbei. Elisabeth stimmt widerwillig zu.
„Also gehen wir!"
Sie ziehen sich die Schleier vors Gesicht, steigen über die Steine und Felsen zur Burg hinauf. Als sie in den Hof eintreten, fallen die ersten dicken Tropfen. Es donnert, daß die Festen des Berges erbeben.
„Öffnet das Tor!" schreit Elisabeth gegen den Sturm. „Laßt die Bettler im Torbogen lagern!"
Nicht alle schaffen es noch, sich ins Trockene zu retten. Die anderen flüchten unter Felsvorsprünge und Bäume, als dann endlich und langerwartet unter Donner und Blitz der Regen über die Berge rauscht.

„Ihr habt Euern Schmuck verkauft."
„Ja, Herr Konrad. Werdet Ihr mich nun loben, daß ich der Eitelkeit der Welt entsage? Es war ein Geschenk meines Eheherrn, aber er wird mir verzeihen."
Herr Konrad räuspert sich und runzelt die Stirn.
„Jetzt, wo die Äcker wieder Frucht tragen, ist es Zeit, daß Ihr die Leute an die Arbeit schickt. Das Volk gewöhnt sich schnell daran, durchgefüttert zu werden. Schickt die Bettler, die Eure Burg belagern, auf die Felder!"

„Aber sie haben keine Kleider, keine Schuhe, kein Werkzeug."
„Habt Ihr noch Geld in Euren Truhen?"
„Nein, aber ich besitze Güter und Burgen. Ich kann verkaufen. Was braucht ein Bauer, um zu ernten?"
„Das wißt Ihr nicht?" Der Magister verzieht belustigt den Mund.
„Ich lerne, Herr Konrad."
„Also laßt Sicheln und Rechen beschaffen. Und auch Schuhe, denn sonst zerschneiden sich die Leute ihre Füße auf dem Feld. Ihr seid kühn, Frau Gräfin! Aber werdet nicht hochmütig! Habt Ihr heute schon Euer Gebet gehalten? Und vergeßt nicht, daß ich morgen predige – wider die Sünde im Lande. Hat Gott uns durch die Teuerung nicht deutlich genug gezeigt, wie ernst es um uns steht?"
„Ich werde kommen, Herr Konrad, ganz gewiß."

Als der Magister sich verabschieden will, wird es unruhig vor der Tür. Ein Bote drängt herein.
„Frau Gräfin, man will nicht, man will nicht!"
„Was gibt es? Habe ich dich nicht zur Neuenburg geschickt?"
„Frau Gräfin, ich bin schon zurück, man will Euren Befehl nicht ausführen. Der Burghauptmann sagt ..."
„Ich habe befohlen, und der Burghauptmann wagt zu widersprechen?"
„Er sagt, da ist nichts mehr zum Verteilen." Der Junge – von dem langen Ritt verschwitzt und erschöpft – wankt gegen die Mauer. „Ich habe nichts gegessen, Herrin. Die dort gaben mir nichts, und auf dem Weg ..."
„Guda! Isentrud! Helft! – Man hat dir nichts gegeben, obwohl du ein Bote des Landgrafen bist?" Empört wendet sich Elisabeth an Konrad.
„Gibt es keine Ordnung mehr im Land?"
Herr Konrad zuckt die Achseln.
„Ich sagte Euch – sie sind wie Schafe, die keinen Hirten haben!"

Die Frauen bringen Bier und Brot. Der Junge beißt gierig hinein und beginnt dann langsam wieder zu sprechen.
„Unterwegs haben mich ein paar Bauern überfallen. Sie nahmen mir alles, was ich bei mir trug. Ich bin froh, daß sie mir das Pferd gelassen haben. Sie hätten mich wohl totgeschlagen, wenn ich ihnen nicht meinen Beutel gegeben hätte ..."
Hastig leert er einen Becher nach dem anderen.
„Es sieht schlimm aus, Frau Gräfin. Aber die Saat steht nun wieder auf den Äckern, und in ein paar Wochen ..."
„Sind die Felder alle bebaut?"
„Nein, es gibt Dörfer, da lebt niemand mehr, der ein Feld beackern könnte ..."
Lange betrachtet Elisabeth den Jungen, der vor ihr an der Wand hockt und das Brot in sich hineinstopft.
„Niemand mehr? – Isentrud, wer ist unser treuester Diener? Ich will noch einen Boten zur Neuenburg schicken. Wenn sie diesmal nicht gehorchen, dann wehe ihnen, wenn unser Herr zurückkehrt!"

Am Abend steigt sie wieder ins Hospital hinunter. Guda und Isentrud begleiten sie, alle anderen Frauen klagen über Unwohlsein. Als ihnen mit lustigem Gebimmel die wassertragenden Esel entgegenkommen, weichen die Knechte ehrfürchtig zur Seite. Aber einer der Grauen beansprucht den Weg für sich und stellt sich ihr – unbeeindruckt vom Peitschen und Schimpfen des Treibers – in den Weg. Verblüfft bleibt Elisabeth stehen.
„He!"
„Verzeiht, Herrin, er weiß nicht, wer Ihr seid!" ruft der Knecht entsetzt und wirft sich vor Schreck in den Staub. Elisabeth betrachtet aufmerksam die weiche Nase, die der Esel ihr entgegenstreckt. Dabei hat er die langen Ohren hoch aufgerichtet, als wollte er hören, was sie nun sagt.

„Wie solltest du mich auch kennen?“
Der Esel wackelt mit den Ohren, vielleicht um die Mücken zu vertreiben. Elisabeth nickt ihm belustigt zu.
„Du hast mich verstanden!“
Und obwohl der Treiber mit aller Kraft versucht, das kräftige Tier mitsamt den Wasserkrügen zur Seite zu schieben, steigt Elisabeth durchs Gebüsch vorsichtig um ihn herum.
„Der Herr von Hörselgau“, erzählt Isentrud, „hat einmal einem Bauern den einzigen Esel erschlagen, weil der nicht aus dem Weg gehen wollte.“
Als sie vor dem Hospital ankommen, stürzt ihnen aus dem Schatten einer Holzhütte die ganze Kinderschar entgegen.
„Mutter! Mutter!“ rufen sie und zerren an Elisabeths Kleidern. Sie streichelt dem einen das Haar, hebt den anderen hoch, fragt die Mädchen nach ihren Puppen und putzt den ganz Kleinen die Nase. Nur ein Junge hält sich zurück.
„Was ist, Olaf, willst du mich nicht begrüßen?“
Das Kind humpelt mit schmerzverzerrtem Gesicht heran.
„Da!“
Elisabeth beugt sich tief herunter und sieht, wohin er zeigt. Aber da ist nichts. Eine kleine rote Stelle am Bein, eine Schwellung, wenn man darüberfährt. Der Junge schreit auf bei der Berührung.
„Bringt mir Wasser!“
Sie wäscht das Bein vorsichtig. Es stört sie nicht, daß ringsum die anderen Kinder toben. Im Hospital werden die Kranken für die Nacht versorgt, die Brüder schleppen Wäsche und Wasser heraus und hinein. Olaf weint.
„Da! Da! Au!“
Voller Vertrauen sieht er in Elisabeths Gesicht. Mit ihrem Schleier wischt sie ihm Schleim und Tränen ab.
„Ihr habt doch eine Salbe, Bruder Johannes!“
Man bringt ihr das Fläschchen. Sorgsam trägt sie kostbare Honigsalbe auf.

„Morgen komme ich und sehe, ob du wieder laufen kannst."
Am nächsten Tag ist der rote Fleck größer geworden. Elisabeth betrachtet mit Sorge das kleine Bein, das verweinte Gesicht. Wieder wäscht sie den Jungen und träufelt Öl auf die gespannte Haut. Nach ein paar Tagen findet sie ihn schluchzend hinter einem Busch sitzen. Krampfhaft bedeckt er mit seinen kleinen Händen die schmerzende Stelle.
„Was ist los, Olaf? Zeig mir dein Bein!"
Er gehorcht nur widerstrebend. Das Geschwür ist aufgeplatzt. Eiter quillt nach draußen, rot sind die Ränder der Wunde.
„Komm!" Elisabeth trägt den mageren Kleinen ohne Mühe ins Hospital und legt ihn auf den sauber gefegten Boden.
„Sieh, Guda, nun hat sich die Wunde geöffnet! Nun wird sie heilen! Nur Wunden, die aufgegangen sind, können auch heilen. Ekelst du dich? Aber es ist doch viel schlimmer, wenn der Eiter unter der heilen Haut pocht und schmerzt. Nein, wir müssen die Wunden lieben, sonst werden wir nicht heil."
Sie tupft vorsichtig auf die offene Stelle.
„Euer Schleier, Herrin!"
„Das macht nichts."
Der kleine Olaf stöhnt, schreit aber nicht. Seine großen Augen hält er ganz fest auf Elisabeth gerichtet.
„Ich weiß, daß es weh tut, Olaf, aber nicht mehr lange!"
Mit einem sauberen Tuch – „Es muß rein sein, ganz rein!" – bedeckt sie die Wunde. Jeden Tag nimmt sie den Verband ab. Und jeden Tag quillt neuer Eiter nach. Aber von den Rändern her wächst gesundes rotes Fleisch. Und so schließt sich das Bein langsam, sehr langsam.
„Siehst du, Guda, er lacht schon, wenn ich mit den Fingern ganz vorsichtig die Ränder berühre. Noch ein paar Tage …", und sie tupft einen Rest von Eiter ab.
Endlich, an einem verregneten Spätsommerabend, kommt der kleine Olaf den Frauen entgegengelaufen. Gesunde weiße Haut

überzieht sein Bein. Der Junge lacht und streckt seine Ärmchen aus. Jubelnd hebt Elisabeth ihn hoch.
„Und ich dachte schon, er muß zu den Aussätzigen", murmelt Guda erleichtert.
Von der Wartburg bringen sie die letzten Vorräte zum Hospital hinunter.

Auf den Feldern fährt der Wind durch goldenes Korn. Überall im Land werden die Sicheln geschliffen.
„Herr Heinrich hat gedroht, er werde sich mit Gewalt nehmen, was er zu essen braucht", erzählen die Knechte. Elisabeth winkt ab. „Bald ist Erntezeit. Auch Herr Heinrich wird satt werden. Er soll sich gedulden."
Sie tritt in die kleine schmucklose Kapelle der Wartburg und wirft sich vor dem Gekreuzigten auf den Boden.
„Du, Herr, der du die Armen zu dir gerufen hast, verzeih mir, daß ich reich bin! Gib Gnade, Herr, gib Gnade …
Pateant aures misericordiae tuae … Möge Dein Ohr sich voller Erbarmen den Bitten der Flehenden öffnen, und damit Du den Bittenden ihre Wünsche gewähren kannst, laß sie verlangen, was Dir wohlgefällig ist. Durch unsern Herrn …"
Es ist schon Nacht, als sie endlich in ihre Kemenate zurückkehrt, die Knie wund, die Augen schwer von Müdigkeit. Guda hilft ihr, das Kleid abzulegen, dann sinkt sie auf ihr Lager und fast schon in den Schlaf.
„Vergiß nicht, mich zu wecken", flüstert sie noch. „Bei Sonnenaufgang – ich muß beten!"
Guda seufzt und löscht das Licht.

Hörnerschall erfüllt das Tal, schwillt an und verklingt wieder im Schatten des Waldes. Auf der Burg laufen die Mägde mit Besen und Eimern hin und her, werfen den Schmutz über die Mauern und scheuern den Steinboden am Eingang des Palas blitzblank.
„Schnell! Schnell! Sie kommen!"
Ein Vogelschwarm steigt auf und entfernt sich. Die weißen Tauben auf dem Burgturm schlagen wild mit den Flügeln. Der Aufruhr treibt alle um. Selbst der alte Knecht Lukas, der sein halbblindes Gesicht in die Sonne hält, reibt heftig die Hände aneinander.
„Er kommt!"
„Schnell, Guda, den Mantel! Nein, den weißen!"
„Herrin, den haben wir ... verschenkt!"
„O nein – den?"
Die von Eckartsberga droht triumphierend mit dem Finger. „Herrin, ich habe Euch gewarnt. Aber Ihr mußtet ja alles fortgeben."
„Ja, ich erinnere mich", erwidert Elisabeth, „ich erinnere mich: Es war die junge blonde Frau mit dem Neugeborenen. Wir legten das Kind auf den Mantel und wickelten es ein. Es ist gut, Guda!"
„Ich habe noch etwas gefunden!"
Isentrud schleppt einen mit Pelz besetzten hellblauen Umhang herbei.
„Den habe ich ganz vergessen!"
„Wie gut, Herrin", meint die von Vargula und legt Elisabeth den Mantel um die schmalen Schultern.
„Zwar ist er nicht gerade für den Sommer geeignet, aber wir werden dem Herrn sagen, daß es hier immer sehr kalt war ..."
Der Mantel rutscht.
„Haltet Euch aufrecht, Herrin!"
„Ja, ich werde mich aufrecht halten." Sie sieht zum Fenster hinaus. „Sind die Herren schon ausgeritten, um ihren Fürsten zu empfangen?"
„Ja, Herr Heinrich ist gerade durchs Tor. Und sie haben den Bett-

lern befohlen zu verschwinden, damit der Landgraf nicht durch ihren Anblick beleidigt wird."
„Was haben sie?"
„Bleibt ruhig, Herrin, bleibt ruhig!"
„Beleidigt durch den Anblick der Armut! Ein christlicher Fürst! Hat nicht unser Herr Jesus ...?"
Elisabeth hält inne. Die Fanfaren nähern sich. Mit ihren Frauen und den beiden Kindern schreitet sie aus der Kemenate auf den Hof hinaus. Über ihnen kreisen die Tauben um den Turm. Die Fürstin schaut empor und stolpert – sie hat nicht auf den Weg geachtet.
Da schwankt das Banner des Landgrafen herein, die Knechte schreien ihr „Heil". Hunde kläffen, ein Pulk von Rittern verteilt sich zwischen den Mauern, Ludwig ist in ihrer Mitte, springt vom Pferd und kommt lachend auf die Frauen zu.

„Sie hat recht gehandelt. Und den von der Neuenburg wird die Strafe seines Herrn treffen."
Im Rittersaal herrscht gespanntes Schweigen. Einige blinzeln zu den Brüdern des Herrn hinüber, die mit finsteren Gesichtern vor ihren Bechern sitzen.
„Auf!" ruft Ludwig, „wo sind die Sänger? Gibt es keine Musik mehr am Thüringer Hof?"
„Nein, Herr", sagt der von Schlotheim mit einem bösen Blick auf Elisabeth. „Die Landgräfin hat die Sänger und Fiedler zur Arbeit geschickt."
Elisabeth, fürstlich geschmückt, hält den Kopf demütig gesenkt.
„Wir brauchten jede Hand, jeden Arm für die Ernte. Wenn alles eingefahren ist, mögen sie wieder singen."
„Wenn sie bis dahin nicht an andere Höfe gezogen sind", zischt der von Schlotheim.
Ludwig verzieht ein wenig das Gesicht, aber dann richtet er sich auf

und sagt laut in den Saal hinein: „Ihr Herren, in anderen Ländern des heiligen Reiches sind so viele Menschen verhungert, daß es den Fürsten an Knechten fehlt. Wir sind glücklich, daß unsere Herrin durch ihre Wohltaten die Untertanen ernährt und vor dem Hungertod bewahrt hat. Wollte irgend jemand etwas dagegen sagen?"
Schweigen.
„So singen wir selber, wenn die Sänger nicht da sind. Auf, ihr Leute!" Kräftig und mit Lust stimmt Ludwig an, dröhnend fällt der Chor der Ritter ein:
„Wir fahren hin, Gott will es so,
du reine Stadt Jerusalem,
ein guter Christ wird niemals froh,
befreit er nicht das Grab des Herrn ..."
Elisabeth lächelt unter ihrem Schleier. Ganz leicht berührt sie Ludwigs Schulter, er spürt es trotzdem.
„Laß uns erst essen, mein Lieb! Dann wollen wir allein sein."

Der Koch und seine Knechte tragen auf einer großen Platte Hirschbraten an den Tisch und setzen ihn vor dem Herrn ab.
„Woher kommt der Hirsch?" fragt Elisabeth.
„Man hat ihn aus den Wäldern hinter der Creuzburg gebracht."
„Gehört uns der Wald?"
Der Koch schweigt und sieht den Herrn an. Ludwig schüttelt den Kopf. Unter vielen hungrigen Blicken schneidet er den Braten an.
„Nein. Aber die Bauern können ja gar nicht jagen. Es heißt zwar immer, das sei ihr altes Recht ..."
„Dann möchte ich davon nichts essen."
Ludwig hält ein safttriefendes Stück in den Händen. Er sieht seine Frau von der Seite an.
„Herr Konrad hat es mir verboten. Ich esse nur, was uns gehört. Rechtmäßig. Was aus den Wäldern kommt, die zu unsern Gütern gehören – und nicht, was wir den Bauern abjagen."

Hungrig von der Reise beißt Ludwig zu. Guda und Isentrud sehen Elisabeth erwartungsvoll an, aber die schüttelt bedauernd den Kopf.
„Ihr alle", fragt Ludwig, „eßt nichts davon?"
„Wir folgen unserer Herrin", erklärt Isentrud und beobachtet neidvoll, wie den Rittern ringsum das Fett aus den Bärten läuft.
„Ihr habt recht", sagt der Landgraf nach einer Weile. „Die Wälder gehören uns nicht", und er wischt sich mit der Hand den Mund ab. „Aber meine Leute würden es mir sehr übelnehmen, wenn ich nicht mit ihnen essen wollte."
„Es ist meine Entscheidung", erwidert Elisabeth ruhig und stolz. „Aber von dem Wein, ihr Lieben, können wir trinken", wendet sie sich an ihre Begleiterinnen. „Der kommt von der Lahn, von unseren Bergen, der gehört uns!"
Ludwig winkt dem Schenken. Die Becher klirren, die Männer lassen den Landgrafen hochleben, Scherzworte fliegen hin und her, und Elisabeth sitzt lächelnd mit leerem Magen zwischen ihnen und wartet.
„Wo war Herr Konrad heute abend?" fragt Ludwig, als sie endlich allein sind.
„Er ist fortgeritten, um in den Städten die Ketzer aufzuspüren. Er sagt, sie vermehren sich wie die Ratten. Als er hörte, daß du kommst, war er zufrieden. Es war ihm fast unerträglich, so lange hier zu bleiben. Er hat Wichtigeres zu tun, sagt er."
„Aber er hat dir treu beigestanden?"
„Ja, mein Lieber, ja! Er hat mir treu beigestanden. Aber nun ... Wie froh bin ich, daß du wieder da bist! Dein Blick ist so anders, so freundlich, so gut. Wenn du doch bei mir bleiben könntest!"
Ludwig schweigt, er streichelt sie und blickt ins Leere. Da scheint es ihr, als glühten in seinen Augen zwei rote Kreuze, als spiegelte sich darin schon das Toben der Schlacht ...
Sie schreit auf und wirft sich in seine Arme.
„Umarme mich, Liebster! Einmal noch!"

Wie der Magister Konrad von Marburg dem Heiligen Vater ein Jahr nach Elisabeths Tod von dem Leben der seligen Landgräfin berichtete

Auf dem Marktplatz flackerte eine letzte kleine Flamme durch die Asche des Scheiterhaufens. Der Henker fegte das Holz zusammen, das noch nicht verglüht war. Sein Hund umkreiste die Richtstätte, schnüffelte in der Asche.

„Dies irae, dies illa
Solvet Saeclum in favilla …"

„Tagt der Rache Tag den Sünden,
Wird das Weltall sich entzünden
Wie Sibyll und David künden.
Welch ein Graus wird sein und Zagen,
Wenn der Richter kommt, mit Fragen
Streng zu prüfen alle Klagen!"

Schaurig und eintönig klang es aus der Kirche herüber. Die Sterne funkelten kalt.

„Habt auch nicht gehört, als er schrie", murmelte der Henker mit einem Blick nach oben. „Seid so hell und klar und ohne Liebe wie die blanken Augen der Mädchen. Die weiden sich an den Flammen, und darin zappelt einer und brüllt und erstickt im schwarzen Rauch. Ist nicht schön, aber sie stehen und gaffen. Hat keiner Mitleid. Auch ihr nicht da oben, auch ihr nicht …", und er trat nach seinem Hund, der jaulend zur Seite sprang.

„Lacrimosa dies illa …"

„Tag der Tränen, Tag der Wehen,
Da vom Grabe wird erstehen
Zum Gericht der Mensch voll Sünden."

Fester zog der Henker sein Tuch um die Schultern und sah zum Kloster hinüber, hinter dessen Mauern einer war, der Gericht hielt.

„Geh bloß wieder fort!" murmelte der Alte. „Zieh weiter mit deinem Maulesel! Es ist besser, Diebe an den Galgen zu bringen als solche Leute. ‚Ketzer', sagen sie. Was weiß ich. Bin ein alter Mann. Aber die vielen Scheiterhaufen, nein …"

Kopfschüttelnd und gewohnt, mit sich selbst zu sprechen – wer sprach schon mit einem Scharfrichter? –, verschwand er in den finsteren Gassen der kleinen Stadt, nur seinen Hund an der Seite.

In der Zelle, die der Abt dem gefürchteten Gast zugewiesen hatte, stand Magister Konrad und diktierte einem kleinen Mönch laut und so schnell, daß der brave Schreiber kaum folgen konnte.

„Hast du's?"

„Ja, Herr."

„Was zitterst du? Mönch! Warum siehst du mich so furchtsam an?"

„Verzeiht, Herr, bitte, ich sah … ich sah … das Feuer …"

„Ha! Mitleid? Nimm dich in acht, Freund, daß du nicht selbst in die Flammen gerätst! Lies, was du geschrieben hast!"

Stotternd begann der junge Mann zu lesen:

„Schon zwei Jahre bevor Elisabeth mir anempfohlen wurde, bin ich, als ihr Gatte noch lebte, ihr Beichtvater geworden. Da fand ich sie wehklagend, daß sie sich jemals ehelich gebunden hatte und also nicht als Jungfrau ihr irdisches Leben beschließen konnte. Als nun zur selben Zeit ihr Gemahl zum Kaiser nach Apulien zog, entstand in ganz Deutschland eine schwere Teuerung, so daß viele am Hunger starben. Sogleich begann unsere Schwester Elisabeth, die Kraft ihres tugendreichen Wirkens zu beweisen. Denn so, wie sie ihr Leben lang eine Trösterin der Armen war, so fing sie jetzt an, eine Ernährerin der Hungernden zu werden, indem sie nahe ihrer Burg ein Hospital erbauen ließ, in dem sie

sehr viele Kranke und Schwache aufnahm; sie gewährte auch allen, die dort um Almosen baten, reichlich die Spende der Barmherzigkeit, und nicht nur dort, sondern im ganzen Herrschaftsbereich ihres Gatten brauchte sie alle ihre Einkünfte aus seinen vier Fürstentümern in dem Maße auf, daß sie schließlich auch allen Schmuck und alle kostbaren Gewänder zum Besten der Armen verkaufen ließ. Und das hatte sie zur Gewohnheit, daß sie zweimal am Tag …"

Der kleine Mönch hob den Kopf und lauschte nach draußen.

„Schreib weiter! – … *morgens und abends alle Kranken persönlich besuchte; dabei übernahm sie sogar die Behandlung derjenigen persönlich, deren Krankheiten am abstoßendsten waren, einigen reichte sie Nahrung* … Hast du's? Schreib!"

Gehorsam kratzte der Schreiber mit der Feder über das Pergament. Vor Anstrengung biß er sich auf die Zunge. Trotzdem konnte er kaum folgen. „… *andere bettete sie, noch andere trug sie* …"

Herr Konrad unterbrach sein ruheloses Auf- und Abgehen. In der Tür stand ein älterer Klosterbruder und verneigte sich ehrerbietig.

„Herr Konrad, draußen wartet einer, ein Herr, ich glaube …", er blickte sich ängstlich um, „… ich glaube, er ist von hohem Adel. Er bittet um ein Wort."

„Er soll warten. Ich habe zu tun."

„Aber er sagt, sein Onkel sei – in Eurer Gewalt."

„Ist er in meiner Gewalt, so ist er ein Ketzer."

Magister Konrad wandte sich entschlossen ab. Der Mönch stand immer noch in der Tür.

„Dieser Herr zeigte mir einen Beutel voller Goldstücke", flüsterte er.

„Gold?" schrie Konrad ihn an. „Gold? Nicht Gold reinigt euch von euren Sünden. Nur Blut! Sag ihm das! Schick ihn fort."

Der Mönch rührte sich nicht.

„Herr Konrad, ich bitte Euch, der Mann … Er hat geweint."

„Schick ihn fort, sage ich dir – oder er wird zusammen mit seinem Onkel weinen. Mit Gold und mit Tränen wollen sie mich erweichen? Schlangen- und Otterngezücht! Droh ihm! Stell ihm Fragen nach seinem Glauben! Schick ihn fort."

„Herr Konrad!"

„Schreib weiter!"

Der Magister wandte sich wieder dem Schreibpult zu, wo der kleine Mönch mit vor Schreck weit aufgerissenen Augen stand und ihn anstarrte.

„*... andere trug sie* ... Hast du das? Dann schreib: ... *und verrichtete viele andere Dienste menschlicher Liebe, und es zeigte sich, daß Wunsch und Wille ihres seligen Gatten nicht dagegen waren.*"

Der Mönch in der Tür war verschwunden. Von draußen hörte man erregtes Sprechen und Geschrei, dann ein wildes Schluchzen. Aber Herr Konrad achtete nicht darauf.

„Hast du das? Wie heißt du eigentlich?"

„*... daß Wunsch und Wille ihres seligen Gatten nicht dagegen waren.* – Ich heiße Hanno, Herr Magister."

„Gut, Hanno, du schreibst zu meiner Zufriedenheit. Aber ich warne dich, daß du dich nicht mit denen da draußen einläßt, die sich meinem Gericht entziehen wollen. Hat doch unser Herr Christus gesagt: ‚Ich bin nicht gekommen, den Frieden zu bringen, sondern das Schwert'! Ich will dir etwas sagen, mein Sohn ..."

Konrad beugte sich vor und flüsterte dem in sich zusammengesunkenen Schreiber etwas ins Ohr.

„Nein!" fuhr Hanno hoch. „Glaubt Ihr wirklich?"

Er zitterte am ganzen Körper.

Konrad richtete sich auf und schob die Hände in die weiten Ärmel seiner grauen Kutte. Schauerlich hallte sein Lachen durch das Gewölbe.

„Er glaubt mir nicht! Er glaubt nicht, daß sie den Teufel anbeten! Nur weil sie Grafen sind! Kleiner Mönch, du mußt noch viel lernen. Die Welt ist voller Teufeleien, und wir müssen kämpfen, kämpfen, kämpfen. Das wirst du schon noch merken. Aber für heute wollen wir Schluß machen. Der Gedanke an die selige Landgräfin lenkt mich zu sehr ab. Morgen, wenn wir die drei Ketzer verbrannt haben, schreiben wir weiter.“

6. Kapitel

Der Abschied (1227-1228)

Noch oft umarmt der Landgraf seine Frau in den langen Nächten dieses Winters, wenn der Eiswind um die Mauern pfeift und die Menschen aneinander Wärme suchen.

In Elisabeths Kemenate geht das Feuer nicht aus. Auch nicht in der Nacht, wenn Ludwig bei ihr liegt. Aber immer wieder huscht sie hinaus in die Kälte, kniet auf den harten Steinen und ringt die Hände.

„Omnipotens sempiterne Deus infirmitatem nostram propitius respice …"

„Allmächtiger ewiger Gott, schaue gnädig nieder auf unsere Ohnmacht und strecke aus die Rechte deiner Majestät … Nimm ihn mir nicht, Herr! … um uns zu schützen … Nimm ihn mir nicht, guter Gott! Ich will auch alles tun, kein Armer soll von meiner Tür gehen, kein Kind soll weinen, keine Mutter klagen, ohne daß ich sie getröstet hätte! Aber nicht wie ich will … Amen."

Guda ist hinter sie getreten und legt ihr eine Decke über den Rücken.

„Nein, Guda, laß! Ich muß doch meinem Herrn ein Opfer bringen."

„Euer Gemahl ruft nach Euch."

„Sag ihm, ich komme. Ich muß nur noch zu Ende beten."

Als Elisabeth zurückkehrt, ist Ludwig wieder eingeschlafen. Sie schmiegt den Kopf an seine Brust und lauscht in sich hinein: Hat sie wieder ein Kind empfangen? Will Gott ihre Ehe noch einmal segnen, bevor Ludwig zum Kreuzzug aufbricht? Sie hört den Wind toben. Er bricht die schwachen Äste, aber die biegsamen, starken halten ihm stand … Noch fester drängt sie sich an den Geliebten, der – halb im Schlaf – über ihr Haar streicht. Und während alles auf den Frühling wartet, möchte sie sich für immer in dieser Winternacht bergen.

Aber unerbittlich schwellen die Knospen, Tag für Tag hebt die Sonne früher ihr goldenes Gesicht über die Erde. Die Vögel erinnern sich an ihre Lieder, und die Ackerfurchen empfangen den Samen für die neue Ernte.
Überall im Land rüsten sich die Gefolgsleute des Landgrafen zur Reise.

„Ich lasse dich und die Kinder im Schutz meiner Brüder, die auch deine Brüder sind. Über das Kirchengut wird Herr Konrad wachen. Allen habe ich befohlen, dich als ihre Herrin zu achten, deinen Wünschen und Geboten zu folgen und dir freie Hand zu lassen. Ich ließe dir auch gern einen von meinen besten Rittern, aber sie drängen sich alle, mit mir zu reisen. Sie wollen mich nicht allein in die Gefahr ziehen lassen. So bleiben dir nur deine Frauen und der lahme Herr von Schlotheim."
Schweigend hört Elisabeth zu, während sie die Spindel in den Händen dreht. Aus dem Fenster sieht sie über die Höhen des Thüringer Waldes, die grünenden Wipfel der Buchen bis zum fernen Horizont.
„Ich habe es dem Kaplan diktiert: Das Kind, das du unter deinem Herzen trägst, soll für den geistlichen Stand bestimmt sein. Ganz gleich, ob es ein Knabe oder ein Mädchen ist. Und auch sonst habe ich alles nach deinem Willen geregelt. – Warum sagst du nichts?"
Ratlos betrachtet Ludwig seine Frau. Über ihr Gesicht laufen Tränen, aber sie hat den Blick fest auf ihre Arbeit gerichtet.
„Wann brecht ihr auf?" fragt sie schließlich mit leiser Stimme.
„Wir warten auf die Herren aus dem Osten unseres Landes. Es müssen auch noch Vorräte gekauft werden. Ich denke, daß wir an Johannes reisen können."
„Johannestag", murmelt sie. „So ist noch etwas Zeit."
Ludwig schüttelt den Kopf und geht hinaus. An der Tür schon kommen ihm Boten entgegen.
„Der Herr von Gleichen hat …"

„Von der Neuenburg läßt man Euch sagen …“
„Drei Pferde sind erkrankt, wir werden neue beschaffen müssen …“
„Die Zahlungen aus Marburg sind noch immer nicht eingetroffen …“
Drinnen legt Elisabeth die Spindel aus der Hand und ruft ihre Frauen. „Kommt, wir wollen in die Frühlingssonne hinausgehen. Sagt der Amme, daß ich die Kinder sehen möchte.“
Wenig später hält sie die Tochter an der Hand, während Hermann mit der Peitsche knallend vor ihnen herläuft. In der Nähe des Tores steht Ludwig mit seinen Brüdern. Die Herren grüßen höflich herüber. Trotz der warmen Frühlingssonne zieht Elisabeth fröstelnd ihr Tuch über der Brust zusammen. Auf dem Hof picken die weißen Tauben Brotkrümel vom Boden und stieben auseinander, als die kleine Sophie jauchzend dazwischenläuft. Elisabeth lächelt ein wenig. Ihre Blicke folgen dem Vogelschwarm, der sich in den blauen Himmel erhebt.

Drei Tage lang reitet die Landgräfin auf ihrem weißen Zelter in der Mitte des Zuges.
Am ersten Tag ist die Menge um sie her laut und ungestüm. Hier schreit einer vor Freude, weil er alte Bekannte trifft, dort erzählt ein anderer unter Gelächter, wie er seine Bauern wegen des Kreuzzugs ausgeplündert hat, und wieder andere feuern mit Gebrüll ihre Pferde zu wilden Sprüngen an.
Am zweiten Tag stößt noch eine große Menge Ritter mit ihren Knechten dazu. Immer langsamer, immer schwerfälliger bewegt sich der Zug. Ein bunter Wald von Wimpeln und Fahnen flattert über den Helmen. Die Bauern, die auf den Feldern arbeiten, lassen vor Staunen ihre Sicheln liegen. In den Augen der jungen Burschen leuchtet die Sehnsucht nach der Ferne: Wer da mitreiten könnte!
„Ho-he!“, rufen die Ritter, die noch den Landgrafen Hermann

kannten, einander zu und stimmen das alte Kreuzfahrerlied an, das man am Thüringer Hof so gern gesungen hat:
„Nun gebt ihr Ritter euer Leben
und auch Gedanken, Sinn und Mut
dem, der es euch zuerst gegeben.
Was hilft uns unser irdisch Gut? ..."
Am dritten Tag nähern sich die Kreuzfahrer der thüringischen Grenze, und es wird stiller in der Menge, die sich um Elisabeth drängt. Während die wohlbekannten Wälder und Berge hinter ihnen zurückbleiben und sich vor ihnen das Tal der Werra weitet, wandern die Gedanken der Männer durch das Land zu ihren schönen Frauen, ihren lachenden Kindern; erinnern sie sich an die gut befestigten Burgen, an Bauerndörfer, die sich in anmutige Täler schmiegen, an den Klang der Glocken aus Kirchen und Kapellen, den Gesang der Priester und Mönche ... So vieles steht den Männern plötzlich in der Hitze des Mittags vor Augen, daß mancher sein Pferd ein wenig zügelt und noch einmal zurückschaut.

Brennt die Sonne heute auch heiß – wieviel heißer wird sie noch brennen! Hier plätschern in den Wäldern Hunderte von Quellen. Überall schenkt die Natur dem Reisenden Erfrischung und Trank. Niemand muß verdursten, wie so viele tapfere Männer auf dem Weg in das Heilige Land. Kein Feind lauert hinter der Wegbiegung, nur staunende Bauern kommen ihnen entgegen, die fleißig arbeiten, um ihre Herren zu ernähren. Wehmütige Gedanken und bange Fragen: Werde ich das alles wiedersehen? Wer – wer von uns kehrt zurück? Ja, wer?

Immer langsamer wird der Zug, die Gespräche verstummen.

Ganz dicht an Ludwigs Seite reitet Elisabeth. Fast berühren die Pferde einander, Ludwigs brauner Hengst und ihre weiße Stute. Die beiden Köpfe nicken im gleichen Takt auf und ab, auf und ab.

„Morgen kehrst du um!"

„Ja, lieber Bruder, morgen."

„Es wird auch Regen kommen. Hoffentlich erreichst du Eisenach noch bei gutem Wetter."
„Mach dir um mich keine Sorgen." Sie lächelt müde. „Meine Reise ist nicht so weit wie deine."
Ludwig weiß nichts zu erwidern. Er sieht die schaukelnden Pferderücken vor sich, die glänzenden Rüstungen, die Wimpel und Banner, und als Elisabeth ihn ansieht, spürt sie, daß er schon weiter sein möchte, viel weiter. Schon am Meer, das so blau leuchtet wie kein anderes Wasser, das sie je gesehen haben. Aber etwas hält ihn noch, hält ihn mit zarter, unsichtbarer Hand fest, und er weiß nicht, wie er sich losreißen soll, betrachtet sorgenvoll das blasse Gesicht seiner Frau und fragt zum hundertsten Mal: „Geht es dir gut?"
Und wie immer antwortet sie: „Ja, es geht mir gut."
Am Abend erreichen sie Meiningen.

Noch bevor die Sonne aufgeht und die Hähne in der Stadt zu krähen beginnen, brechen die Ritter ihre Zelte ab, schnüren ihre Bündel, schlagen an ihre Schwerter und machen sich durch lautes Rufen Mut zum Aufbruch. Die Pferde scharren im Gras und lassen sich geduldig beladen. Nur das Zelt des Landgrafen steht noch in der Mitte des Lagerplatzes.
„Nun ist es soweit. Leb wohl, mein Liebes. Ich komme wieder – du weißt es!"
Elisabeth läßt sich von Guda den Mantel umlegen. Sie trägt ein leuchtend weißes Kleid und ihr Diadem im Haar.
„Willst du mir nichts mehr sagen? Nichts mehr?"
Sie bringt kein Wort heraus, steht einfach da und sieht ihn an. Er küßt sie und spricht dann laut mit ihr, so daß auch die Ritter draußen es hören:
„Gott im Himmel segne dich, meine liebe Schwester. Und er segne das Kind, das du trägst!"

Langsam hebt sie die Hand und berührt seine Brust, schlägt – kaum erkennbar – das Zeichen des Kreuzes und weicht dann zurück. Sie sieht ihm nicht nach, als er das Zelt hastig verläßt.
Draußen blasen die Fanfaren zum Aufbruch.

„Nimm mir den Mantel ab, Guda, den Stirnreif und das Gewand. Gib mir aus dem Sack mein graues Kleid!"
„Aber, Herrin, noch ..."
„Er ist fort, Guda, er ist fort."
Bevor Elisabeth mit ihren Frauen und Knechten nach Eisenach umkehrt, sehen sie, wie der Troß des Kreuzfahrerheeres sich auf staubiger Straße unter der Morgensonne entfernt.
Von Westen nähert sich eine Wolkenwand.
„Auf, Herrin, wir müssen reiten! Der Regen kommt. Wir wollen vor der Nacht eine sichere Unterkunft erreichen!"
Da stößt Elisabeth einen Schrei aus, so furchtbar, daß ihre Begleiter schaudernd zusammenzucken.
„Ich arme Frau, o ich arme Frau!"
Guda hält die Fürstin. Die anderen drängen heran. Eben verschwinden die letzten bunten Wimpel schwankend hinter dem grünen Hügel, wo die Straße nach Süden führt.

„Schließ auf!"
Vor dem Turm an der Stadtmauer von Eisenach steht die Landgräfin mit ihrem Gefolge, und der alte Kerkermeister zittert vor Schrecken.
„Frau Gräfin, Ihr könnt hier nicht herein. Das sind doch Diebe, Halunken, ein Mörder ist dabei. Was wollt Ihr von denen?"
„Schließ auf, habe ich gesagt!"
„Aber das geht nicht, das ist zu gefährlich!"
„Mann, bist du ein Christ?"

Vor Schreck sinkt der Alte auf die Knie und bekreuzigt sich.
„Jesus und Maria, Frau Gräfin, meint Ihr etwa …? Ich schwör's bei meinem Leben! Fragt den Priester! Gestern war ich zur Messe, hab drei Ave Maria gebetet und …"
„Wenn du ein Christ bist, dann weißt du, was unser Herr Jesus gesagt hat: ‚Ich bin gefangen gewesen, und ihr habt mich nicht besucht …' Jetzt schließ auf!"
Mühsam erhebt sich der Mann und dreht den mächtigen Schlüssel im Schloß herum. Die Tür geht quietschend auf, kalte Moderluft weht den Frauen ins Gesicht. Ohne zu zögern, läßt Elisabeth den leuchtenden Sommernachmittag hinter sich und tritt ein.
Über eine steile, enge Treppe führt der Kerkermeister die Frauen nach oben. Ihre Kleider schleifen auf den Stufen, an den Wänden entlang. Zögernd folgen die anderen ihrer Herrin. Hiltrud von Vargula preßt sich ihr Tuch vor Mund und Nase, Beatrix von Eckartsberga stolpert wie immer als letzte schnaufend die Treppe herauf; einige andere, wie die Frau von Schlotheim, sind gleich draußen geblieben.
Als sie im Halbdunkeln das erste Stockwerk erreicht haben, bleibt der Kerkermeister stehen und sucht nach dem richtigen Schlüssel.
„Es muß nicht der Mörder sein", flüstert Isentrud ihm zu.
Er schüttelt den Kopf. Mit einiger Mühe dreht er den Schlüssel herum, als sei die Tür schon lange nicht mehr geöffnet worden. Drinnen ist es so dunkel, daß Elisabeth nichts außer dem schmalen Fensterschlitz in der Außenwand des Turms sieht. Ein Gestank, der ihr fast den Atem nimmt, strömt aus dem engen Verlies. Sie hört, wie ihre Frauen die Stufen wieder hinunterstolpern – ins Freie. Mutig tritt sie einen Schritt vor.
„Aber hier ist doch niemand."
„Doch", murmelt der Alte.
Elisabeths Hände tasten an der feuchten Wand entlang. Da hört sie, wie sich neben ihr etwas bewegt, hört Rasseln und keuchendes Atmen, und je mehr sich ihre Augen an die Dunkelheit gewöhnen,

desto deutlicher erkennt sie ein zusammengekrümmtes Wesen, das vor ihr im Stroh hockt. Es ist fast nackt, nur von struppigen Haaren bedeckt. Abwehrend streckt es die Arme nach vorn.
„Ein Dieb", bemerkt der Kerkermeister ruhig und klappert ungeduldig mit seinem Schlüsselbund.
Der Mensch gibt nur gurgelnde Laute von sich.
„Was hast du gestohlen?"
Da fängt der Mann an zu schreien. Wie ein Hund springt er an seiner Kette auf und ab.
„Gnade! Gnade! Ich will's bezahlen! Mit den Zinsen! Fünf Groschen, nur fünf!"
Elisabeth starrt den Kerkermeister an.
„Wegen fünf Groschen? Ist das wahr?" Der Alte zuckt die Achseln.
„Es wird wohl wahr sein. Wenn er geliehen hat und nicht zurückgegeben, dann ist er ein Dieb. Wird wohl hierbleiben, bis er bezahlt hat."
„Aber wie soll er bezahlen?"
„Muß eben verkaufen … seinen Hof, seine Kinder."
„Seine Kinder? Bist du von Sinnen, Mann?"
Der Kerkermeister senkt den Kopf und schweigt. Guda tritt ganz nahe an Elisabeth heran und berührt sie am Arm.
„Kommt, Herrin, es ist zu kalt hier."
Da wirft sich der Mensch mit seinen Ketten vor der Landgräfin nieder und umklammert ihre Füße.
„Gnade! Gnade!"
Die Fürstin beugt sich herunter in das stinkende Stroh und umfaßt mit beiden Händen seinen Kopf.
„Höre, ich werde dich freikaufen! Deine Schulden sind bezahlt. Morgen bist du frei."
„Gnade! Gnade!" wimmert der Mann und sinkt in sich zusammen.
„Morgen", wiederholt Elisabeth. Sie richtet sich auf, streicht ihr Kleid glatt und sieht sich um. Guda steht zitternd hinter ihr, der Kerkermeister an der Tür, sonst ist niemand mehr da.

„Jetzt möchte ich die anderen Gefangenen sehen“, sagt Elisabeth ruhig.

„Geh und verkaufe den Becher“, befiehlt sie am nächsten Morgen einem Knecht, „und bring das Geld auf der Stelle zum Kerkermeister an den Turm. Dann soll er – hör gut zu! –, er soll den Gefangenen – er weiß schon, welchen – baden und ihm zu essen geben, das Geld wird reichen. Und dann soll er ihn ins Franziskanerkloster schicken. Ich werde zum Abendgebet dort sein, und ich will den Mann sehen. Sauber und satt! Wehe, er gehorcht mir nicht! Sag ihm das. Und was dann übrigbleibt, bringst du mir.“
Der Knecht dreht den kostbaren Becher in den Händen und sieht Elisabeth immer noch fragend an.
„Nun geh!“

Als die Mönche sich am Abend in ihrer Kapelle zum Vespergebet versammeln, hockt einer in Lumpen und bis aufs Skelett abgemagert an ihrer Tür. Sie lassen ihn ein und weisen ihm einen Platz in der hintersten Ecke an. Stumm sinkt der Mann dort auf die Knie. Da kommt Unruhe am Eingang auf. Die Mönche eilen, um Elisabeth und ihrem Gefolge zu öffnen.
„Wo ist der Mann?“
„Welcher?“
„Den ich freigekauft habe.“
„Den?“
Mit einem Freudenschrei stürzt der Bettler seiner Fürstin zu Füßen. Er weint und schluchzt so laut, daß die Brüder ärgerlich zischen.
„Laßt ihn!“ Elisabeth löst ihren Beutel vom Gürtel und sucht ein Geldstück.
„Nimm das, damit du neu anfangen kannst! Ich will, daß du gut für deine Kinder sorgst. – Und Ihr sollt beten“, wendet sie sich an die Franziskaner. „Betet für die Gefangenen, daß sie erlöst werden, und

betet für den Landgrafen, euren Herrn, daß er nicht etwa … etwa in die Hände der Heiden fällt!“
Sie stützt sich auf Isentruds Arm. Die Mönche nehmen ihre Plätze ein, und der Vorbeter beginnt nach kurzer Stille das Abendgebet:
„Deus, qui beatum Petrum Apostolum a vinculis absolutum …
O Gott, du hast den heiligen Apostel Petrus von den Fesseln gelöst und unversehrt von dannen gehen lassen; so löse auch die Ketten aller deiner Diener, die in Gefangenschaft schmachten …“
„Amen. Amen“, antwortet der Chor der Mönche.

„Müssen es denn ausgerechnet Gefangene sein?“
Mit einem leisen Seufzer wendet sich die Landgrafenwitwe ihrer hochschwangeren Schwiegertochter zu. Elisabeth steht noch an der Tür. Im Vorraum des kleinen Gemachs drängen sich ihre Frauen.
„Ja, Mutter, gerade die Gefangenen! Hat nicht unser Herr Jesus gesagt: Ich bin im Gefängnis gewesen, und ihr seid zu mir gekommen?“
„Setz dich, meine Tochter!“
Eine Dienerin schließt die Tür von innen. Es ist dämmrig, das Fenster läßt nur wenig Licht herein. Trotz der spätsommerlichen Temperaturen glüht ein Feuer im Kamin. Die alte Frau sitzt auf Polstern in ihrem Sessel und umklammert mit beiden Händen die Lehnen, als brauche sie eine Stütze.
„Gefangene! Aussätzige! Es ist ja gut und christlich, wenn du den Armen hilfst. Aber jetzt … in deinem Zustand. Setz dich doch endlich.“ Statt den Stuhl zu nehmen, auf den Sophie mit der Hand weist, läßt sich Elisabeth schwerfällig und ungelenk zu Füßen der Mutter auf einen kleinen Hocker nieder.
„Nein, doch nicht dort! Kind!“
„Laß mich nur, es geht schon. Genau so habe ich immer gesessen, wenn ich als kleines Mädchen zu dir gekommen bin. Weißt du es

noch? Du hast mir von unserem Herrn Jesus erzählt und wie gut er war, auch zu den Kindern."
Sophie streicht sich die grauen Strähnen aus dem Gesicht. Sie nestelt an ihrer Haube und schweigt.
„Ich bin gern bei dir gewesen, habe dir gern zugehört. Und das Buch …"
Vor den Frauen auf einem Pult aus kunstvoll geschnitztem Holz liegt Sophies Psalter.
„Ich habe mir so gern dein Buch angeschaut."
„Ja", antwortet die Mutter nach einer Pause, „ du bist mir näher gewesen als alle meine Kinder, auch wenn du dich nie an die Regeln des Hofes gehalten hast. Man hat mir erzählt, daß du dich immer noch in der Kirche zu den ärmsten Frauen stellst, statt zu den Damen deines Standes. Und du trägst das Kind des Landgrafen! Weißt du denn nicht, was du deiner Familie schuldig bist?"
Elisabeth lehnt den Kopf an die Knie der Mutter und schweigt. Mit einer Handbewegung winkt Sophie ihre Dienerin herbei:
„Lies, was du mir gestern vorgelesen hast!"
Die Dienerin tritt mit einem Buch ans Fenster und blättert. Dann liest sie:
„Lerne Maßhaltung! Sie ist für Himmlisches und Irdisches die Mutter aller Tugenden. Denn durch sie wird die Seele geleitet und ebenso der Leib in rechter Zucht ernährt …"
„Nein, das meine ich nicht!" unterbricht Sophie. „Wir haben eine andere Stelle gelesen!"
Die Dienerin blättert wieder und beginnt dann von neuem.
„Gott achtet bei jedem Menschen darauf, daß sich der niedere Stand nicht über den höheren erhebe, wie es einst Satan und der erste Mensch getan haben, die über ihren Stand hinausfliegen wollten. Und wer steckt all sein Viehzeug zusammen in einen Stall: Rinder, Esel, Schafe, Böcke? Da käme alles übel durcheinander! Gott teilt sein Volk auf Erden in verschiedene Stände, wie die Engel im Himmel in verschiedene Gruppen geordnet sind."

„Hast du's gehört?" Sophie fährt heftig auf, Elisabeth aber nickt nur nachdenklich.
„Wer hat das geschrieben?"
„Hildegard, die Äbtissin von Bingen – eine fromme Frau! Gott hat sie mit Visionen begnadet."
Da lacht Elisabeth hell auf. „Visionen! Ach, Mutter, Visionen von Rindern, Schafen und Eseln! Im Evangelium lese ich nichts davon. Und wenn ich einer armen Frau, die ein Kind geboren hat, in die leuchtenden Augen sehe ... Was sehe ich dann? Die Freude einer Mutter! Deine Freude! Meine Freude! Nein, ich glaube es nicht, daß Gott uns als Pferde und Esel in verschiedene Ställe einsperren wollte. Hör doch einmal zu, wenn die Kinder der Armen beten! Wie innig! Wie fromm! Wenn ich dann meine Hofdamen reden höre – von Hauben und Ärmeln und all ihrem Putz, den sie zum Gottesdienst anlegen!"
Jetzt wird Elisabeth so laut, daß man es auch draußen hören kann. „Wenn ich das höre, dann bin ich sicher, daß Gott an ihnen weniger Freude hat als an den einfachen Frauen, die nach Schweiß riechen und mit schmutzigen Händen beten."
„Reg dich nicht auf, Kind!"
Beruhigend legt Sophie ihre feine schmale Hand auf Elisabeths Kopf.
„Ich mache mir doch nur Sorgen um dich und deine Kinder. Du hast Feinde am Hof", flüstert sie.
„Ich weiß."
„Die Schlotheims wollten Ludwig schon damals zu einer anderen Heirat überreden."
Wieder nickt Elisabeth.
„Aber Ludwig hat sich für dich entschieden."
„Habt Ihr das bedauert?"
Aufmerksam sieht Elisabeth zu ihrer Mutter auf. Sophie schüttelt den Kopf.
„Nein, aber ich habe mir immer Sorgen gemacht – um dich und um

ihn. Jetzt bist du allein. Gebe Gott, daß du es nicht bleibst! Meine Söhne lieben dich nicht."

„Gott wird mich schützen", erwidert Elisabeth mit fester Stimme. Draußen bimmelt ein Glöckchen und ruft die Nonnen zur Abendmesse. „Gehen wir!" murmelt Sophie. Ihre Dienerinnen helfen Elisabeth auf. Schweigend schreiten die beiden Frauen mit dem Gefolge zur Kapelle; beide in schlichten Kleidern, wie Witwen sie tragen. Elisabeth geht lächelnd und aufrecht, die Mutter von Sorge gebeugt.

Nach dem Eingangsgebet schlägt der Diakon das heilige Evangelium auf.

„Sequentia sancti Evangelii secundum Marcum. Et accedunt ad eum Iacobus, et Ioannes filii Zebedaei, dicentes ..."

„Da gingen zu ihm Jakobus und Johannes, die Söhne des Zebedäus, und sprachen: Meister, wir wollen, daß du für uns tust, um was wir dich bitten werden. Er sprach zu ihnen: Was wollt ihr, daß ich für euch tue? Sie sprachen zu ihm: Gib uns, daß wir sitzen einer zu deiner Rechten und einer zu deiner Linken in deiner Herrlichkeit ...

Da rief Jesus sie zu sich und sprach zu ihnen: Ihr wißt, die als Herrscher gelten, halten ihre Völker nieder, und ihre Mächtigen tun ihnen Gewalt an. Aber so ist es unter euch nicht; sondern wer groß sein will unter euch, der soll euer Diener sein ..."

„Laus tibi, Christe."

„Lob sei dir, Christus", antwortet Elisabeth aus vollem Herzen. Sophie spricht leise ein Amen.

Als sie aus der Kapelle treten, ist die Sonne schon untergegangen. Die Frauen reichen einander die Hand, Sophie das Gesicht unbewegt, Elisabeth strahlend von stiller Heiterkeit. Schweigend trennen sie sich, jede geht ihren Weg. Die Ältere zieht sich ins sichere Gemach zurück und faltet betend die Hände. Draußen helfen die Knechte Elisabeth aufs Pferd, und mit ihren Frauen reitet sie in den dunkelnden Wald hinein.

Nur ein paar Tage später klopft ein Bote an das Tor des Katharinenklosters und meldet der Witwe die glückliche Geburt einer zweiten Tochter des Landgrafen: Gertrud von Thüringen!

Die Geburt war schwer. Noch drei Tage liegt Elisabeth schwach und still auf ihrem Lager, das Kind im Arm. Die Dienerinnen kommen und gehen, von ihrem Schwager hört sie nur, daß man ihr Genesung wünsche.
Liebevoll betrachtet Elisabeth das kleine runzlige Mädchen in ihrem Arm. Gut, daß es kein Sohn ist, fährt es ihr durch den Kopf. Schon zu viele Anwärter auf die Nachfolge des Landgrafen stehen bereit. Aber noch, noch lebt er! Er lebt! Ganz bestimmt!
Plötzlich, als öffnete sich eine zugeschüttete Quelle, überströmen die vielen ungeweinten Tränen dieses einsamen Sommers ihr Gesicht, und sie schluchzt so laut, daß der Säugling erwacht und zu schreien beginnt. Aus allen Richtungen eilen die Frauen herbei:
„Die Fürstin weint."
Isentrud setzt sich an ihr Bett.
„Noch kein Bote aus Italien? Immer noch kein Bote?"
„Nein, Herrin, nein. Aber Ihr habt doch schon eine Botschaft bekommen. Eurem Gemahl geht es gut."
Jemand trägt die kleine Gertrud zu ihrer Amme, und Elisabeth richtet sich auf.
„Ich will zur Messe gehen."

Bald werden die Tage kürzer, im Wald schneit es rote Buchenblätter. Wenn die Sonne durch die Wolken blitzt, leuchtet es golden rings um die Wartburg, als habe ein Riese seine Schätze über das Land ausgestreut. Aber Elisabeth bemerkt die Schönheit des

herbstlichen Waldes nicht, ihr Blick schweift immer in die Ferne, immer nach Süden.
„Noch kein Bote?“
„Nein, Herrin.“
Sie beneidet ihre Tauben. Die steigen hoch auf und könnten schon von weitem sehen, wenn sich jemand der Stadt Eisenach und ihrer Burg näherte. Aber die Tauben halten nur Ausschau nach Körnern und kehren viel zu gern heim in ihre Verschläge, wo sie sich aufplustern, bei Regen die Köpfe unter die Federn stecken und schlafen können.
Ruhelos wandert die Fürstin über den Burghof. Ihre Blicke folgen den Zugvögeln, die am Himmel nach Süden ziehen, dorthin, wo jetzt auf dem blauen Meer die Schiffe der Kreuzfahrer liegen, wo die Anker gelichtet werden und die edelsten Ritter des deutschen Reiches aufbrechen in das ferne Land, von dem so viele wundersame Dinge erzählt werden.
Ludwig wird es sehen! Der Bote, den er von jenseits der Alpen schickte, brachte ein seidenes Tuch als Geschenk für sie, und er berichtete von dem Jubel, der das thüringische Heer überall begleitet hat: Ludwig, der Freund des Kaisers! Ludwig, der Retter des Heiligen Landes! Ludwig!
Noch blühen die Heckenrosen an der südlichen Mauer. Die Steine sind warm von der Sonne. Elisabeths Begleiterinnen haben es sich auf den Bänken bequem gemacht. Allein ist die Landgräfin an die Zisterne getreten und beugt sich hinunter. Wolken und Himmel spiegeln sich im Wasser, gelbe Blätter treiben mitten durch das Blau, und ihr eigenes Gesicht sieht ihr entgegen, mit dunklen großen Augen fragend: Ludwig?
Vom Tor der inneren Burg her nähert sich eine Gruppe Menschen. Sie kann noch nicht erkennen, wer es ist, aber der Auflauf wird größer. Ritter springen vom Pferd. Es muß eine wichtige Person sein, die jetzt noch, wo der Tag doch schon zu Ende geht, zur Burg heraufgestiegen ist. Ein Knecht läuft über den Hof und verneigt

sich vor ihr: „Herrin, die edle Witwe des Landgrafen wünscht Euch zu besuchen."
Schon haben ihre Frauen sie umringt. Elisabeth hält noch den Mauerring der Zisterne, sieht noch immer den gespiegelten Himmel im Wasser und die Wolken, die sich langsam vor die Sonne schieben. Die Mutter? Warum hat die Mutter ihr Kloster verlassen und kommt unangemeldet?
Fast gleichzeitig erreichen die beiden Frauen die Tür zum Palas. Sophies Gesicht ist grau. Sie will Elisabeth eintreten lassen, aber die weicht zurück.
„Liebe Mutter, geht Ihr voran!"
„Meine Tochter, Ihr seid die Landgräfin."
Schweigend betreten sie nacheinander die Kemenate, das Gefolge wartet. Nur Isentrud und Guda folgen ihnen.
„Setzt Euch, liebe Mutter. Wolltet Ihr die kleine Gertrud sehen? Ich werde gleich die Amme rufen lassen."
„Nein, ich bin nicht gekommen, um das Kind zu sehen."
Sie schweigen. Isentrud und Guda sehen einander fragend an.
„Ich bringe dir eine Botschaft."
Nur mit Mühe kann Sophie sprechen.
„Von Ludwig?"
„Ja. – Aber es ist keine gute Botschaft."
Mit einem Aufschrei springt Elisabeth vom Stuhl.
„Er ist gefangen? Dann werden die Getreuen ihn befreien – oder wir kaufen ihn frei! Das ist nicht so schlimm, liebe Mutter! Oder ist er verwundet? Dann werden wir ihn pflegen. Ich werde seine Wunden waschen, verbinden, salben, Tag und Nacht. Bringen sie ihn her? Kann ich ihm entgegenreiten? Wo ist er?"
Sophie starrt schweigend auf die Säule in der Mitte des Raumes. Die Säule trägt vier Wölbungen, die eine Säule.
„Du kannst ihm nicht entgegenreiten. Er ist tot."
„Nein! Nein! Nein!"
Vor dem Schrei ducken sich die Mägde in den Kellern, die Pferde

im Stall spitzen die Ohren. Auf dem Hof, in den Gängen und Kammern wird es still und leer. Und die weißen Tauben fliegen auf den First des Daches.
„Nein!“
Sie läuft mit wehenden Haaren durch den Speisesaal, durch den Rittersaal, läuft zurück und die Stufen hoch ins Landgrafenzimmer. Die Frauen versuchen, ihr zu folgen und sie aufzuhalten. Aber niemand wagt es, sich der Rasenden entgegenzustellen.
„Nein! Nein! Nein!“
Im äußersten Winkel des Palas krümmt sie sich in einer Ecke zusammen, schlägt mit den Fäusten gegen die Mauern. Hier endlich kann Isentrud, selbst in Tränen aufgelöst, ihr den Arm um die Schultern legen.
Sophie verläßt – von ihren Söhnen und Frauen begleitet – schweigend die Burg.

„Eure Mutter, die edle Witwe des Landgrafen Hermann, schickt mich zu Euch, damit ich Euch berichte …“
Starr blickt Elisabeth in die Glut des Kamins. Der Bote weicht in die hinterste Ecke der Kemenate aus. Er wartet.
Isentrud tritt an die Seite ihrer Herrin und hält deren eiskalte Hand. Guda hockt sich neben Elisabeth auf den Fußboden.
„Rede!“ befiehlt Hiltrud von Vargula.
„Als wir durch das ganze Land Italien gezogen waren, trafen wir den Kaiser und sein Heer im Hafen von Brindisi. Die Ritter aus allen Ländern und Gegenden versammelten sich dort, und wir haben die Schiffe beladen. Da wurde Kaiser Friedrich krank. Wir fürchteten um sein Leben. Auch unser Herr Ludwig besuchte ihn und saß an seinem Lager. Schließlich ist der Kaiser wieder aufgestanden. Ganz gesund und stark schien er zu sein. Aber viele von unseren Leuten hatten Fieber und rote Flecken auf der Haut.

Es war eine Seuche, und niemand wußte ein Heilmittel dagegen. Trotzdem hat der Kaiser befohlen, daß alle auf die Schiffe gehen sollten. Es war sehr heiß, ich habe nie eine solche Hitze erlebt, und wir waren froh, aufs Meer hinauszukommen, da ging doch noch ein frischer Wind. Also, die Herren schifften sich ein, unser Herr Ludwig zusammen mit dem Kaiser. Ich war auf einem anderen Schiff, und wir legten erst einen Tag später ab, weil wir noch Waffen verladen mußten. Die Knechte arbeiteten so langsam ..."

„Erzähle von unserem Herrn, nicht von den Knechten!" fährt die Frau von Schlotheim dazwischen.

„Der Kaiser – Gott schütze ihn! – begann auf dem Schiff wieder zu fiebern, und einen Tag später warf die Seuche auch unsern Herrn Ludwig auf sein Lager. Alle Getreuen waren um ihn, und die Ärzte des Kaisers sorgten für ihn. Aber – er wurde immer schwächer. Er hat auf dem Deck des Schiffes gelegen und konnte in den blauen Himmel sehen. Möwen kamen geflogen. Und da hat er auf einmal gerufen: Die Tauben! Die Tauben!"

„Die Tauben!" Elisabeth wirft sich schluchzend in Isentruds Arme. „Er hat die Tauben gesehen! Er war ganz nahe bei mir! O mein Gott!"

„Die Freunde des Landgrafen und der Kaplan meinten, er habe den heiligen Geist herniederfahren sehen. Alles schrie und weinte, sogar der Kaiser hat geweint. Dann versah ihn der Priester mit allen Tröstungen der heiligen Kirche."

„Und weiter?"

„Das Schiff nahm Kurs auf Otranto. Der Kaiser wollte wieder an Land gehen, weil er glaubte, daß unser Herr vielleicht doch noch genesen würde. Aber als sie anlegten, war ... war Herr Ludwig schon tot." Demütig nähert sich der Bote und wirft sich vor Elisabeth nieder.

„Ich bringe Euch seinen Ring. Und die Ritter Eures Gemahls grüßen Euch und versprechen, daß sie Euch die Gebeine ihres

Herrn bringen werden, wenn sie aus dem Heiligen Land zurückgekehrt sind."
Langsam löst sich Elisabeth aus ihrer Erstarrung. Mit zitternden Händen greift sie nach dem Siegelring, den der Bote ihr hinhält, und betrachtet ihn. Wenn es nicht der richtige wäre, dann ... Aber sie erkennt ihn sofort, sie hat ihn oft genug an seiner Hand gesehen, seiner starken Hand ...
„Laßt uns allein!"
Der Bote und die Frauen – außer Isentrud und Guda – verlassen die Kemenate. Elisabeth blickt starr auf den Ring. Dann läßt sie ihn fallen. „Tot. Alles tot. Die Welt ist tot."
„Euer Sohn, Herrin!"
Sie schüttelt traurig den Kopf. Draußen ... schwere Schritte ... Herr Heinrich steigt ins Landgrafenzimmer hinauf.

Ruhelos wandert Elisabeth durch die Räume des Palas. Aus dem Rittersaal tönt Lärm und Geschrei. Die Kinder plärren in der Kemenate, im Keller lachen die Mägde.
Wer ihr begegnet, tritt zur Seite und verneigt sich. Die Blicke, die ihr folgen, sind manchmal hämisch, manchmal sorgenvoll: Hat sie nun endgültig den Verstand verloren?
Sie ißt nur Suppe. Wenn ein Stück Fleisch darin schwimmt, fragt sie: „Woher?"
Der Koch zuckt die Achseln.
„Herr Heinrich hat befohlen, Euch keine Auskunft mehr zu geben, woher das Essen kommt."
Vor den Augen der Diener nimmt sie das Fleisch aus der Suppe und wirft es den Hunden hin. Wenn sie zum Essen in den Speisesaal gebeten wird, weil Gäste gekommen sind, lehnt sie ab. Murrend bleiben die Frauen bei ihr und begnügen sich mit ein wenig Brot und Gemüse.

Irgendwann an einem Winterabend kommt Nachricht vom Magister Konrad: Er habe von dem Unglück gehört, das die Landgräfin und ganz Thüringen getroffen habe. Sie solle nun Gott rühmen, daß ihr Gemahl sich in seinem heiligen Dienst opfern durfte. Und dann erinnert Herr Konrad Elisabeth an ihr Gelübde. Um Ostern werde er wieder in Eisenach sein, bis dahin müsse er noch den Ketzern im Lande nachspüren.
Sie lacht bitter über die Botschaft.
„Er hat wohl Angst, daß ich Heiratspläne schmiede."
Isentrud beugt sich noch tiefer über ihre Handarbeit.
„Aber was wollt Ihr sonst tun, Herrin?"
„Ich weiß es noch nicht."
Sie geht zum Fenster und reißt den Laden auf. Kalt weht es herein. Schwarze, kahle Zweige recken sich zum verhangenen Himmel empor. Die Berge versinken im Nebel.
Eine Magd muß das Fenster wieder schließen. Elisabeth geht auf ihren Platz zurück.
„Ich will Gott dienen, so wie der Arme aus Assisi. Er hat gesagt: Ein Reicher ist ein Dieb. Ich bin immer noch reich. Ich möchte ganz arm werden."
„Aber Ihr könnt doch nicht betteln gehen. Ihr seid kein Mann! Und eine Fürstin!"
Hiltrud von Vargula schüttelt bei der Vorstellung einer bettelnden Landgräfin entsetzt den Kopf.
„Warum kann ich das nicht?"
„Weil Ihr erfrieren würdet", sagt die von Eckartsberga achselzuckend.
„Also ich, ich bin von Adel", erklärt Frau von Schlotheim mit Nachdruck und erhebt sich. „Ich werde am Hofe bleiben. Es wird ja wohl nächstes Jahr eine Hochzeit geben – und eine neue Landgräfin, die zufällig denselben Namen trägt."
Damit geht sie hinaus, um allen Interessierten zu berichten, welche abwegigen Ideen die junge Witwe jetzt wieder geäußert hat. Die anderen bleiben schweigend zurück.

„Sie sollte nicht vergessen, daß Herr Heinrich nur der Vormund des zukünftigen Landgrafen ist", bemerkt Isentrud.

Der Winter lähmt das Leben auf der Burg. In der Stadt am Fuß des Berges frieren die Armen in ihren erbärmlichen Hütten. Kinder fiebern, sterben. Die toten Bettler trägt man schnell hinaus und verscharrt sie. Als die Wächter vor dem Tor der Burg einen finden, der erfroren ist, weint Elisabeth und gibt den Knechten ein weißes Hemd als Leichentuch für den Toten. In den Nächten denkt sie an das vergangene Jahr. Die Frauen hören ihr leises Seufzen und das Tasten ihrer Hand auf dem Lager, wo sie den Geliebten sucht.
Die Brüder Heinrich und Konrad begegnen ihr nur manchmal im Gottesdienst in der Kapelle. Beim Hinausgehen neigen die Herren höflich den Kopf vor den Damen und warten draußen auf Elisabeth. Aber sie warten vergeblich. Wenn der Küster die Kerzen gelöscht hat und gegangen ist, wirft sich Elisabeth vor dem Kruzifix auf den Boden und betet. Der Gekreuzigte hat die Augen fast geschlossen. Er hält den Kopf nur wenig geneigt, hoheitsvoll der Welt zugewandt, die ihn nicht mehr zu erreichen scheint. Elisabeth aber schluchzt zu seinen Füßen.
„Miserere nobis, miserere …"
„Erbarme dich unser, erbarme dich …"
Schließlich bestellt Herr Heinrich sie zu einer Unterredung ins Landgrafenzimmer.
Sie geht ohne Begleitung, auch Heinrich schickt die Diener hinaus und lädt sie mit aufgesetzter Freundlichkeit ein, Platz zu nehmen. Sie bleibt stehen.
„Ihr wolltet mich sprechen, mein Bruder?"
„Ja. Ich möchte Euch sagen, daß ich bald heiraten werde."
„Davon habe ich schon gehört."
„Meine Gemahlin, Elisabeth von Brandenburg, wird dann die Pflichten einer Landgräfin übernehmen, die Ihr verweigert. So habt Ihr letztens nicht einmal unsere Schwester, die Gräfin von Orlamünde, empfangen."

„Ich trauere um meinen Gemahl, Euren Bruder. Es wäre auch für Euch angemessen, auf laute Feste zu verzichten, solange er noch nicht einmal in Würde beigesetzt ist."
Heinrich hat sich bisher scheinbar unbeteiligt mit seinem Gürtel beschäftigt, nun wendet er den stechenden Blick Elisabeth zu.
„Ich muß mich um die Sicherheit des Landes kümmern. Es könnte unseren Feinden gefallen, jetzt einzubrechen ..."
„Ihr solltet Euch auch um Euer Seelenheil kümmern."
„Einen Prediger brauche ich nicht!"
Heinrichs Gesicht verzerrt sich in mühsam unterdrückter Wut. Aber Elisabeth bleibt ruhig vor ihm stehen. „Man verweigert mir die Auskunft darüber, wo unsere Nahrungsmittel herkommen. Ihr wißt, daß ich gelobt habe ..."
„Eure Gelübde interessieren mich nicht!" Krachend fällt seine Faust auf den Tisch. In den Ecken flackern die Lichter. „Wir leben vom Besitz unseres Hauses. Etwas anderes kann ich Euch nicht bieten."
„Und mein Witwengut?"
„Ihr könnt Euch von Marburg Brot und Wein kommen lassen, wenn Ihr das wollt. Aber das Gut gehört zur Landgrafschaft Thüringen und wird nicht verschleudert oder womöglich der Kirche übertragen."
„Heißt das ...?" Elisabeth starrt ihn sprachlos an.
„Ja, das heißt: Ich bestimme über den Besitz der Familie."
„Ich habe ein Recht auf mein Witwengut!"
„Nur darauf, es zu nutzen, aber nicht, es zu vergeuden, wie Ihr es bisher mit all Eurem Besitz getan habt."
Jetzt wird auch Elisabeth heftig.
„Ihr habt nicht über mich zu urteilen. Ich bin die Mutter des zukünftigen Landgrafen."
„Um dessen Erziehung Ihr Euch herzlich wenig kümmert. Beten ist nicht das einzige, was er zum Regieren braucht. Völlig verweichlicht ist der Knabe. Ich werde ihn in meine Obhut nehmen,

damit ein Ritter aus ihm wird. Und Ihr werdet mit einer anderen Wohnung vorliebnehmen müssen, wenn meine Gemahlin einzieht. Wir werden Euch im Keller einen Raum herrichten lassen."
„Ihr wollt …?" Fassungslos hebt Elisabeth die Hände.
„Wolltet Ihr nicht betteln gehen? Da muß so ein Kellerraum für Euch doch wohl reichen. Auf der Straße ist es unbequemer."
„Besser als mit Euch unter einem Dach zu leben!"
Hohnlachend steht Heinrich auf und weist zur Tür.
„Bitte, Ihr seid frei zu gehen, wohin Ihr wollt! Hier brauchen wir Euch nicht mehr mit Eurer Wohltätigkeit und Eurem Gerede von Armut und ewigem Heil. Unser Heil heißt Thüringen. Unser Heil ist die Macht!"
Kalter Schweiß steht Elisabeth auf der Stirn. Langsam wendet sie sich ab, tastet mit den Händen an der Wand entlang, die Stufen hinunter.
„Geh nur! Geh! Du, du – Heilige du!" schreit Heinrich hinter ihr her und wirft die Tür zu.
Sie geht nicht in die Kemenate, wo ihre Frauen sitzen und auf sie warten. Mühsam tastet sie sich zum Ausgang hinunter und schiebt das Tor des Palas auf. Draußen ist schon Nacht, Schneewind fährt ihr ins Gesicht. Obwohl sie nichts bei sich hat als das wollene Kleid, das sie trägt, läßt sie die Tür hinter sich zufallen. Von draußen hört sie das aufgeregte Rufen ihrer Frauen und Heinrichs lautes Schimpfen. Aber nach ein paar Schritten ist es still um sie, der Schnee verschluckt alle Geräusche. Langsam und ohne nachzudenken bewegt sie sich vorwärts. Allein. Niemand ist auf dem Hof zu sehen.
Die Wachen am Tor schlafen in ihren Nischen.
„Öffnet!" befiehlt sie, so laut sie kann. Erschrocken fährt einer hoch und hebt die Fackel. Als er das Gesicht der Landgräfin sieht, bebt er zurück.
„Herrin!"
„Laß mich hinaus!"

„Aber – wohin?"
„Ich habe gesagt: Laß mich hinaus!"
Die anderen Wachen drängen heran und starren auf sie wie auf ein Gespenst. Ruhig blickt sie in die Gesichter der Männer.
„Öffnet mir die Tür! Wollt ihr nicht gehorchen? Ich bin eure Herrin! Oder?"
Einer taumelt zum Tor, und rasselnd fallen die schweren Riegel herunter, der Schlüssel dreht sich. Durch den Spalt, der sich öffnet, fährt der Nordwind herein.
Bevor sich die Wachen recht besinnen, ist Elisabeth hindurchgeschlüpft und befiehlt ihnen mit einer Handbewegung, das Tor wieder zu schließen.
Alles ist still um sie. Schneeflocken fallen auf ihren Schleier, auf ihr Kleid. Durch die Schuhe dringen Feuchtigkeit und Kälte. Sie zittert am ganzen Körper, und jeder Windstoß sticht wie mit winzigen Nadeln ins Gesicht.
„Geh nur! Geh!" hallt es in ihr nach.
„Leb wohl, mein Liebes ... ich komme wieder ... ich komme wieder ..." – Ludwigs Abschiedsworte verklingen in der Dunkelheit. Dann weiß sie wieder, daß sie allein ist. Durch den Schnee stolpernd sucht sie den Weg in die Stadt hinunter.

Die Franziskaner in Eisenach, deren Kloster Elisabeth hinter den Mauern des Landgrafenhofes errichten ließ, gehen wie jede Nacht schweigend zum Gebet. Beim Eintritt in die Kapelle schütteln sie den Schnee von ihren Mänteln. Der Küster entzündet die Kerzen. Plötzlich schreit er auf: Vor dem Altar ausgestreckt auf den kalten Steinen liegt eine Frau.
Die Brüder eilen von allen Seiten herbei. Da richtet sie sich langsam auf und zieht den Schleier von ihrem Gesicht.
„Herrin!"

Bruder Johannes kann den Aufschrei nicht unterdrücken.
Elisabeth sieht abwesend zu den Männern auf. Ein Leuchten liegt auf ihrem Gesicht, als hätte sie in weiter Ferne etwas Wunderbares gesehen. Sie hebt die Hände zum Altar und spricht wie eine Träumende: „Ich bin frei! Brüder, ich bin frei!"
Die Mönche werfen einander entsetzte Blicke zu. Keiner wagt, die Landgräfin zu berühren oder ihr aufzuhelfen. Sie wendet sich, immer noch auf den Knien liegend, an den Ältesten der Gemeinschaft:
„Singt! Lobt Gott! Ich bin arm wie ihr. Ich bin frei! Singt das große TE DEUM mit mir!"
Ihr Kleid hängt naß und schmutzig herunter, der Saum ist zerrissen von dem Weg durch den nächtlichen Wald. Wirr hängt ihr das Haar im Gesicht, der Schleier gleitet herab.
„Warum tut ihr nicht, was ich sage? Wollt ihr Gott nicht loben, daß er mich zu meinem Heil so tief ins Elend gestoßen hat?"
Bruder Johannes winkt, die Mönche lösen sich aus ihrer Erstarrung. Sie stellen sich an ihre Plätze und warten. Ein wenig unsicher stimmt der Kantor an, und die Brüder fallen zitternd ein.
Sicher und jubelnd aber mischt sich Elisabeths Stimme in den Chor der Männer und reißt sie mit zum großen Lobgesang.
„Te deum laudamus ... Gratias agimus tibi ..."
„Wir loben dich, Gott ... Wir sagen dir Dank ... um deiner großen Güte willen ..."
Als der Gesang in der dunklen Wölbung verklungen ist, tritt der Älteste zu Elisabeth und beugt das Knie vor ihr.
„Steh auf! Ich bin keine Fürstin mehr. Ich bin arm wie ihr."
„Aber, Herrin, wohin wollt Ihr heute nacht gehen? Im Kloster könnt Ihr nicht bleiben."
„Ich habe einen Raum im Gasthaus gefunden, nein, nicht im Gasthaus. Ich gab dem Wirt mein seidenes Tuch zum Pfand, und er überließ mir eine Kammer, in der früher seine Schweine waren." Sie lacht hell auf. „Ich habe es gut. Ich brauche nicht auf der Straße zu

schlafen. Und morgen werde ich von Tür zu Tür gehen und um Almosen bitten, so wie ihr es tut."

„Frau Gräfin, Eure Verwandten werden es nicht zulassen!"

„Ich frage nicht mehr danach, was meine Verwandten mir erlauben."

„Und Eure Kinder, Frau Gräfin?"

Da legt sich ein Schatten über ihr Gesicht. „Meine Kinder?"

Am Morgen erwacht Elisabeth fröstelnd. Sie zieht das immer noch feuchte Kleid fester um ihre Schultern, aber von einer kleinen Öffnung in der Wand weht es eiskalt herein. So steht sie auf, schüttelt die Decke aus, die der Wirt ihr gegeben hat, und lacht, als sie sieht, wie Schmutz und Ungeziefer herausfallen. Dann kniet sie auf den nackten Boden nieder und beginnt ihr Gebet. Draußen wird es allmählich hell und laut.

Versunken in ihre Andacht vergißt sie Kälte und Hunger, hört auch nicht, wie sich Schritte nähern, wie eine grobe Männerstimme schimpft und schließlich die unverschlossene Tür aufgeschoben wird.

Ihre Frauen und einige Mägde drängen herein. Sie tragen zusammengerollte Kleidungsstücke, Beutel und Säcke, die sie erleichtert fallen lassen, als sie Elisabeth im Dämmerlicht erkennen.

„O Herrin! Was ist geschehen?"

Elisabeth lächelt: „Ihr Lieben, was bringt ihr mir?"

Guda zeigt einen kleinen Beutel, in dem es klappert.

„Ich dachte, den könnten wir vielleicht noch gebrauchen", meint sie beiläufig, und Isentrud legt einen warmen Mantel um Elisabeths Schultern.

„Aber … ich will doch betteln gehen."

„Erst einmal müssen wir eine Unterkunft suchen. Ihr könnt nicht mitten im Winter auf der Straße schlafen." Hiltrud von Vargula

sieht sich naserümpfend um. „Hier wollt Ihr doch wohl nicht länger bleiben!"
„Wir werden von Tür zu Tür gehen, irgend jemand wird uns aufnehmen!" ruft Elisabeth begeistert und sieht von einer zur anderen. „Kommt!"
Die Frauen folgen ihr kopfschüttelnd.
Aber die Türen der festen Häuser in Eisenach bleiben verschlossen. Dahinter wird gemunkelt und geraunt.
„Sie ist verrückt geworden." – „War sie schon immer." – „Hat alles verschenkt und will jetzt Almosen von uns!" – „Sie kommt eben aus Ungarn." – „Denen kann man nie trauen." – „Wer weiß, was Herr Heinrich uns noch tut, wenn wir die aufnehmen." – „Mit den Schlotheims sollte man es sich auch nicht verderben." – „Laßt die Tür zu!"
Im Schneegestöber irren die Frauen umher, Elisabeth immer noch singend und lachend, die anderen müde und mit schweren Schritten. Als sie am offenen Tor der Georgenkirche vorbeikommen, bleibt Elisabeth stehen. „Hier, hier wird man uns nicht abweisen! Hier wohnt unser Vater, unser Beschützer, unser Gott!"
Im Schutz der mächtigen Kirchenmauern verbringen sie den Tag, wärmen sich aneinander, teilen das Brot, das Guda mitgebracht hat, und warten, daß der Sturm nachläßt und sie weiterziehen können. Gegen Mittag knarrt die Kirchentür. Laute Stimmen rufen ins Halbdunkel: „Ist hier die vormalige Landgräfin von Thüringen?"
Elisabeth fährt aus ihren Gedanken auf, aber Isentrud legt ihr schnell die Hand auf die Schulter.
„Bleibt hier! Ich gehe."
Poltern, Schritte und klägliches Weinen werden am Eingang der Kirche hörbar. Eine Gruppe von Menschen drängt herein, in Mäntel und Kapuzen gehüllt, mit Schnee bedeckt. Sie schieben zwei kleine Gestalten vor sich her.
„Mutter! Mutter!" schreit Sophie kläglich.
Da springt Elisabeth auf und stürzt durch das Mittelschiff. Weinend

läuft ihr das Kind in die Arme. Isentrud hat schon nach Hermanns Hand gegriffen und fährt einen der Männer wütend an: „Was soll das? Wie könnt ihr bei dem Wetter mit den Kindern aus der Burg gehen? Wer hat euch geschickt?"
„Herr Heinrich ist heute früh fortgeritten, und der Herr von Schlotheim hat befohlen, daß man die Kinder zu ihrer Mutter bringen soll."
Zitternd vor Kälte und Angst drängt sich die Amme mit der kleinen Gertrud im Arm an Elisabeth heran. „Herrin, wo sollen wir bleiben?"
Froh, ihre Pflicht getan zu haben, wenden sich die Männer ab und gehen. Die Kirchentür schlägt hinter ihnen zu.
„Ich will zurück! Ich will auf die Burg!" schreit Hermann und hämmert mit seinen kleinen Fäusten gegen die geschlossene Tür. Sophie schluchzt nur noch leise im Arm der Mutter. Zum Glück schläft der Säugling. Elisabeth wendet sich hilfesuchend zum Altar. Aus der Tiefe des Chorraums schlurft der Küster herbei.
„Gut, daß du kommst! Hol den Priester! Ich muß ihn dringend sprechen." Der Küster verschwindet wortlos in der Sakristei.
„Hör auf zu weinen, Hermann! Wir wollen jetzt arm sein, wie unser Herr Jesus arm gewesen ist."
„Ich will nicht", brüllt Hermann.
Seufzend wendet sich Elisabeth an die Frauen.
„Wir werden Pater Michael um Hilfe bitten müssen. Er kennt die Menschen in der Stadt. Irgendwo werden sie doch die verwaisten Kinder ihres Herrn aufnehmen. Ich will ja gern in einem Schweinestall bleiben, aber ihr ..."
Guda nimmt den weinenden Hermann an die Hand und läuft mit ihm durch das Querschiff, immer hin und her. „Wer ist schneller – du oder ich?"
„Ich!"
Nun will auch Sophie mitmachen und zappelt auf dem Arm der Mutter. Prustend und lachend toben die Kinder um die Altäre und

Heiligenfiguren, bis der Priester kommt und sie gebieterisch zur Ordnung ruft. Elisabeth bittet ihn freundlich um Hilfe bei der Suche nach einer Unterkunft.
„Ich will Euch gern in mein Haus aufnehmen, wenn Ihr damit vorliebnehmen wollt – nur, es ist sehr klein und auch ein wenig baufällig …"

Im Kamin faucht der Sturm. Mit tränenden Augen kauern die Frauen um eine qualmende Feuerstelle. Die Glut ist schon fast erloschen, und sie haben kein Holz mehr. Auf dem grob zusammengehauenen Tisch flackert ein müdes Talglicht.
Elisabeth hockt am Boden und hält Sophie in ihren Mantel gehüllt auf dem Schoß. Das Kind fiebert, sein Gesichtchen glüht.
Zärtlich streicht Elisabeth mit ihren Fingern das schweißnasse Haar von einer Seite auf die andere.
„Sie wird Euch sterben." Kurz und unerbittlich spricht Hiltrud von Vargula aus, was alle denken.
Frau von Eckartsberga schneuzt sich geräuschvoll. Aus dem Schatten einer Ecke hören sie den Säugling leise schmatzen.
„Komm näher ans Feuer!" befiehlt Elisabeth. Die Amme gehorcht schnell. Sie zittert vor Kälte.
Hermann baut auf dem Boden aus kleinen schmutzigen Steinen eine Burg.
„Da kommt niemand rein", murmelt er, „niemand …"
„Herrin", beginnt Guda und ringt die Hände ineinander, „meint Ihr wirklich, daß wir hier bleiben müssen?"
„Es ist immer noch besser als die Hütte, in die der Priester uns steckte", brummt Beatrix von Eckartsberga.
„Wenn das Haus nicht den Schlotheims gehörte …"
Isentrud wird unterbrochen. Die Tür knarrt, und eine Magd stürzt

herein. „Sie geben uns nichts, nichts", ruft sie wütend. „Sie lassen mich kein Wasser schöpfen, Herrin!"
Ein leerer Eimer fliegt in die Ecke. Hermann tritt so heftig dagegen, daß der Eimer scheppernd gegen die Wand rollt.
„Sie geben dir kein Wasser?" fragt Elisabeth erstaunt.
„Nein, Herrin, ich soll an den Brunnen in der Stadt gehen. Das Wasser hier gehört den Schlotheims, und sie haben nichts übrig, sagen die Knechte. Jedenfalls nicht für uns, sagen sie, und sie lachen, sie lachen über mich."
„So weit mußte es kommen!"
„Mit Almosen habt Ihr das ganze Pack gefüttert, und jetzt gönnen sie Euch nicht einmal mehr das Wasser ..."
„Im Gegenteil ... in den Schmutz werdet Ihr gestoßen ... verspottet, ausgelacht ..."
Elisabeth hört schweigend zu, wie die anderen auf sie einreden. Angstvoll beobachtet sie Sophie, die sich in ihren Armen – vom Fieber gepeinigt – hin und her wälzt.
„Sie können mich ruhig in den Schmutz stoßen", sagt sie endlich, „aber die Kinder ..." Tränen laufen über ihr Gesicht, hinterlassen schmutzige Spuren. Lene, die Magd, sieht mitleidig auf ihre Herrin und wartet. Isentrud faßt sich als erste.
„Also geh auf den Markt, Lene, und hol dort Wasser."
„Kauf Brot", sagt Guda und drückt ihr eine Münze in die Hand. „Und erzähle allen, daß ihre Wohltäterin, die Landgräfin von Thüringen, Hunger und Durst leidet!"
„Erzähle es ihnen bloß nicht", fährt Hiltrud dazwischen, „sonst kommen sie noch her, um uns mit Schmutz zu bewerfen. Dieses Weib, das Euch gestern in die Gosse gestoßen hat, dieses Weib möchte ich mit meinen eigenen Händen erwürgen, so ... und so ... und so ..."
„Nein, das darfst du nicht sagen!" Elisabeth stöhnt leise. „Wir müssen die Schande ertragen, wie Jesus sie ertragen hat. Denkt doch daran: Die er geheilt hat, schrien: Kreuzige ihn! Kreuzige ihn!

Was macht es da, wenn mir ein Bettelweib nicht ausweicht? Vielleicht hat die Alte mich auch gar nicht erkannt. Das Kleid ist ja schon wieder trocken."

Die Magd geht hinaus. Schweigend brüten die Frauen vor sich hin.

„Daß die Schlotheims uns aufgenommen haben, war nur, damit nicht jeder auf der Straße sieht, wie die Witwe des Landgrafen im Elend verkommt." Sie können sich nicht beruhigen.

„Wenn mein Eheherr aus dem Heiligen Land zurückkehrt – Gott sei mit ihm! – , dann wird es dem Herrn von Schlotheim aber schlecht ergehen!"

„Nein, liebe Hiltrud, wir werden uns nicht rächen."

„Aber Eure Verwandtschaft, Herrin!"

Guda, die lange Zeit nur schweigend dabei saß, beugt sich vor und nimmt Elisabeth das kranke Kind aus dem Arm. „Eure Tante, die Äbtissin ... könnte sie sich nicht wenigstens um die Kinder kümmern?"

Elisabeth starrt vor sich hin.

„Ja", sagt sie dann leise, „Guda, du hast recht. Nur, es ist so weit, und dann sehe ich die Kinder nicht mehr ..."

„Wollt Ihr sie im Elend sterben lassen?"

„Nein!" Wieder strömen Tränen über Elisabeths Gesicht, aber sie versucht zu lächeln. „Ihr habt recht. Ich darf die Kinder nicht so sehr lieben, wenn ich Gott dienen will. Ich muß sie fortgeben. Meine Tante! Sie wird gut zu ihnen sein."

Einen Augenblick denkt Elisabeth nach.

„Wir brauchen einen zuverlässigen Boten, Isentrud. Du wirst ihn finden! Er soll nach Kitzingen reiten, zu den Benediktinerinnen ... so schnell wie möglich, bevor der Schnee schmilzt und die Straßen aufgeweicht sind. Guda, du hast noch Münzen in deinem Beutel ..."

Sie streichelt wieder über Sophies Gesicht. Hermann zerstört mit einem Fußtritt die Burg, die er gebaut hat.

„Ich will nicht nach Kitzen ..."

„Kitzingen", verbessert Guda. „Aber, Hermann, es ist schön dort, und deine Tante wohnt in einem großen Kloster. Dein Onkel in Bamberg, der wohnt sogar in einem Schloß, er ist nämlich Bischof."

„Ich will nicht", heult Hermann. Die Mutter sieht ihn traurig an. Sie weiß nicht, wie sie ihn trösten soll.

„Wollt Ihr etwa hierbleiben?" fragt Hiltrud. „Wollt Ihr Euch weiter herumstoßen lassen wie eine Bettlerin?"

Da leuchtet Elisabeths Gesicht unter den Tränen auf.

„Ja, ich will leben wie eine Bettlerin! Wenn ich weiß, daß es den Kindern an nichts fehlt, dann gehe ich zurück in die kleine Hütte des Priesters – oder auf die Straße. Hier, nein, hier will ich auch nicht bleiben. Die Wände sind barmherzig zu uns und geben uns Schutz. Aber die Menschen … Lieber wandere ich auf den Straßen, als daß ich hierbleibe …"

„Nein, Herrin!" Hiltrud von Vargula steht so heftig auf, daß der Schemel umkippt. „Nein, dann gehe ich auf die Burg zurück und erwarte dort meinen Herrn. Nein, so will ich nicht leben."

Traurig sieht Elisabeth sie an. „Liebe Frau von Vargula, nicht meinetwegen … Aber denk doch an deine ewige Seligkeit!"

„Gott ist groß, er wird uns verzeihen", sagt leise, aber entschlossen Beatrix von Eckartsberga. „Ich gehe auch auf die Burg zurück."

Elisabeth schweigt. Alle warten. Wie werden sich die anderen entscheiden?

„Herrin", Isentrud lächelt, „Ihr wißt, daß ich bei Euch bleibe."

Guda steht langsam auf. Sie trägt Sophie auf ihr Lager und bleibt bei dem stöhnenden Kind sitzen. Es ist sehr still im Raum. Nur Hermann schimpft leise vor sich hin. Die Frauen starren in die verlöschende Glut.

„So geht!" sagt Elisabeth leise zu den anderen Frauen. „Gott segne euch! Und ich danke euch für euren Dienst. Ich lasse euch ungern gehen, aber …"

Da wirft sich Hiltrud weinend vor Elisabeth auf den Boden, küßt ihre Hände. „Es kann nicht jeder sein wie Ihr, Herrin! Verzeiht!"

Vor der Tür hört man das Poltern der Magd, die mit dem Eimer vom Brunnen kommt.

❧

„Und so schwöre ich, daß ich alles niederlege auf diesen Altar vor meinen gekreuzigten Herrn: Meine Herkunft will ich ihm opfern, meine Kinder, auch meine Kinder, allen Glanz und alle Macht der Welt, die ich besessen habe, meinen eigenen Willen und auch meinen Besitz …"

„Halt!"

Mit einem schnellen Schritt ist Konrad von Marburg neben Elisabeth, reißt ihre Hand vom Altar und hält sie mit eisernem Griff fest. „Nein, auf Euren Besitz werdet Ihr nicht verzichten!"

Die Franziskaner, die ringsum in der halbdunklen Kapelle stehen, halten den Atem an. Es ist fast ein Zweikampf, der sich vor ihren Augen abspielt: die kleine, zerbrechliche Frau, ärmlich gekleidet, hohlwangig, mit großen brennenden Augen – und der hochgewachsene hagere Priester im Meßgewand, dem sie sich zu entwinden versucht.

Der Altar ist leer. Es ist Karfreitag. Keine Kerze leuchtet, kein Tuch schmückt den nackten Stein. Das hölzerne Kruzifix haben die Brüder zur Sterbestunde des Herrn hinausgetragen. Nun stehen nur diese beiden Menschen vor ihnen und ringen miteinander.

„Ich will Gott meinen Besitz überlassen, mein Witwengut soll ihm gehören. Ich will arm sein wie meine Brüder hier, ich will von Tür zu Tür betteln gehen. Ihr könnt mich nicht daran hindern!"

„Euren Willen habt Ihr geopfert, Frau Elisabeth. Ihr habt geschworen, gehorsam zu sein. Der Heilige Vater in Rom hat mir Euren Schutz übertragen. Nicht Ihr, sondern ich bestimme, was mit Eurem Besitz geschieht."

Elisabeth windet sich immer noch in seinem Griff. Dabei blickt sie sich hilfesuchend um.

„Haltet still und gehorcht!" herrscht Konrad sie an. „Ihr werdet Euren Besitz zum Wohl der Armen gebrauchen. Ihr werdet die Schulden bezahlen, die der selige Landgraf machen mußte, als er zum Kreuzzug aufbrach. Wenn Ihr den Sattlern und Schmieden nicht bezahlt, was Euer Herr ihnen schuldet, wer soll es dann tun? Wollt Ihr die braven Leute ins Unglück stürzen? Und von Eurem Witwengut könnt Ihr Arme speisen und Kranke pflegen. Ihr behaltet Euer Gut!"

Das Feuer in Elisabeths Augen erlischt, sie sinkt in sich zusammen, Konrad läßt sie los.

Schweigend gehen die Brüder aus der Kapelle. Das fahle Licht eines kalten Frühlingstages scheint durch die kleinen Fenster und malt helle Flecken auf den Boden.

Elisabeth bleibt allein zurück. Die Krankheiten der Kinder, das wochenlange Fasten, die Kälte, die Ratlosigkeit: Sie ist ausgebrannt, sie ist leer, ein hohles Gefäß, das ein anderer füllen muß. Konrad?

Plötzlich richtet sie sich auf. Eben noch zerbrochen an allen Gliedern, sieht sie auf einmal in äußerster Gespanntheit vor sich auf den leeren Altar, sieht etwas, was dort nicht ist; sieht, ohne zu sehen und ohne zu wissen …

Minuten vergehen.

Da lächelt sie. Wärme verbreitet sich in ihrem zerschlagenen Körper. Sie trinkt Freude wie ein süßes Getränk, und leise, ganz leise flüstert sie in die vorgehaltenen Hände ihre Antwort: „Ja, Herr, so soll es sein …"

Was Isentrud von der Vision der seligen Elisabeth erzählte

„Endlich nach langem Schweigen rief sie aus: Herr, so also willst du bei mir sein, und ich will bei dir sein, und niemals will ich von dir getrennt werden."

Magister Joseph beugte sich weit vor und hörte atemlos zu. Der Schreiber kratzte, ohne aufzuschauen, mit seiner Feder über das Papier. Isentrud sah die Männer nicht an. Ihr Blick ging zurück, und sie lauschte in die Tiefe ihrer Erinnerung.

„Ich drang noch in sie, mir doch die Vision, von der sie geredet hatte, zu beschreiben. Elisabeth erwiderte: Was ich gesehen habe, das kann ich nicht beschreiben, aber du sollst wissen: Ich habe eine große Wonne erlebt und wunderbare göttliche Geheimnisse erkannt."

„Großartig!" rief Joseph und rieb sich die kleinen, fetten Hände. „Der Papst in Rom wird zutiefst beeindruckt sein von so viel Heiligkeit!"

7. Kapitel

Die Witwe (1228)

„Bringt sie herein!"
Ekbert, der Bischof von Bamberg, vertieft in die Zeichnungen seines Dombaumeisters, sieht kaum auf. Der Brief, den seine Schwester Mechthild aus Kitzingen geschrieben hat, liegt – flüchtig hingeworfen – auf dem Tisch. Diener laufen durch den Raum, bringen gewünschte Getränke, schüren die Glut im Kamin. Sie öffnen und schließen die gewaltigen Türen des Audienzsaals. Mittendrin steht eine kleine Frau im grauen Kleid mit einem zerrissenen Schleier. Sie sieht zu Boden.
„Bringt sie herein!" wiederholt Ekbert.
„Aber, Herr, dort – dort ist sie", flüstert ein Diener.
Ekbert blickt auf.
„Das ist … ? – Elisabeth! Liebe Nichte! Ich grüße dich!"
Mit erhobenen Armen geht er auf sie zu – und stockt.
Elisabeth sieht ihn nicht an. Sie mustert den kunstvoll gewebten Teppich zu ihren Füßen. Gewohnheitsmäßig streckt der Bischof seine Hand aus. Als sie es bemerkt, küßt sie gehorsam seinen Ring.
„Ihr habt mich freundlich eingeladen, lieber Onkel, aber ich würde gern auf mein Witwengut zurückkehren."
Mit einer energischen Handbewegung greift Ekbert unter ihr Kinn, biegt den Kopf nach oben. Elisabeth sieht ihn fest an. Ihr Gesicht ist bleich, die Wangen sind eingefallen, aber in den Augen glüht es.
„Armes Kind!"
„Ihr lebt in großer Pracht, lieber Onkel."
„O ja!"
Begeistert packt der Bischof Elisabeths Arm und führt sie ans Fenster. Gemeinsam blicken sie hinüber zur Dombaustelle, von wo der Lärm und das Geschrei zahlloser Arbeiter herübertönen.

„Siehst du? Dort! Das Haus des Herrn! Das wird eine Pracht! Die bedeutendsten, die besten, die teuersten Bauleute habe ich kommen lassen. Noch in tausend Jahren, Elisabeth, wird das Lob unseres Herrn Jesu Christi in diesen Mauern gesungen werden!"
„Und die Armen?"
„Welche Armen?"
„Gibt es in Bamberg keine Bettler?"
Mitleidig betrachtet der Bischof seine Nichte. Mit einer Hand greift er hinter sich, wo der Brief seiner Schwester aus Kitzingen liegt, und liest nach: „Ihr findet sie, lieber Bruder, von seltsamen und ganz ungewohnten Vorstellungen beherrscht …"
Freundlich lächelnd erwidert er: „Für die Armen und Kranken haben wir draußen vor den Toren der Stadt ein Haus gebaut. Die barmherzigen Brüder pflegen sie."
„Ich möchte sie besuchen."
„Aber das geht nicht. Ich war noch nie da. Sie würden zu sehr erschrecken."
Elisabeth zieht sich den Schleier fester um ihren Kopf.
„Darf ich zu meinen Begleiterinnen zurückkehren?"
„Natürlich. Und alles, was du brauchst, wird man dir bringen. Zuerst schicke ich dir den Schneider, denn auch als Witwe bist du eine Fürstin, und das sollte man sehen. Dann kannst du essen und trinken, was dein Herz begehrt."
„Es ist Freitag, lieber Onkel, meine Begleiterinnen und ich fasten immer freitags im Gedenken an das Leiden unseres Herrn Jesu."
Ekbert räuspert sich.
„Nun gut. Heute abend nach der Messe werden wir weiter miteinander reden. Du hast dein jüngstes Kind bei dir?"
„Ja. Hermann und Sophie sind bei den Nonnen in Kitzingen geblieben. Aber Gertrud möchte ich in meiner Nähe haben – wenigstens, bis sie laufen kann."
„Es soll euch an nichts fehlen."
Mit einer Handbewegung wird Elisabeth verabschiedet. Die Die-

ner führen sie durch die verwinkelten Gänge der Residenz zu den Gästekammern, wo Guda und Isentrud auf sie warten.
„Und? Wie hat Euer Onkel Euch aufgenommen?" fragt Isentrud besorgt.
„Er war sehr freundlich."

„Als Fürstin des Reiches und Tochter eines Königs sollte unsere Nichte bald wieder eine ihr gemäße Stellung erhalten. Ich verlasse mich, lieber Bruder, ganz auf Euer Geschick …", liest der Sekretär dem Bischof aus dem Schreiben Mechthilds vor.
„Noch einmal von vorn", befiehlt Ekbert und trommelt ungeduldig mit der Hand auf den Tisch.
„Ein Bote rief mich nach Eisenach, wo ich Elisabeth, Tochter unserer seligen Schwester Gertrud, der Königin von Ungarn, im größten Elend, krank und dem Wahnsinn nahe, vorfand. Ich brachte sie mit ihren drei Kindern nach Kitzingen und bemühte mich – getrieben von der Liebe Christi und tief besorgt um das Ansehen unserer Familie – um ihre Genesung …"
„Sagtest du nicht …", unterbricht der Bischof den Sekretär, „… hieß es nicht kürzlich, die Gemahlin des Kaisers sei im Kindbett gestorben … ?"

„Der Herr Bischof wünscht die edle Witwe des Landgrafen von Thüringen zu sprechen."
Zwei reich gekleidete Diener stehen in der Tür. Isentrud schüttelt den Kopf.
„Sie betet."
„Aber der Herr Bischof …"
„Sie betet", wiederholt Isentrud.
Die Diener sehen einander an. „Was sollen wir dann sagen?"

„Sagt ihm, ich komme, wenn ich zu Ende gebetet habe“, tönt es aus dem Nebenzimmer.
Die Diener ziehen sich zögernd zurück.

Als Elisabeth einige Stunden später den Audienzsaal betritt, brütet Ekbert wieder über seinen Bauzeichnungen und läßt sie warten. Es ist schon dunkel geworden, der Lärm von der Baustelle ist verklungen.
Elisabeth geht an der Wand entlang und betrachtet die Teppiche, die dort aufgehängt sind. Seltsame Fabelwesen sind darauf zu sehen, behaarte Tiere, die einander an den Schwänzen packen, Blumen mit weitgeöffneten Kelchen ...
„Gefallen dir die Bilder?“
„Nein.“
„Es sind große Künstler, die sie entworfen haben!“ Ekbert seufzt vernehmlich.
„Mag sein.“
„Auch die Stoffe, die mein Schneider dir brachte, scheinen dir nicht gefallen zu haben.“ Er mustert Elisabeths Kleid – es ist immer noch dasselbe.
„Ich trauere um meinen Gemahl.“
„Das ehrt dich, liebe Nichte. Und in meiner Sorge um dich habe ich Tag und Nacht keine Ruhe gefunden, Boten durch's Land gejagt, alle deine Verwandten benachrichtigt, ja dem Kaiser selbst Kenntnis gegeben – er hat gerade seine Frau verloren –, daß du ihn gern heiraten würdest.“
Elisabeth fährt herum.
„Ich werde den Kaiser nicht heiraten. Ihr braucht Euch gar nicht zu bemühen. Ich werde niemanden heiraten.“
„Beruhige dich bitte! Natürlich mußte eine solche Möglichkeit dich überraschen, aber ...“
Mitten in dem prachtvoll geschmückten Saal, umspielt von den Schatten des flackernden Feuers, hebt Elisabeth die rechte Hand.

„Ich schwöre …"
„Nein!"
Mit einem Satz ist Ekbert bei ihr und reißt ihren Arm herunter.
„Was fällt dir ein?"
„Zu spät. Ich habe diesen Schwur schon längst getan."
Sie lacht leise in das wutverzerrte Gesicht des Bischofs.
„Ihr könnt mich nicht zwingen!"
„Du irrst! Weißt du nicht, wer du bist? Eine aus dem Haus Andechs! Du gehörst zu uns, ob dir das gefällt oder nicht. Wir sorgen für dich, und du wirst dich fügen. Halsstarriges Weib!"
„Ich gehöre Gott!"
Jetzt lacht der Bischof, laut und schallend.
„Sie gehört Gott! Wir alle gehören Gott, meine Liebe. Na und? Was hindert uns das daran, zu heiraten und uns mit den Mächtigen dieser Erde zu verbinden? Der Kaiser, hörst du! Der große Staufer! Der Herrscher über das Heilige Römische Reich! Stupor mundi! Das Wunder des Abendlandes, Herr über Jerusalem! Die Enden der Erde huldigen dem großen Fürsten. Und du? Du willst ihn nicht heiraten? Nicht Kaiserin werden? Eine aus dem Haus Andechs! Endlich sind wir so weit nach oben gekommen – und du weigerst dich?"
„Ich möchte jetzt gehen."
„Du brauchst Bedenkzeit. Ich verstehe. Morgen bringen dich meine Leute auf die Burg Pottenstein. Dort hast du Ruhe nachzudenken. Ich werde dafür sorgen, daß dich niemand stört."

Guda und Isentrud schlafen schon, in einem kleinen Nebenraum schnarcht die Amme, Gertrud in der Wiege neben sich.
„He, wacht auf! Wie könnt ihr schlafen! Ich werde den Kaiser heiraten!" Mit einem irren Lachen sinkt Elisabeth auf ihr Lager. Die Frauen fahren entsetzt hoch.
„Was sagt Ihr? Den Kaiser? Also doch – heiraten?"
„Pst! Daß uns niemand hört!"

Sie rücken in der Dunkelheit eng zusammen und tuscheln bis spät in die Nacht.
„Ich tue es nicht."
„Aber wie wollt Ihr Euch wehren?"
„Weiß nicht."
„Der Bischof wird Euch zwingen."
„Wie kann er! Ich habe vor Magister Konrad ewige Keuschheit geschworen."
„Was wird aus uns, wenn Ihr Kaiserin werdet? Werden wir auch vermählt?"
„Ich will nicht!"
„Man erzählt, er habe so viele Frauen wie die gräßlichen Muselmanen."
„Und seine Frauen starben alle im Kindbett."
„Vielleicht will er mich gar nicht. Ich bin doch häßlich."
„Ihr seid immer noch schön, wenn Ihr Euch fürstlich kleidet, Herrin!"
„Dann schneide ich mir die Nase ab!"
„Nein, Herrin, nein! Der Bischof wird es einsehen."
„Kommt, wir wollen beten! Tenuisti manum dexteram meam … Du hältst mich bei der Rechten, geleitest mich nach Deinem Willen …"

Am nächsten Tag wird Elisabeth von einem großen Gefolge auf die Burg Pottenstein begleitet.
„Erfüllt ihr jeden Wunsch!" schärft der Bischof seinen Leuten ein. „Aber sie darf die Burg nicht verlassen und keinen Besuch empfangen."

Die Schwalben kehren zurück.

Mit Guda und Isentrud sitzt Elisabeth auf dem Burghof und sieht ihnen zu. Der Winter ist vergangen, der erste Winter ohne Ludwig, der einsamste Winter … Hat sie es für möglich gehalten, daß es je wieder Frühling werden könnte? Wie können die Vögel singen, wenn ihr Herz so leer ist? Und die Bäume schlagen aus, als wäre nichts geschehen.

Da kommt die Amme mit Gertrud. Das Kind ist voller Leben und Freude, sitzt auf dem Schoß der Mutter, lallt und streckt die kleinen Ärmchen aus. Wehmütig sehen die Freundinnen zu, wie sich Elisabeth mit schmerzlichem Lächeln über ihre Tochter beugt. Sie singt leise ein Lied, das sonst niemand kennt:

„Mutter hab ich nicht, nicht Vater mehr.

Gott allein …“

Schwatzend und lärmend füllen die Begleiter aus Bamberg den vorderen Burghof. Sie warten sehnsüchtig auf Nachricht. Es ist langweilig hier. Nie haben sie einen stilleren Gast in ihrer Mitte gehabt.

„Horch!“

Die Frauen fahren auf. Von ganz weit hört man Hörner blasen. Das Echo schallt von den Felsen wider und will gar nicht enden. In der Aufregung, die alle erfaßt, bleibt Elisabeth ruhig.

„Seht, was es gibt!“

Sie hält das Kind fest und preßt es an sich, als könnte Gertrud sie vor dem neuen Schrecken schützen, der sich mit den Hörnern ankündigt. Aber es dauert noch bis zum Abend, ehe der Bote des Bischofs in ihre Kemenate tritt. Er verneigt sich und betrachtet Elisabeth aufmerksam.

„Stell zuerst fest, ob sie immer noch ihr Trauerkleid trägt. Wenn nicht, wird es uns vielleicht doch noch gelingen … Aber sie ist hartnäckig, eine Andechs – wie ihre Mutter. Dann sag ihr …“, so hat Ekbert ihm aufgetragen.

Ihr Kleid ist grau und schlicht.

„Der gnädige Herr Bischof läßt Euch sagen …“

Isentrud hält den Atem an. Guda nestelt aufgeregt an ihrem Schleier.
„Wenn Ihr immer noch um Euren verstorbenen Gemahl trauert und auf die wohlmeinenden Ratschläge Eures Onkels nicht hören wollt, dann …"
Elisabeth hat den Blick ganz fest auf eine Stelle an der Wand gerichtet. Vor ihren Augen, unsichtbar für alle anderen, erscheint dort das Bild des Gekreuzigten, blutend unter der schweren dunklen Dornenkrone, aber mit unendlicher Liebe ihr, ja ihr, zugewandt.
„… dann sollt Ihr nach Bamberg zurückkehren, denn in wenigen Tagen werden die Ritter Eures seligen Gemahls mit seinen sterblichen Überresten dort eintreffen …"

Strahlend leuchtet der Maitag über die Felder und Wiesen. Wie damals, als sie loszogen, wirbelt der Staub um den Heerzug, wehen die Banner im Wind und schlagen die Schwerter an die Rüstungen im Auf und Ab des Reitens.
Aber die Gesichter sind müde, manches ist ausgezehrt vom Fieber, gegerbt von Sonne und Wind. Sie kamen nicht weit, haben nicht eine einzige Schlacht geschlagen – und doch so viele Wunden, so viele Tote, vor allem der Eine, der Erste, der Geliebteste!
Elisabeth ist vom Pferd gestiegen. Begleiterinnen, Knechte, der Bischof, die Priester, der Bürgermeister, Ratsherren stehen wie eine Mauer um sie herum. Sie kann nichts sehen, niemanden erkennen, bis sich plötzlich eine Gasse vor ihr auftut.
Da führen sie das Pferd des Landgrafen heran, seinen Sattel, sein Banner. Und dahinter geht einer und trägt einen Kasten, kostbar verziert. Der Ritter ist grau, ein dichter Bart verdeckt seine Züge. Erst als er schwankend auf sie zutritt und vor ihr in die Knie sinkt,

erst als sie die Tränen sieht, die ihm über das Gesicht laufen, weiß sie, wer er ist und was er bringt.
„Herr Rudolf!"
„Herrin!"
Der harte Ritter schluchzt wie ein Kind. Mit Staunen sehen die Knechte ringsum ihre Herren weinen. Selbst der Bischof … Aber er gewinnt seine Fassung schnell zurück und tritt an Elisabeths Seite.
„Redet!"
„Ich wünschte, ich könnte Euch irgend etwas anderes bringen, edle Herrin! Ich wünschte, er stünde hier, und es wären meine Gebeine in dieser Lade!"
Elisabeth beugt sich herab und berührt mit einer Hand die Lade, mit der anderen die Schulter des Ritters.
„Ich heiße Euch willkommen, Herr Rudolf! Und ich danke Gott, daß er mir den Trost schenkt, Euch alle wiederzusehen."
Mit lautem Gesang nähern sich schwarzgekleidete Mönche, um den Kasten entgegenzunehmen. Vom Dom herüber dröhnen die Glocken. Aber lauter als die Totenklage hören die Umstehenden plötzlich Elisabeth beten.
„Du weißt, Herr: So sehr ich ihn auch liebte, will ich ihn dir nicht neiden. Er hat sich zum Schutz des Heiligen Landes geopfert. Könnte ich ihn wiederhaben, so wollte ich ihn gegen alle Schätze der Welt eintauschen und mit ihm betteln gehen. Aber dein Wille geschehe …"
„Amen! Amen!" rufen die Ritter.
„Amen", murmelt das Volk, „Amen", murmelt der Bischof, und die Mönche ergreifen den Kasten, heben ihn auf die Schultern und tragen ihn laut singend durch die schweigende Menge in den Dom hinein.
„Requiem aeternam dona ei … Gib ihm die ewige Ruhe. Und das ewige Licht leuchte ihm …"

Am Abend, als der Gesang verklungen ist, sitzt Rudolf von Vargula bei den Frauen und erzählt.

„Als wir die Alpen überquert hatten, kamen uns Boten entgegen. Sie berichteten, daß Ihr im Elend lebt, von Euren Brüdern verstoßen … Seit diesem Tag haben wir die Pferde zur Eile angetrieben."

Besorgt sieht er Elisabeth an.

„Ihr seht, daß es mir an nichts fehlt." Sie lächelt dankbar. „Aber ich will anders leben! So wie sich mein Gemahl im Dienst für Gottes Sache verzehrt hat, so möchte ich mich auch in den Dienst Gottes stellen. Ich möchte meinen Herrn Jesus speisen, meinen Herrn Jesus waschen, seine Wunden verbinden, seinen Aussatz pflegen. Doch man läßt mich nicht! Ach, Herr Rudolf, ich bin Fürstin und zugleich Sklavin. Weil ich Fürstin bin, darf ich nicht dienen!"

Erregt springt sie auf. „Wenn ich mein Witwengut nutzen könnte, dann …"

Herr Rudolf runzelt die Stirn. „Es wird den Herren Grafen, Euren Brüdern, nicht recht sein, aber wir bringen nicht nur die Gebeine des Landgrafen zurück nach Thüringen. Wir wissen auch um seinen Willen und seine Absicht. Macht Euch keine Sorgen, Herrin. Ihr seid nicht mehr allein!"

In jedem Dorf, durch das die Ritter mit der Lade ziehen, bimmeln die Glocken. Priester begleiten den Zug singend und betend. Neugierig stehen die Bauern mit ihren Kindern, Knechten und Mägden an den Straßen. Kläffende Hunde verfolgen die Pferde.

„Seht die Witwe!"

„Wie jung! Wie schön!"

„Und sie trägt keinen Schmuck. Ach, wie sie trauert!"

„Ja, so hab ich auch um meinen Hans getrauert."

„Du? Du warst doch froh, als du den Trunkenbold los warst!"

„Du lügst, Nachbarin, ich werde dich …"
Da ist der Zug schon vorüber.
Elisabeth folgt auf ihrer Stute dem Wagen, der den Kasten trägt. Rechts und links drängen sich die Getreuen um sie: der von Vargula, der von Eckartsberga, der von Fahner … Dem jungen Herrn von Schlotheim hat man geraten, sich am Ende des Zuges zu halten.
Sonne auf den Wegen. Lachender, leuchtender, blühender Mai. Elisabeth hat den Blick immer nach vorn gerichtet, wo der Wagen über den holprigen Weg schaukelt. Und während sie stumm zwischen den Männern reitet, steigt sie in Gedanken vom Pferd, legt sie die Schuhe ab, läßt sie den Beutel, den der Onkel ihr mitgab, am Wegrand liegen und geht zu Fuß. Nur noch dieses letzte Stück, bis Ludwig begraben ist … Sie legt die Hände auf den Rücken der Stute und fühlt die Wärme und Kraft des Pferdekörpers. Reiten, reiten, reiten … Wie weit liegt das alles zurück! Begraben in dem Kasten, den Ludwigs Männer mitgebracht haben. Genommen. Geopfert.
Herr Rudolf drängt sich an ihre Seite.
„Morgen, Herrin, werden wir in Reinhardsbrunn sein."

In der Nacht beginnt es zu regnen. Es rauscht und tropft aus den Bäumen und Büschen, als der Trauerzug sich dem alten Kloster nähert, wo die Thüringer Landgrafen seit Generationen ihre Toten zur letzten Ruhe bringen.
In schwarze Kutten und Kapuzen gehüllt, kommen die Benediktiner in langer Reihe den Reitern entgegen. Ihr Trauergesang geht unter im lauter werdenden Rauschen des Regens. Elisabeth ist schon bis auf die Haut durchnäßt, als der Herr von Vargula ihr seinen Mantel überwirft.
„Laßt nur, Herr Rudolf!"
Das Portal der Kirche ist weit geöffnet, drinnen brennen hundert Lichter. Am Eingang warten zwei Ritter, in ihrer Mitte eine

schmale Frauengestalt. Die Pferde stehen, der Gesang der Mönche schwillt an: Ludwig ist heimgekehrt.
Als die Männer den Kasten mit seinen Gebeinen vor dem Kirchenportal abgesetzt haben, stehen die Brüder des Landgrafen und ihre Mutter auf der einen, die junge Witwe auf der anderen Seite einander schweigend gegenüber. Der Priester betet mit lauter Stimme. Dann greifen die Ritter wieder nach ihrer kostbaren Last, und hinter der Lade ziehen Elisabeth und Sophie gemeinsam in die Kirche ein. Die Kinder Hermann und Sophie werden hereingeführt, in einigem Abstand folgen Heinrich und Konrad, die Brüder.

Erst spät in der Nacht ist die feierliche Beisetzung beendet. Aus dem Speisesaal des Klosters dringt nun schon lautes Rufen und Lallen – die Ritter und Knechte ertränken ihren Schmerz, ihre Enttäuschung, all die Aufregungen und Anstrengungen des am Ende gescheiterten Kreuzzugs im Bier, das die Mönche in großen Fässern herbeischleppen.
Elisabeth hat seit Tagen kaum etwas gegessen. Als die anderen gegangen sind, um sich zu stärken, ist sie allein in der Fürstengruft zurückgeblieben. Sie kniet auf dem Boden und streicht mit den Händen über die Platte, die nun das Liebste verschließt, das sie auf dieser Welt besaß. In den Steinen hat sich die Kälte des Winters erhalten. Je länger sie kniet, desto starrer werden ihre Glieder. Die beiden Lichter an den Eingängen der Gruft flackern nur noch schwach, werden bald verlöschen. Fröstelnd blickt sie ins Dunkle. Verlöschen – so wie das Licht. Hier bleiben. Sich einschließen lassen. Frei sein. Für immer mit Ludwig vereint, bei Gott. Sein Lachen in ihrem Ohr. Unverlierbar …
Plötzlich schiebt sich ein Schatten vor das Licht. Kommt er? Ist er schon da – der Todesengel? Sie fährt hoch.

„Herr Konrad!“
„Steht auf, Frau Elisabeth! Man erwartet Euch.“
Sie zögert.
„Steht auf!“
Hat nicht der Heiland selbst so Tote ins Leben zurückgerufen? Bewegt greift sie nach Konrads Hand und küßt sie. Aber diese Hand ist kalt wie der Stein.

Herr Konrad von Marburg führt sie in den Kapitelsaal des Klosters, wo Ritter und Geistliche in langen Reihen an den Wänden sitzen. Atemlose Stille herrscht im Raum. Auf dem Tisch in der Mitte liegt ein Brief ausgebreitet. Als Elisabeth nähertritt, erkennt sie das Siegel des Papstes. Als erster beginnt der Abt von Reinhardsbrunn zu sprechen.
„Da der Heilige Vater in diesem Schreiben die Fürsorge für Euch, edle Frau, dem Magister Konrad von Marburg übertragen hat, haben die Ritter und Herren, Eure Verwandten und die hier anwesenden Geistlichen sich darauf geeinigt ...“
An der anderen Seite des Tisches sitzen die Brüder Heinrich und Konrad von Thüringen, finster vor sich hin starrend. Die Stimme des Abtes, der nun langsam den Text der Abmachung Wort für Wort vorliest, rauscht an Elisabeth vorbei wie der Regen draußen. Einmal zuckt Heinrich zusammen, als die Zahl zweitausend genannt wird. Dann fällt immer wieder das Wort „Marburg“ und „Witwengut“. Nur der letzte Satz erreicht Elisabeths Bewußtsein.
„Außerdem wird der Erbe des Hauses Thüringen, Hermann, von nun an am Landgrafenhof erzogen, und die Witwe des seligen Landgrafen erhebt keinen Anspruch mehr darauf, in Eisenach zu wohnen.“
Elisabeth blickt sich suchend um. Hermann sitzt mit aufgerissenen Augen nicht weit von seinem Onkel an der Wand, neben ihm Rudolf von Vargula. Der Junge sieht die Mutter an. Um seinen Mund zuckt es. Ein furchtbarer Schmerz durchfährt Elisabeth, ihr

wird schwarz vor Augen. Sie greift nach der Tischkante. Nur von weit her hört sie die Stimme des Abtes, der sich väterlich an sie wendet: „Ist dies nach Eurem Willen geschehen? Hört Ihr mich? Seid Ihr einverstanden?"
Elisabeth wankt einen Augenblick, dann richtet sie sich auf und sagt sehr deutlich und klar: „Ja."
Irgend jemand drückt ihr eine Feder in die Hand. Sie unterschreibt. Herr Rudolf führt das Kind hinaus.

Die Knechte, die von Magister Konrad den Auftrag bekommen haben, Elisabeth nach Marburg zu begleiten, stapfen mürrisch voran. Sechs Tage sind sie nun schon unterwegs mit den vier Frauen, dem Kind und einem Karren, der mit allerlei Gepäck beladen ist. Meist sitzt auch noch die dicke Amme darauf und läßt sich ziehen, während die anderen Frauen barfuß auf den staubigen Wegen wandern.
Je länger sie unterwegs sind, desto heiterer wird Elisabeth. Dabei achtet sie streng darauf, daß die Knechte in den schmutzigen Schenken nicht zuviel trinken, daß sie keine Zoten erzählen, daß abends und morgens Gebete gesprochen und die Heiligen um Schutz und Hilfe angerufen werden. Das ist nicht die Art des Reisens, wie sie die Leute von großen Herren kennen – und die Männer rechnen sich erleichtert aus, daß sie die Stadt Marburg wohl schon am nächsten Tag erreichen werden.
Guda humpelt.
„Tun dir die Füße weh?"
„Ja, Herrin."
„Dann nimm doch deine Schuhe – oder nimm meine."
„Aber Eure Füße bluten auch", wirft Isentrud ein.
„Wirklich?" Elisabeth sieht betroffen auf ihre Füße.
„Sollten wir nicht lieber alle unsere Schuhe wieder anziehen? Wir

sind es noch nicht gewohnt, barfuß zu gehen wie der selige Franziskus und seine Brüder."
Es fällt Elisabeth schwer, Isentrud recht zu geben. Aber soll sie die treuen Gefährtinnen noch weiter quälen? Haben die beiden nicht schon genug auf sich genommen?
Nach einigem Zögern stimmt sie zu, und Isentrud kramt die Sandalen aus dem Beutel. Die Knechte setzen sich währenddessen neben dem Karren ins Gras, wo Gertrud vergnügt herumkrabbelt und Blätter in den Mund steckt. Lächelnd sieht Elisabeth ihr zu und nimmt gern ein Stück dunkles Brot aus dem Sack, den Guda herumreicht.
„Ich danke euch, daß ihr bei mir geblieben seid", sagt sie plötzlich. „Wenn es auch heiß ist und der Weg steil – ich glaube bestimmt, daß uns die Engel Gottes begleiten. Heißt es nicht: ‚Er wird seinen Engeln befehlen über dir, daß du deinen Fuß nicht an einen Stein stoßest ...'?"
Andächtig falten die Frauen ihre Hände, selbst den Knechten wird ganz feierlich zumute, und sie meinen, den Flügelschlag eines göttlichen Boten hinter sich zu hören ... Aber es war wohl nur ein Vogel, der aufflog.

Am nächsten Tag, als sie nach steilem Aufstieg den Kamm des Berges erreichen, öffnet sich vor ihnen der Blick in das weite Tal, und jenseits des Flusses erhebt sich stolz auf einem Felsen die landgräfliche Burg.
„O seht! Das gelobte Land!" ruft Elisabeth.
„Herrin, ich fürchte, es fließen weder Milch noch Honig darin."
„Die Lahn", brummt einer der Knechte und wischt sich den Schweiß von der Stirn.
„Wenn es nur nicht gerade Magister Konrad wäre, der dort unten auf uns wartet", seufzt Guda.
„So darfst du nicht sprechen! Ich fürchte ihn ja auch, aber diese Furcht ist gut für uns, damit wir nicht verlernen, Gott zu fürchten!"

Die Marktfrauen, die von Marburg kommend den Berg hochkeuchen, bleiben erstaunt stehen und sehen dem kleinen Zug nach. Mit strahlenden Augen geht eine zarte junge Frau voran, einfach gekleidet und gefolgt von drei Begleiterinnen mit einem kleinen Kind. Knechte ziehen den Karren auf ächzenden Rädern über den steinigen Weg.

Plötzlich bebt die Erde. Reiter nähern sich von hinten: zwei Ritter mit einigen Knappen. „Aus dem Weg!" schreien sie.

Die Frauen stolpern zur Seite. Eine Staubwolke hüllt sie ein. Dann sind die Pferde vorüber. Angstvoll sieht Elisabeth sich nach der Amme und Gertrud um. Das Kind weint, aber alle sind unversehrt.

„So reiten sie eben! – Kommt, ihr Lieben, steigen wir hinab. Was uns auch erwartet, Gott geht unsern Weg mit!"

Was Konrad von Marburg dem Heiligen Vater weiter über Elisabeths Leben berichtete

„Als dann nach ihres Gatten Tod Ihr, Heiliger Vater, beschlossen habt, sie mir anzuempfehlen, hat sie im Streben nach der höchsten Vollkommenheit mich befragt, ob sie als Einsiedlerin oder im Kloster oder in irgendeinem anderen Stand höheren Verdienst erwerben könne. Am Ende bestand sie darauf und forderte unter vielen Tränen von mir, daß ich ihr gestatten sollte, an den Türen der Menschen zu betteln. Als ich es ihr aber schroff abschlug, antwortete sie mir: ‚So werde ich tun, woran Ihr mich nicht hindern könnt.' Und an diesem Karfreitag, als die Altäre abgeräumt waren, legte sie ihre Hände auf den Altar einer Kapelle ihrer Stadt, die sie den Franziskanern übergeben hatte, und verzichtete in Gegenwart einiger Mönche auf Eltern und Kinder und auf den eigenen Willen, auf allen Glanz der Welt und auf alles, was zu verlassen der Heiland im Evangelium rät. Hast du das, Hanno?"

„... auf alles, was zu verlassen der Heiland im Evangelium rät", wiederholte der kleine Mönch beim Schreiben. Er sah auf.

„Auch ihre Kinder hat sie verlassen?"

„Auch ihre Kinder."

„Aber hat der Heiland das wirklich gefordert? Sagte er nicht: Lasset die Kindlein ...?"

Wütend fuhr Konrad den jungen Mann an: „Wirst du dich unterstehen, sie herabzusetzen? – Im übrigen", lenkte er dann ein, „hat sie nicht ganz auf ihre Kinder verzichtet. Die jüngste Tochter mußte ich ihr lassen, bis wir sie mit zwei Jahren ins Kloster nach Altenberg gaben, und noch bei den Chorfrauen hat sie das Kind immer wieder besucht. Aber das brauchen die in Rom nicht zu wissen. Jetzt schreibe weiter!"

Mit eingezogenem Kopf beugte sich der Mönch über das Pult, wagte nicht mehr aufzusehen.

„*Als sie nun auch auf ihren Besitz verzichten wollte, hielt ich sie zurück; einmal, damit sie für die Schulden ihres Mannes aufkommen könne, dann aber wegen der Armen, denen sie nach meinem Willen aus ihrem Witwengut Almosen spenden sollte.*

Nach diesem Tage war sie doch noch der Meinung, sie könne von dem Geräusch der Welt und von dem irdischen Reichtum des Landes, in dem sie bei Lebzeiten ihres Mannes glanzvoll gelebt hatte, am Ende fortgerissen werden, deshalb befahl ich ihr ... Nein, streich das wieder! Ich habe ihr nicht befohlen, es war ihr eigener Wunsch, ja, ihr Wunsch. Sonst sagen sie noch, ich hätte zu meinem Nutzen gehandelt. Also schreibe: ... *fortgerissen werden, deshalb folgte sie mir gegen meinen Willen nach Marburg, das ganz an der Grenze des Fürstentums ihres Mannes lag. Dort erbaute sie in der Stadt ein Hospital und nahm Kranke und Schwache darin auf. Die Elendesten und Verachtetsten setzte sie an ihren eigenen Tisch, und als ich sie deshalb tadelte, erwiderte sie mir, daß sie von diesen Hilfsbedürftigen besondere Gnade und Demut lerne. Und da sie zweifellos eine sehr kluge Frau war* – hast du das? –, *stellte sie mir ihr ganzes früheres Leben dar und sagte, sie müsse das Frühere* ausgleichen und bezahlen. – Nein!"

Konrad unterbrach sich. Grübelnd blieb er in der dunklen Ecke des Raumes stehen. Die Feder in der Hand wartete Hanno. Im Nebenraum wurde es unruhig.

„Nein, so hat sie es nicht gesagt. Nicht ‚bezahlen'! Sie sagte ... sie sagte ..."

Die Tür flog auf, und Bruder Gerhard, Konrads treuester Begleiter, stürzte herein. Er warf sich vor die Füße seines Meisters.

„Herr Konrad, Herr Konrad!"

Die Kutte hing ihm in Fetzen am Körper, das Gesicht war blutverschmiert, in seinen Augen stand Angst.

„Herr Konrad, sie wollten mich töten! Weil ich zu Euch gehöre! ‚Henkersknecht', haben sie geschrien und mich geschlagen, geschlagen ..."

Schluchzend brach er ab.

„Steh auf!" herrschte Konrad ihn an. „Unser Herr Jesus hat gelitten, willst du nicht leiden? Steh auf, sage ich."

Stöhnend erhob sich Gerhard vom Boden und küßte demütig die Hand, die Konrad ihm entgegenstreckte. „Ich dachte nur ... Sie drohten auch Euch ... Wir sollten vielleicht diese Gegend verlassen."

„Wasch dich und laß dir ein neues Gewand geben", erwiderte Konrad etwas milder. „Und was mich angeht, so sei ohne Sorge. Mich können die Knechte des Teufels nicht töten. Ich stehe im Dienst des Heiligen Vaters! Wer wollte es wagen, Hand an mich zu legen?"

„Ihr kennt sie nicht", murmelte Gerhard und humpelte hinaus.

„Ja, ich weiß, daß sie uns nicht lieben", rief Konrad ihm nach. „Wenn du von ihnen geliebt werden willst, dann mußt du ihnen die Mäuler mit Geschenken vollstopfen und ihre eiternden Wunden küssen. So ist das nämlich, Hanno! Aber was wäre aus ihr geworden ohne mich? Nie hätte sie ihr Hospital bauen können. Auf den Straßen wäre sie bettelnd herumgezogen. Alberner Eigensinn einer verwöhnten Dame – weiter nichts! Ich, ich habe sie zur Heiligen gemacht! Mögen sie uns hassen und Elisabeth lieben – Gott weiß, daß sie ohne mich nichts erreicht hätte."

Fassungslos starrte Hanno in Konrads Gesicht.

„Und die Haare?" flüsterte er und tastete mit der Hand nach dem Medaillon, das er um den Hals trug.

„Hast du etwas abbekommen von den Reliquien? Haha! Nicht einmal Fingernägel und Brustwarzen haben sie ihrem Leichnam gelassen. Um so besser – da bleibt das Volk fromm und gehorsam. Trag nur ihre Haare an deinem Körper, sie werden dich sicherlich schützen! Vor allem kannst du Geld damit verdienen. – Aber nun weiter! Wo waren wir stehengeblieben?"

„… und bezahlen … – Was meinte sie damit?"

„Sie meinte, daß sie ihren früheren Reichtum durch die Armut und, was die Fürsten dem Volk antun, durch Mitleid und Liebe ausgleichen müßte. Nein, nicht ausgleichen … Sie sagte: ‚heilen'. Ja, das sagte sie. Als wäre der Reichtum eine Wunde. Als könnte man Sünde verbinden, wie sie Wunden verband …"

Konrad sprach mehr zu sich selbst als zu Hanno, aber der hörte ihm aufmerksam zu und wagte noch einmal, zaghaft einzuwenden.

„Dann müßten wir ja den Haß der Ketzer mit Liebe …" Erschrocken hielt er inne.

„Was sagst du da?" donnerte Konrad. Er reckte sich empor, als wollte er Hanno in den Boden stampfen.

„Schweig!"

Die Feder entglitt dessen zitternden Händen. Während er im Dunkeln auf dem Boden danach suchte, lief Konrad erregt auf und ab.

„Schreibe: … *das Frühere durch sein Gegenteil heilen!* Und nun weiter: *Ich aber nahm ihr, weil sie vollkommen werden wollte, alle überflüssige Dienerschaft und befahl ihr, mit nur drei Personen zufrieden zu sein, einem Laienbruder, der ihre Geschäfte besorgte, einer frommen, sehr unansehnlichen Jungfrau und einer adligen Witwe, die taub und überaus unfreundlich war, damit durch die Magd ihre Demut vermehrt und durch die unfreundliche Witwe ihre Geduld geübt werde. Denn während die Magd das Gemüse zubereitete, wusch die Herrin die Schüsseln und umgekehrt. Unter anderem nahm sie einen gelähmten Knaben zu sich, der weder Vater noch Mutter hatte. Als der Knabe gestorben war, nahm sie ohne mein Wissen ein aussätziges Mädchen in Pflege und verbarg es in ihrem Haus. Als ich dies dennoch erfuhr, da habe ich sie – Gott verzeihe es mir – aufs härteste gezüchtigt, weil ich fürchtete, daß sie angesteckt werden würde. Als ich dann die Aussätzige weggebracht hatte, nahm sie einen armen, ganz und gar an Krätze kranken Knaben, der*

kein Haar auf dem Kopf hatte, bei sich auf, um ihn zu heilen, und pflegte ihn mit Waschungen und Arzneimitteln – von wem sie das lernte, weiß ich nicht –, und dieser Knabe saß bei ihrem Tod an ihrem Lager.
Schluß für heute. Es ist Zeit für die Messe.“
Der kleine Mönch schrieb atemlos, legte dann erleichtert die Feder nieder und löschte das Licht.
Konrad war schon hinausgegangen.

8. Kapitel

Der Weg (1228-1231)

„Hier“, sagt Magister Konrad und weist mit der Hand auf den Mühlenbach, „hier ist Wasser zum Waschen und dort drüben die Lahn. Der Platz ist gerade erst gerodet worden und trocken. Hier werden wir bauen. Die Pläne sind fertig. Ich habe mich in dem kleinen Haus auf der anderen Seite des Grabens eingerichtet. Ihr wolltet nicht bei Euren Leuten auf der Burg bleiben, also müßt Ihr so lange in Wehrda wohnen, bis Euer Haus fertig ist. Ich fürchte, der Winter wird darüber hingehen, wenn wir zuerst das Hospital bauen.“

Elisabeth nickt begeistert. „Natürlich! Zuerst das Hospital!“

Die Morgensonne leuchtet auf ihrem Gesicht. Strahlend sieht sie sich nach allen Seiten um.

„Von dort, von der Straße her werden sie kommen, werden sich heranschleppen, müde, hungrig, krank. Dann öffnen wir die Tore des Spitals, gehen ihnen entgegen und sagen: ‚Willkommen, ihr Brüder! Willkommen, ihr Schwestern unseres Herrn Jesu‘ – und ich kümmere mich vor allem um die Kinder, wasche sie, pflege sie …“

„Wenn nur Euer Herr Bruder das Geld schicken wollte! Sonst weiß ich nicht, wovon wir die Bauleute bezahlen sollen.“

Mürrisch wendet sich Konrad ab. Auch an diesem Sommermorgen liegt ein Schatten auf seinem Gesicht. Ungeduldig fährt er einen Franziskaner an, der gerade mit zwei Eimern vorüberkommt.

„Wo bleibt Bruder Heinrich?“

Der Mann schöpft in aller Ruhe Wasser und schlurft dann gemächlich zu dem verfallenen Häuschen der Brüder zurück. Während Elisabeth den Bauplatz in alle Richtungen abschreitet, schlendert Walther, der Baumeister, heran, die zusammengerollten Pläne in der Hand. Er gähnt. Es ist früh, und wenn der Magister nicht so streng wäre, läge er wahrscheinlich noch im Bett.

Konrad begrüßt ihn erfreut. Bruder Heinrich, der sich demütig buckelnd von der anderen Seite nähert, wird an Elisabeth verwiesen. „Du sollst der Herrin, der Frau Elisabeth, zur Hand gehen. Vor allem wirst du ihr als Sekretär dienen. Man hat mir gesagt, daß du eine gute Handschrift hast. Und zur körperlichen Arbeit taugst du ohnehin nicht mehr."

Bruder Heinrich ist ein alter Mann. Als Elisabeth ihn mitleidig betrachtet, zeigt sein Gesicht keine Bewegung. Freundlich lächelnd gibt sie ihm die Hand, dann folgt sie Herrn Konrad und Walther, um die Baupläne zu begutachten.

Den ganzen Sommer lang dröhnt am Mühlenbach das Hämmern und Sägen, lärmen mit Fluchen und Schreien die Bauleute. Krachend werden Balken abgeladen, Lehrjungen müssen Stroh für die Wände herbeischleppen. In der Hitze des Tages läuft denen, die oben auf dem Gerüst stehen, der Schweiß in den Nacken. Braune, starke Arme recken sich, hieven den Balken nach oben, es wird gezogen, geflucht, geschrien, bis endlich wieder ein Stück fertig, eine Wand aus Fachwerk aufgerichtet, ein Fenster eingelassen ist.

Jeden Morgen wandern Elisabeth, Guda und Isentrud von dem kleinen Dorf Wehrda, wo sie ein ärmliches Häuschen bewohnen, zur Baustelle nach Marburg.

Wenn die Hähne krähen, steht Elisabeth oft schon in der Tür, und wenn die Sonne lacht, streckt sie die Arme aus und ruft: „Danke, Herr! Wir werden heute viel schaffen!" Wenn Wolken den Himmel bedecken: „Guter Gott, du schützt uns vor zuviel Sonne." Und wenn es regnet und stürmt: „Herr, ich danke dir, daß sich die Bauleute heute ausruhen dürfen."

Auf dem Weg durch den Wald – auf halber Höhe – warten die Frauen immer sehnsüchtig darauf, daß sich plötzlich hinter einer

Biegung der Blick ins Tal vor ihnen öffnet: „Da! Das Haus! Wie groß es schon ist! Wie fleißig unsere Leute sind!"
Wehe aber, wenn noch nicht gearbeitet wird. Dann rafft Elisabeth ihr Kleid zusammen und springt über Wurzeln und Steine den Weg hinunter. Isentrud und Guda können kaum folgen. Meist sind die Arbeiter schnell wach, wenn sie von weitem den Ruf der Herrin hören. Mit allerlei Ausreden kriechen sie aus ihren Hütten und stolpern zur Baustelle.
Gegen Mittag wird den Männern aus der Stadt Essen gebracht. Elisabeth kostet nur flüchtig davon. Sie hat Wichtigeres zu tun, als zu essen, denn rings um das Hospital lagern sich schon die Bedürftigen. Die letzten goldenen Armreifen, die sich im Kasten finden, werden verkauft – für Brot. Und sie merkt nicht, daß die Preise der Bäcker steigen, bis endlich Herr Konrad von seiner Reise zurückkommt und das Klagen der Bürger hört.
„Schluß jetzt! Schickt die Bettler zur Arbeit, Frau Elisabeth! Am Bau ist genug zu tun. Nur die Kranken und kleinen Kinder müssen Almosen bekommen. Und das Brot kaufe ich, nicht Ihr! Gehorcht!" Und er schlägt sie mitten ins Gesicht.
Ringsum erstarren die Menschen.
„Was ist los mit euch?" fährt Konrad sie an. „Was meint ihr wohl, warum ich sie geschlagen habe?"
Schweigen. Keiner wagt auch nur in das Gesicht des großen Predigers zu blicken.
„Zur Ehre Gottes. Ja!" schreit er. „Wißt ihr, warum der Kreuzzug gescheitert ist? Wißt ihr, warum Gott uns die schrecklichsten Plagen schickt? Weil überall Sünde ist, Hochmut, Ketzerei ..."
Seine Stimme überschlägt sich. Geduckt schleichen die Menschen an die Arbeit. Elisabeth hält beide Hände vor ihr brennendes Gesicht. Aus der Nase tropft Blut.
„Geht und wascht Euch!" befiehlt Magister Konrad im Fortgehen. Guda und Isentrud führen Elisabeth zum Bach hinunter, sie wäscht sich Blut und Tränen ab.

„Er hat sicher recht“, sagt sie leise.
„Meint Ihr, Herrin?“
Am Ufer kauernd blickt Elisabeth in die dahinströmende Flut. Das Gras biegt sich tief hinunter und richtet sich auf, wenn die Welle vorüber ist.
„Kommt!“ Sie wirft den Kopf zurück und springt auf die Füße. „Wir wollen nach den Kindern der Armen sehen!“

Es wird Herbst, es dunkelt früh. Die Zimmerleute fügen Balken für das Dach zusammen. Im strömenden Regen werden Ziegeln herbeigeschleppt, und als noch einmal goldener Sonnenschein über den Bergen liegt, betrachtet Elisabeth vom Ufer der Lahn aus, wie viele fleißige Hände das Dach decken.
„Schnell! Macht schnell!“

Neben ihr steht plötzlich ein Pferd. Von oben sieht ein Ritter auf sie herab.
„Ei, Frau Gräfin, da habt Ihr ja tüchtig gebaut. Und Gott gab gutes Gelingen.“
Elisabeth blinzelt gegen die Sonne und erkennt den jungen Grafen von Battenberg, der im Auftrag der Thüringer hoch oben über Marburg auf der Burg residiert.
„Nun, junger Herr, Ihr könntet noch mit Hand anlegen, damit wir bis Sonnenuntergang das Dach geschlossen haben.“
„Ich?“
„Ja, ich meine Euch!“
Der Graf kichert. „Man sagte mir schon, daß Ihr seltsame Ideen habt. Als ob Gott nicht Handwerker geschaffen hätte zum Arbeiten. Und Herren zum Herrschen!“
„War Jesus nicht Zimmermann?“

„Jesus? Da müßte ich den Kaplan fragen“, lacht der von Battenberg vergnügt.
„Aber ich bin gekommen ...“ – er ist immer noch nicht vom Pferd gestiegen –, „um Euch zum Festmahl einzuladen. Der jüngste Sohn des Hauses wird zum Ritter geschlagen.“
Ein Schatten fliegt über Elisabeths Gesicht. Da ist das Bild eines Kindes, dem Weinen nahe ...
„Ich danke Euch“, sagt sie schnell. „Aber ich muß auf der Baustelle bleiben, denn Magister Konrad ist gestern nach Mainz gereist. Es könnte Schwierigkeiten geben, wenn niemand die Arbeiten beaufsichtigt.“
Achselzuckend wendet der Graf sein Pferd.
„So gebe Gott Euch weiter gutes Gelingen.“
„Ich werde für Euch beten, daß auch Ihr den Weg zu ihm findet!“
Der junge Mann lacht.
„Das habe ich nötig!“ Damit gibt er dem Hengst die Sporen und verschwindet im Abendlicht auf dem Weg, der zur Burg hinaufführt.
Elisabeth sieht ihm nach. Sie spürt die Müdigkeit in ihrem Körper, den Hunger, und einen Augenblick lang erscheinen vor ihrem Blick Tische, die sich unter der Last von Braten, Brot und Kuchen biegen, schimmernder Wein in verzierten Kelchen und Ludwig, Ludwig an ihrer Seite ...
Guda und Isentrud kommen mit einem Korb von der Baustelle herüber und bieten ihr Brot und Käse an. Sie winkt ab.
„Nein, ich will nichts essen.“

Als der erste Schnee fällt, ist das Hospital fertig. Strahlend geht Elisabeth durch den großen Saal, in den gerade die gezimmerten Holzbetten hineingetragen werden.
„Macht ein Feuer!“ befiehlt sie.

Ein Franziskaner bringt Holz herein.
„Habt ihr alles für die Messe vorbereitet?"
„Ja, Herrin."
Mit den Händen streicht Elisabeth über die Lehmwand. Hier und da fällt noch Stroh heraus.
„Dieses Haus, lieber Onkel, wird wohl nicht tausend Jahre stehen", sagt sie leise und lacht vor sich hin. „Nein, so fest wie dein Dom aus Stein ist es nicht. Aber die Liebe, die es erbaut hat – ob die vor Gott nicht auch gilt? – Nun öffnet endlich die Türen!"
Draußen drängen sie sich schon, die Auserwählten: Lahme, die auf allen Vieren kriechen, zahnlose Alte, ausgezehrte Frauen mit neugeborenen Kindern auf den Armen, die Gesichter rot von der Kälte, die Glieder mit Lumpen umwickelt. Sie stolpern herein, und in der Wärme beginnen die Kleider bald zu dampfen und zu riechen.
„Zündet Weihrauch an!"
Elisabeth geht durch die Reihen, mustert die Ankömmlinge, fragt nach den Namen, weist ihnen Betten zu – in einige müssen gleich zwei Kranke schlüpfen –, hüllt die Kinder in sauberes Leinen und schleppt dann noch barfuß durch den Schnee Wasser herein.

Am Abend liest Magister Konrad vor dem steinernen Altar die heilige Messe, während der Sturm an den Balken rüttelt. Nachdem sie gebeichtet, gebetet und das Abendmahl empfangen haben, reicht Konrad Elisabeth, Isentrud und Guda ein neues Gewand: das graubraune Kleid der Schwestern, die ihrem Herrn in der Welt an seinen Ärmsten dienen. Nebeneinander stehen sie vor dem Altar, die Haare mit Schleiern bedeckt, einen Strick als Gürtel. Nichts scheint sie mehr zu unterscheiden, nichts ist übrig von ihrer Herkunft, ihrem Namen, ihrem Stand. Aber da verliert Elisabeth ein Taschentuch, und ehe sie sich versieht, hat Guda es aufgehoben. Noch an diesem Abend bitten drei Mädchen von einfachster Herkunft um Aufnahme in die Gemeinschaft der Hospitalschwestern. Eine von ihnen heißt Irmingard, eine kräftige Bauerntochter aus Wehrda.

„Herrin, wir hätten doch sehen sollen, daß auch unser Haus vor dem Winter fertig wird!"
Fröstelnd rücken die Frauen am Herd zusammen. Gertrud schläft auf Elisabeths Schoß.
„Guda, ich bin nicht mehr deine Herrin. ‚Schwester!' Sag ‚Schwester' zu mir!"
„Ja, Schwester. Aber, Herrin ..."
Da müssen sie alle drei lachen – trotz der Kälte und des Rauchs, der ihnen in die Augen beißt. Durch mehrere notdürftig ausgebesserte Löcher in der Wand des kleinen Hauses pfeift kalter Wind, treibt Feuchtigkeit herein. Der einzige trockene Platz ist unter der Treppe. Mit Decken haben die Frauen sich dort für die Nacht eingerichtet.
„Seid dankbar, ihr Lieben, daß wir hier in Frieden leben können und uns niemand verfolgt! Denkt nur an die Schlotheims! Und die Kranken haben ein festes Haus. Das ist das wichtigste!"
Gertrud wacht auf. Sie will laufen, stolpert aber überall gegen Balken und Geschirr. Weinend rettet sie sich zurück in den Schoß der Mutter. Die trocknet ihr mit dem Schleier die Tränen ab.
„Nicht weinen, Gertrud! Eiapopeia, horch wie der Wind pfeift! Bist doch ein tapferes Kind. Wie deine Schwester! Wie dein Bruder!"
Während sie die Tochter wiegt, laufen Tränen über ihr Gesicht – nicht nur wegen des qualmenden Herdes.
„Ihr liebt Eure Kinder zu sehr, Herrin ... Schwester!" sagt Isentrud mitleidig. „Gott gibt sie uns doch nur, um sie uns wieder zu nehmen."
„Ja, Isentrud, ich weiß, und Magister Konrad hat mich auch schon oft deswegen getadelt. Ich wünschte, Gott würde mir diese große

Liebe aus dem Herzen nehmen ... Wir sollen doch alle Kinder lieben, als wären es unsere eigenen. Wird er verzeihen?“
Angstvoll fragend blickt sie in die Gesichter der Freundinnen.
„Es gibt wohl größere Sünden“, murmelt Guda, und niemand widerspricht.

Jeden Morgen durch Frost und Schnee: der Weg nach Marburg. Die Frauen wickeln sich Lumpen um die Füße. Trotzdem können sie ihre Glieder kaum mehr bewegen und zittern vor Kälte, wenn sie endlich das Hospital erreichen. Selbst Herr Konrad hat Mitleid mit ihnen und schickt sie an den Kamin, damit sie sich aufwärmen können. Aus Marburg kommen die anderen Schwestern. Sie haben bei Verwandten Unterschlupf gefunden.
Die Franziskaner, die noch ihr kleines Häuschen neben dem Hospital bewohnen, beginnen mit den morgendlichen Arbeiten. Magister Konrad drängt sie.
„Sobald der Frost nachläßt, fangen wir an! Zuerst bauen wir das Haus für die Bruderschaft, dann soll Frau Elisabeth ihre Wohnung bekommen. Später, wenn endlich das restliche Geld vom Landgrafen eingetroffen ist, geht es weiter. Den Zaun müssen wir jetzt schon aufrichten. Es läuft zuviel Gesindel auf dem Hof herum!“

Wenn Elisabeth ihren Rundgang von einem Bett zum anderen gemacht hat, geht sie mit Guda und Isentrud in die Stadt. Bald kennt man sie in den Häusern der Armen.
„Herrin, kommt herein! Seht, diese Frau lag gestern vor unserer Tür. Wir haben sie hereingeholt, aber sie ist – aussätzig!“
Elisabeth erkennt eine Alte, die in der Ecke auf dem Boden sitzt und ununterbrochen den zahnlosen Mund bewegt, ohne daß ein Laut herauskommt.
„Steh auf!“ befiehlt sie.

Die Alte schüttelt heftig den Kopf.
„Ich kann nicht", gurgelt sie kaum verständlich.
„Warum kannst du nicht?"
Elisabeth streckt ihr die Hand entgegen, die Frau greift danach, aber sie fällt wieder in sich zusammen. Da beugt sich Elisabeth hinunter und faßt ihr mit beiden Händen unter die Arme, stellt sie auf die Beine und hält sie fest. Ein fürchterlicher Geruch geht von der Alten aus.
„Kommt, helft mir!"
Mit großer Überwindung greifen die Begleiterinnen zu, um die Alte langsam aus dem Haus zu führen. Die Frau, die sie hereingebeten hat, sieht ihnen erleichtert nach. Draußen faßt die Alte langsam Mut und setzt, von Elisabeth gestützt, einen Fuß vor den anderen.
„Siehst du, wie du laufen kannst!"
Guda und Isentrud folgen in einigem Abstand. So erreichen sie gegen Mittag das Hospital.
„Wir haben kein Bett mehr frei, Schwester."
„Aber es fängt schon wieder an zu schneien."
Die Alte wimmert und hält sich krampfhaft an der Wand des Hospitals fest.
„Ich falle! Ich falle!" weint sie.
„Dann müssen wir sie in die Ecke auf den Boden legen."
„O Herrin, die anderen werden es nicht wollen. Seht – ihre Arme!"
Die Lumpen, mit denen die Frau bedeckt ist, sind verrutscht, und große eiternde Geschwüre liegen bloß.
„Macht auf!" befiehlt Elisabeth und führt die Alte selbst hinein, legt sie auf einen Haufen Stroh gleich neben der Tür und beginnt, ihr die schmutzigen Fetzen auszuziehen.
„Hol Wasser, Guda!"
Guda geht, Isentrud besorgt saubere Tücher und ein Fläschchen Salbe. Als Irmingard dazukommt, überlassen die anderen ihr gern die Arbeit.
„Du ekelst dich nicht?" fragt Elisabeth.

„Nein, Herrin.“ Irmingard lacht.
„‚Schwester‘ sollst du sagen.“
Gemeinsam waschen und verbinden sie die Alte, die leise stöhnend alles mit sich geschehen läßt.
„Heute abend müssen wir wieder Salbe auftragen. Wirst du es tun?“
„Ja, Herrin.“
„Schwester!“
Die Alte hat sich ein wenig aufgerichtet, sie kann nur mit Mühe sprechen, aber ihre Augen leuchten, und immer wieder greift sie nach Elisabeths Hand. „Gute Frau … gute Frau … Engel!“
„Sei ruhig“, brummt im Bett daneben der alte Mann, der ständig husten muß.
„Wasser, Wasser, ich habe Durst“, stöhnt eine Frau von der anderen Seite, „immer bekommen nur die drüben zu trinken!“
„Ich hole dir Wasser. – Und du sei friedlich“, wendet Elisabeth sich der einen und dem anderen zu.
Die Tür geht auf, eisige Kälte weht herein.
„Da kommt das Essen.“
Die Kranken richten sich in den Betten auf, einige schlagen mit Holzlöffeln auf ihre Schüsseln.
„Hierher! Hierher!“
„Es ist genug Kohl für alle da“, fährt Elisabeth sie an. „Hier, gebt der Alten zuerst.“
Die Brüder schöpfen aus dem Bottich und füllen jede Schüssel. Wer noch Hunger hat, bekommt einen Nachschlag. Bald ist es ganz still, man hört nur leises Schmatzen und Rülpsen.
„Schmeckt es, Alte?“ fragt Elisabeth die Frau neben der Tür. Die nickt und kichert leise.
„Wie heißt du eigentlich?“
„Bertha“, bringt sie mühsam heraus.
„Gut, Bertha, jetzt ruh dich aus. Nachher liest Herr Konrad die Messe. Vergiß nicht, vorher zu beichten!“
Als alle satt sind, holt Elisabeth sich den kleinen Rest, der im

Bottich zurückgeblieben ist, setzt sich zu den anderen Schwestern auf den Boden und ißt mit ihnen. Die Kranken legen sich zufrieden zurück, einige beginnen zu schnarchen.

Sobald der Frost es zuläßt, beginnen die Bauarbeiten von neuem, und endlich können die Frauen in Wehrda ihre Bündel packen. Die Amme kehrt nach Eisenach zurück, die anderen wollen gemeinsam das Haus in Marburg beziehen.

Es ist ein kühler Frühlingsmorgen. Im Wald verbergen sich noch Reste von Schnee. Aber dazwischen entdeckt Elisabeth jubelnd die ersten Buschwindröschen. Bruder Heinrich zieht den Karren, Gertrud läuft schon ein Stück mit ihnen, dann muß die Mutter sie tragen.

Als sie vor dem fast fertigen Wohnhaus ankommen, steht plötzlich Magister Konrad auf der Schwelle. Gertrud beginnt zu weinen.

„Frau Elisabeth, Ihr sollt nicht als Gräfin hier residieren! Ihr habt Eurem Stand abgeschworen. Also laßt draußen, was Euch an frühere Zeiten erinnert!"

Erstaunt sieht Elisabeth ihn an.

„Ich habe nichts mehr, Herr Konrad, was mich an frühere Zeiten erinnert."

„Doch."

Konrad richtet seinen finsteren Blick auf Gertrud, die sich unter dem Rock der Mutter zu verbergen versucht.

„Gertrud ... ist noch zu klein", stottert Elisabeth.

„Die Chorfrauen in Altenberg erwarten das Kind. Sie werden es gut versorgen."

Elisabeth bebt, und Isentrud greift nach ihrer zitternden Hand. „Herrin!"

„Seht Ihr!" triumphiert Konrad. „Seht Ihr, wie der Glanz Eures früheren Lebens Euch immer noch begleitet? Frau Isentrud, Ihr

werdet nicht in dieses Haus mit einziehen. Ihr habt Euren Platz bei den anderen Schwestern drüben. Und auch Ihr, Jungfrau Guda, bleibt nicht mehr lange bei Eurer Herrin."
Weinend steht Elisabeth an der Schwelle ihres Hauses. Sie preßt ihr Kind an sich und hält Isentruds Hand.
„Ach, er hat ja recht. Wie lieb seid ihr mir! Isentrud, seit du zu mir gekommen bist – weißt du noch? –, da bist du mir so nahe wie mein eigenes Herz. Aber wir sollen Gott über alles lieben."
„Warum tretet Ihr nicht ein?" Bruder Heinrich, der mit dem Karren hinter ihnen steht, wird ungeduldig.
„Ja, ich will eintreten."
Nach einer innigen Umarmung löst sich Elisabeth langsam von Isentrud und nimmt Gertrud auf den Arm. Immer noch weinend überschreitet sie die Schwelle.
„So muß es sein", murmelt Herr Konrad und geht zufrieden in sein Haus zurück.

Am Nachmittag meldet sich eine alte Frau im Witwenkleid bei Elisabeth.
„Ich bin Hedwig, die Witwe des Herrn von Seebach. Der Herr Magister hat mir gesagt, daß ich bei Euch dienen soll", schreit sie.
„Warum sprichst du so laut?" fragt Elisabeth freundlich.
„Wo ist Eure Kammer? Ich will meine Sachen hineinbringen", schreit die Frau weiter.
„Ich fürchte, sie hört schlecht", bemerkt Guda. Elisabeth betrachtet aufmerksam das zerfurchte Gesicht mit den stechenden kleinen Augen, die schnell hin und her wandern, als hätte die Frau Angst, irgend etwas zu übersehen.
„Also komm!"
Elisabeth versucht nun auch, laut zu sprechen, und geht voran.
„Aber heute nacht schläft Guda noch einmal bei mir."
Die Alte runzelt die Stirn.
„Wer wacht?"

„Guda schläft bei mir – heute nacht."
Hedwig von Seebach mustert Guda von Kopf bis Fuß, obwohl die Frauen alle das gleiche graubraune Gewand der Hospitalschwestern tragen.
„Sie wird es bestimmt Herrn Konrad erzählen", flüstert Guda.
„Ach was …"
Guda behält recht, aber Magister Konrad ist gnädig.
„Ihr mögt noch eine Nacht mit Eurer Jugendfreundin verbringen." Prüfend sieht er in Elisabeths Gesicht, die unter Tränen dankbar lächelt.
„Ich habe noch eine zweite Dienerin für Euch. Sie ist häßlich und so faul, daß wir sie im Hospital nicht gebrauchen können. An den beiden könnt Ihr den Umgang mit Menschen lernen, Frau Elisabeth!"
In der Nacht schmiegen sich Elisabeth und Guda eng aneinander.
„Wir wollten immer zusammenbleiben."
„Ja, Herrin."
„Sag doch nicht ‚Herrin'!"
„Ja, Elisabeth."
„Wenn Gott es will, müssen wir uns fügen."
Guda schweigt.
„Weißt du noch, wie wir zusammen mit Baba durch die Wiesen jagten und Agnes verspotteten? Weißt du noch, wie wir bei Kaplan Albert singen lernten? ‚Can – ta -te!'?"
„Ja, ich weiß es noch."
„Kannst du noch Ungarisch?"
„Ich glaube nicht."
„Wir werden uns jeden Tag sehen, wenn wir im Hospital arbeiten. Wir werden gemeinsam die Kranken waschen und betten, nicht wahr?"
„Ja, wir werden zusammen arbeiten, Herrin! Aber wer wird Euch … wird dir das Haar bürsten und das Kleid waschen und Wasser bringen …?"
„Ich werde es allein tun. Warum sollte ich es nicht auch können?"

„Ich fürchte, das geht nicht gut“, flüstert Guda. „Weißt du noch, wie du einmal versucht hast, eine Kuh zu melken?“
Sie lachen beide und tuscheln weiter, bis der Morgen graut und die Glocke sie zum Dienst an den Kranken ruft.

Da kommen sie. Das humpelt heran, schlurft, hüpft in krankhaften Zuckungen, das schleicht fast am Boden, stützt sich auf Schemel oder Krücken, das schiebt sich mühsam voran: vom Berg herab, das Tal entlang, von Abend, von Morgen, von Mitternacht. Die frühere, die verstoßene Landgräfin hat sie eingeladen. Alle sollen kommen. Es gibt ein großes Fest: für die Verkrüppelten, die Schwachen, die Alten, die Kinder mit den aufgequollenen Bäuchen und den dürren Gliedern, für die Witwen in ihren Lumpen, sogar für die Aussätzigen.
Alle sollen kommen, alle von denen Jesus sagt: „… wenn du ein Essen gibst, dann lade Arme, Krüppel, Lahme und Blinde ein. Du wirst selig sein, denn sie können es dir nicht vergelten …“
Elisabeth läuft schwitzend durch das Hospital.
„Habt ihr alles vorbereitet? Werden die Brote auch reichen? Wenn ich euch ein Zeichen gebe, dann bringt ihr die Kästen mit dem Geld heraus! Gut, daß Herr Konrad auf Reisen ist. So stört ihn der Lärm wenigstens nicht. Aber ihr könnt es ihm ruhig verraten. Er kann doch nichts dagegen haben, wenn wir den Armen helfen! Bruder Heinrich, habt ihr auch in alle Dörfer Boten gesandt? Haben wir auch nichts vergessen?“
Sie bindet sich den Schleier fester und tritt ins Freie.
Das Tor zum Hof vor dem Hospital wird gerade aufgeschoben, die ersten drängen herein, stolpern übereinander, stoßen sich mit den Krücken, schimpfen und drohen.
„Seid ihr still!“ fahren die Franziskaner dazwischen.

Beim Anblick der kleinen Frau im graubraunen Kleid verstummt alles Reden. Die Augen leuchten auf.
„Willkommen! Willkommen! Seid willkommen, meine Schwestern, meine Brüder!"
Magere Kinder werden von ihren Müttern nach vorn geschoben, Elisabeth drückt hier eins an sich, nimmt dort eins auf den Arm, küßt ein kleines Mädchen auf den von Wunden entstellten Mund und segnet die Säuglinge, die an den leeren Brüsten ihrer Mütter saugen.
„Sie kommen! Es kommen noch mehr!" jubelt sie.
Eine neue Gruppe in geflickten Kleidern schiebt sich vorsichtig herein. Sie haben grob geschnitzte Pfeifen dabei, eine zerkratzte Fiedel und bunte Bänder an ihren Bündeln.
„Auf, spielt uns ein Stück!" ruft Elisabeth fröhlich.
Unter dunklen Locken blicken die Männer mißtrauisch auf. Kaum wagen sie zu atmen.
„Kommt! Kommt hierher!"
Ein Franziskaner weist ihnen ihren Platz an, nicht weit vom Tor, zwischen Hospital und dem Wohnhaus der Brüder. Sie lagern sich und fahren entsetzt hoch, als sich nicht weit von ihnen drei alte aussätzige Männer niederlassen.
„Bleibt!" befiehlt Elisabeth streng. „Jeder hat hier seinen Platz."
Ängstlich rücken die Musikanten zusammen, während die Aussätzigen mit schrillen Stimmen einen Psalm anstimmen.

Endlich – die Sonne steht schon hoch im Mittag – schließen zwei Brüder das Tor. Die Geladenen sind gekommen. Nun soll das Fest beginnen. Fünfhundert Silbermark will die Witwe des Landgrafen heute verschenken. Erst vor wenigen Tagen haben bewaffnete Boten den Schatz aus Eisenach gebracht. Es ist Geld, das die Brüder noch zu zahlen haben, und eigentlich sollte es zum Kauf weiterer Ländereien für das Hospital dienen, um dessen Bestand zu sichern. Was könnte man nicht alles für fünfhundert Mark kaufen: ganze Dörfer und Güter, die Einkünfte über Jahrzehnte sichern …

Aber wozu Sicherheit? Wird Gott nicht für alles sorgen? Ächzend schleppen die Brüder Truhen und Kästen herbei. Den Armen gehen die Augen über. Geld! Und jeder soll etwas bekommen! Wieviel? Brot für einen ganzen Monat? Ein paar Hühner? Vielleicht sogar ein Schwein? Eine Kuh? Eine Kuh mit einem Kalb? Einen Mantel für den Winter? Sauberes Leinen für das Kind? Oder jeden Abend reichlich Bier, monatelang, in allen Schenken?

Die Münzen gleiten durch ausgemergelte schmutzige Hände, werden hin- und hergedreht. Mancher beißt mit wackligen Zähnen darauf, um zu prüfen, ob sie auch wirklich, wirklich echt sind. Die ersten wollen schon wieder gehen …

„Bleibt auf euren Plätzen, daß sich keiner noch ein Almosen erschleicht!" Die Brüder schlagen mit dem Stock dazwischen. „Die Herrin hat befohlen: Wer nicht gehorcht, dem werden als Zeichen der Schande die Haare abgeschnitten!"

Da ist doch eine …

Alle sehen sie über den Hof gehen, frei und unbefangen, als sei sie von den Anordnungen nicht betroffen. Empört weist Elisabeth mit dem Finger auf die Ungehorsame, und zwei Franziskaner schleppen sie herbei: ein junges Mädchen, sauber gekleidet, mit langen, blonden Locken, durch die der Wind geht …

Bruder Heinrich steht schon mit der Schere neben ihr.

„Schneidet ihr die Haare ab!"

„Nein, Herrin!"

Zu spät, die blonde Pracht fällt auf den Boden, die Menschen ringsum erstarren.

Eine junge Frau mit einem Säugling im Arm drängt sich durch die Menge.

„Meine Schwester! Sie wollte mich doch nur besuchen!"

Andere reden wild durcheinander, das Mädchen bedeckt laut

weinend mit den Händen seinen Kopf. Elisabeth steht stumm. Etwas Furchtbares wühlt in ihr: Wut, Schmerz, Reue. Alle sehen sie an, alle erwarten etwas. Das Mädchen kniet weinend zwischen den Haaren. Gierige Hände strecken sich nach der Lockenpracht aus.
„Halt! Keiner berührt das Haar!"
„Elisabeth", flüstert Isentrud, „du hast ihr Unrecht getan!"

Die ersten beschenkten Gäste treten den Heimweg an, denn die Sonne steht schon tief über den Bergen, und sie haben weite Wege vor sich. Einige singen, andere lachen.
„Willst du nicht dein schönes Haar Gott opfern?" fragt Elisabeth nach langem Schweigen.
Das Mädchen sieht auf.
„Aber – ich gehe doch so gern tanzen. Und ohne Haare ... Oh, die Schande, die Schande!" Sie hört nicht auf zu schluchzen.
„Wie heißt du?"
„Hildegund."
„Und du gehst so gern zum Tanz? Weißt du denn nicht, daß es viel schöner ist, Gott zu dienen?"
Hildegund sieht sich ratlos um, sieht in freundliche Gesichter.
Einladend, fast flehend streckt Elisabeth ihr die Hand entgegen: „Komm zu uns, Hildegund! Wir brauchen dich!"
Und auf einmal fängt sie auch an zu weinen und schließt das Mädchen in die Arme. „Gott hat dich zu uns geschickt, ganz bestimmt!"
Ringsum auf dem Hof lagern sich die Schwachen und Kranken, die den Heimweg nicht mehr schaffen. Elisabeth läßt Feuer anzünden und Brot austeilen. Als sie sieht, daß die Truhen immer noch nicht leer sind, bekommen alle noch eine Münze. Trunken vor Glück beginnen die Menschen zu singen. Und die Spielleute pfeifen und fiedeln dazu.
„Hörst du sie, Hildegund? Ist es nicht schön, wenn sie sich freuen? Vergiß dein Haar! Ich kannte einen, der hatte auch blonde Locken,

so wie du. Gott hat ihn mir genommen. Nun wollen wir die anderen fröhlich machen, nicht wahr, Hildegund? Geh nicht zurück. Ich bin froh, daß du bei uns bist."

„Fünfhundert Mark! Fünfhundert Mark in Silber! Verschenkt an einem einzigen Tag! Was hätten wir dafür kaufen können!"

Mit großen Schritten läuft Magister Konrad über den Hof, sich die Haare raufend. Alle weichen ihm aus. Nur Elisabeth steht ruhig, den Kopf demütig gesenkt, vor der Tür ihres Hauses. Sie zieht den Schleier tief in ihr Gesicht, damit Konrad nicht sehen kann, daß sie stillvergnügt lächelt.

War das ein Fest! Wie fröhlich alle waren! Bis spät in die Nacht hinein brannten die Feuer wie Sterne am dunklen Himmel, und die Bettler haben gesungen vor Freude!

„In Zukunft", Konrad bleibt dicht vor Elisabeth stehen, „werdet Ihr kein Geld mehr verschenken. Ich verbiete es Euch! Habt Ihr verstanden? Kein Geld mehr!"

Elisabeth zuckt zusammen, als hätte er sie geschlagen. Nicht mehr die Freude in den Augen der Armen leuchten sehen? Nichts mehr verschenken? Aber es gibt ja noch anderes, es muß ja nicht Geld sein ...

„Wovon wollt Ihr wohl Euren Lebensunterhalt bezahlen? Schließlich braucht Ihr auch etwas zu essen."

„Ich verdiene mir mein Brot durch Spinnen. Ihr wißt, daß ich nicht mehr brauche, als mir die Altenberger Chorfrauen für die Wolle zahlen ...", begehrt Elisabeth auf.

Zornig wendet sich Konrad ab und verschwindet im Haus der Brüder.

Elisabeth wartet. Kaum ist der Magister verschwunden, füllt sich der Hof wieder mit Schwestern und Brüdern. Bettler humpeln vorüber, nicht ohne sich tief vor ihr zu verneigen. Und da kommt

Bertha. Die Alte stützt sich auf einen dicken Stock, aber sie läuft!
„Herrin! Es geht! Es geht!"
Der Aussatz hat ihr einen Arm und fast ein ganzes Bein zerfressen, aber die Wunden sind sorgsam umwickelt, so daß sie sich mühsam fortbewegen kann.
„Wie schön, Bertha! Was machen deine Füße? Ich will sie mir heute noch ansehen und sie baden."
„Nein, nein, Herrin." Bertha wehrt erschrocken ab. „Nicht nötig, mir helfen die Schwestern. Nur im Hospital wollen sie mich nicht mehr behalten. Sie haben Angst."
Elisabeth schüttelt verständnislos den Kopf.
„Wir werden einen Schlafplatz für dich finden. Der Hof ist groß genug … Wenn die Menschen nur auch so viel Sorge um ihre Seele hätten …"
Sie klopft der Alten anerkennend auf die Schulter und geht dann zum Spinnen ins Haus.

Als wieder ein Winter vergangen ist, rüstet sich Magister Konrad zu einer neuen Predigtreise. Frau Hedwig bekommt den Auftrag zu beobachten, ob die Herrin Geld verschenkt. Sie darf auch nur ein Stück Brot geben, wenn jemand sie um Almosen bittet, eins! Gewissenhaft überwacht Hedwig, was Elisabeth tut – und wundert sich: Das Stück Brot, das jeder Bettler empfängt, der an die Tür klopft, wird immer größer.
„Was tut Ihr?"
„Ich gebe dem armen Mann ein Stück Brot."
„Das ist doch ein ganzer Laib."
„Aber es ist ein Stück."
Wütend verzieht sich Hedwig in ihre Kammer. Alles, alles wird sie Herrn Konrad berichten, wenn er zurückkehrt.

Da meldet sich eines Tages ein Bote von dem Magister und befiehlt Elisabeth, nach Altenberg zu kommen. Konrad wolle mit ihr und der Vorsteherin des Stiftes über ihre weitere Arbeit sprechen.
„Also gut“, meint Elisabeth und frohlockt heimlich. Die gute Meisterin Christina wird ganz sicher die kleine Gertrud mitbringen, wenn sie zur Begrüßung ans Tor kommt. Den ganzen Winter über hat Elisabeth das Kind nicht besuchen können. Es wird groß geworden sein!
Laut sagt sie: „Dann bekommen wir auch gleich unseren Lohn für die gesponnene Wolle.“
Zur Begleitung wählt sie Irmingard, weil die kräftig ausschreiten kann und nicht wie Frau Hedwig alle paar Stunden Rast machen muß.
Als der Morgen dämmert, nehmen die beiden Frauen je ein Bündel mit Wolle auf den Rücken und wandern am Ufer der Lahn entlang, dann nach Westen über Berge und Täler. Die ersten wärmenden Strahlen lösen ihre vom Winter starren Glieder. Sie fühlen sich immer freier, immer leichter, nur manchmal zwingt ein kurzer quälender Husten Elisabeth zum Innehalten.
Im Schatten der Kirche von Altenvers machen sie Rast. Irmingard hat Brot und Käse eingepackt. Während das Glöckchen zum Mittag läutet, sprechen sie ihr Dankgebet. Da steht plötzlich ein Kind vor ihnen, ein kräftiger, rotwangiger Junge von vielleicht zehn Jahren.
„Ihr seid die Landgräfin Elisabeth aus Marburg?“ fragt er keck. Eine Hand hält er hinter dem Rücken.
„Ja“, antwortet Irmingard.
„Dann schickt Euch die Großmutter dies.“
Er zieht ein dickes Stück Schinken hervor. „Ich soll Euch sagen: Ihr habt ihren Sohn gesund gemacht.“
Begeistert greift Irmingard nach dem Geschenk, Elisabeth streicht dem Jungen liebevoll übers Haar.
„Sag deiner Großmutter unsern Dank. Aber den Schinken sollte sie besser selber essen.“

Irmingard hat schon ein Stück abgeschnitten. „Das gibt Euch Kraft, Herrin!“
Der Junge setzt sich zu den beiden ins Gras. Sie teilen ihre Mahlzeit mit ihm, und er erzählt noch dies und das aus dem Dorf, von der frommen Großmutter, dem kranken, nun wieder geheilten Onkel. Sein Vater ist tot, die Mutter mit einem anderen Mann fortgezogen. Schließlich begleitet er die Frauen bis Kirchvers und winkt ihnen lange nach, als sie in der Hitze des Mittags nach Krumbach hinaufsteigen.
Endlich, die Sonne steht schon tief, erreichen sie nach mühseligem Auf und Ab den Rand des Waldes und sehen die Dächer des Klosters Altenberg in der Abendsonne leuchten. Kornblumen blühen am Wegrand, die Hasen jagen einander über die junge Saat. In stillem Frieden liegt das weite Land vor ihnen. Elisabeth vergißt ihre schmerzenden Füße und die Schwäche in den Beinen.
„Wie schön hat Gott die Welt geschaffen!“
„Ja, Herrin, aber kommt! Die Chorfrauen werden gleich zum Nachtgebet gehen, dann stehen wir vor verschlossener Tür!“

Am nächsten Morgen hat das Wetter umgeschlagen, es nieselt, die Wolken hängen schwer und dunkel am Himmel. In der kleinen Kirche des Klosters feiern Elisabeth und Irmingard die Messe, während – verborgen vor ihren Augen – die Chorfrauen auf der Empore singen und beten. Dann endlich wird Gertrud aus dem abgeschlossenen Teil des Klosters herausgebracht. Das kleine blonde Mädchen blickt die Mutter fragend an.
„Gertrud!“
Ein schüchternes Lächeln.
„Ja“, sagt Elisabeth „ja, ich habe auch dich Gott geopfert.“
Tränen überströmen ihr Gesicht. Sie öffnet weit die Arme, und das Kind läßt sich umfangen, eher erstaunt als beglückt.

Meisterin Christina sieht mit Rührung der Begegnung zu. Nach einer Weile bittet sie den Gast zum vertraulichen Gespräch in ihre Kammer. Dort erhält Elisabeth den Lohn für die Wolle, erfährt auch, wieviel die frommen Frauen in Zukunft brauchen werden und was sie zahlen wollen. Viel länger aber reden sie über Gertrud, wie brav sie schon betet, wie hell sie die Psalmen singt, daß sie gut gedeiht und die Freude der Chorfrauen ist.

„Und ich soll Euch herzlich bitten", fügt Christina von Biel etwas verlegen hinzu, „daß Ihr uns einmal in der Klausur besucht. Meine Schwestern haben den großen Wunsch, Euch zu sehen, denn überall wird von Euch erzählt ..."

„Das darf ich nicht. Ich darf doch nicht die Abgeschlossenheit des Klosters betreten!"

„Wir haben den ehrwürdigen Magister Konrad gefragt. Er hat die Achseln gezuckt und gesagt, wenn Ihr es wolltet, dann könntet Ihr eintreten ..."

Das Tor, hinter dem die Frauen ihr von der Welt abgeschlossenes Leben verbringen, wird nur selten geöffnet, denn die Meisterin hat ihren eigenen Zugang. So warten Irmingard und Elisabeth, bis ihnen von innen durch einen Schlitz der schwere Schlüssel zugeschoben wird. Irmingard nimmt ihn entgegen, schließt auf, und Elisabeth huscht durch einen Spalt hindurch.

Aufgeregtes Flüstern auf der anderen Seite verrät, daß man dort schon mit Spannung auf sie gewartet hat.

Irmingard bleibt draußen. Die Sonne schickt zaghaft ihre Strahlen durch die Wolken, und so setzt sie sich in den Vorhof, den Schlüssel immer noch in der Hand.

Plötzlich – vielleicht war sie ein bißchen eingenickt – hört sie lautes Schimpfen. Magister Konrad stürzt aus dem Gästehaus, dicht gefolgt von Bruder Gerhard und zwei anderen Mönchen.

„Sie hat ... Sie hat wirklich ...! Weib, was sehe ich in deiner Hand?"

Irmingard starrt auf den Schlüssel, sie will etwas sagen, aber Herr Konrad brüllt sie nieder.

„Sünde! Ewige Pein! Unwiderruflich verloren! Wer die Klausur betritt, ist verdammt!“
Sein Gesicht ist von Wut verzerrt, und er starrt auf die Tür, die vor ihm verschlossen ist, als sei dahinter die Hölle.
Wahrscheinlich haben sie sein Toben drinnen gehört, denn auf einmal steht Elisabeth im Hof und sieht Konrad fragend an. Ihr Gesicht leuchtet noch: Sie hat Gertrud auf dem Schoß gehabt, die Chorfrauen haben wie Engel um sie herumgestanden … freundlich, sanft, liebevoll.
Als er sie ansieht, gerät Magister Konrad in noch größere Wut. Der leise Einwand: „Aber Ihr habt doch gesagt …“, geht im Gebrüll unter.
„Gehorcht! Kniet nieder! Ihr seid für immer ausgestoßen aus der Gemeinschaft der Christen! Die Heilige Kirche kennt Euch nicht mehr! Ihr seid verdammt!“
„Nein!“
„Wie wollt Ihr diese Schuld wiedergutmachen? Das ist unmöglich! Das heilige Gesetz habt Ihr gebrochen …“
„Aber ich …“
„Ihr seid exkommuniziert. Habt Ihr verstanden?“
„Nein, bitte nicht, Herr Konrad! Was ich auch getan habe – Gott wird mir verzeihen!“
„Wollt Ihr die Strafe auf Euch nehmen?“ Der Mann bebt am ganzen Körper.
Elisabeth sieht sich hilfesuchend um. Aber da ist nur Irmingard, die fassungslos auf ihre Herrin starrt. Hinter dem Tor zu den Chorfrauen hört man verzweifeltes Rufen und Beten.
„Ja“, murmelt Elisabeth.
„Wollt Ihr? Wollt Ihr wirklich? Dann legt das Kleid ab! Und nieder auf den Boden! Im Hemd! – Du auch“, wendet er sich an Irmingard, „Du auch, Schlange! Nieder mit euch! Ihr meint wohl, Ihr könntet Euch vor mir verstecken, Frau Elisabeth. Aber ich werde Euch lehren, Gebote zu übertreten!“

Wie die Schwester Irmingard von der Bestrafung Elisabeths im Kloster Altenberg und anderen Vorkommnissen berichtete

„Dann wies er den Bruder Gerhard an, uns beide mit einer sehr starken und langen Rute zu schlagen. Dazu sang Magister Konrad den Bußpsalm: ‚Miserere mihi … Erbarme dich meiner, o Gott!‘ Ich habe noch nach drei Wochen die Spuren der Schläge gespürt und Elisabeth noch länger, weil sie heftiger gezüchtigt worden ist.“

„Halt!“ unterbrach Joseph. „Das müssen wir erklären, sonst könnten einfältige Gemüter glauben, der Magister Konrad habe sie unschuldig geschlagen. Also füge ein …“, wandte er sich an den Schreiber: „*Die Erlaubnis gab er in der sicheren Annahme, sie werde nicht in die Klausur eintreten.* – Das wolltest du doch sagen, nicht wahr?“

Irmingard schüttelte den Kopf.

„Nein, das wollte ich nicht sagen.“

„Du unterstehst dich?“

Sie schwieg.

„Gehörst du etwa auch zu denen, die meinen, der Magister Konrad sei zu streng gewesen? Willst du vielleicht auch noch seine ruchlosen Mörder entschuldigen?“

Lauernd schob Joseph den Kopf nach vorn, die Augen zusammengekniffen.

„Gott allein weiß, welchen Weg seine Diener gehen sollen.“

„Du redest klug. Wer hat dich das gelehrt? Bist du nicht eine Bauerntochter?“

„Meine selige Schwester Elisabeth hat mich an ihr Herz gedrückt und mir gesagt, daß ich vor Gott soviel wert bin wie eine Landgräfin."
„Das hat sie gesagt?"
„Sie wollte sich von uns Dienerinnen nicht ‚Herrin' nennen lassen, obwohl wir ganz arm und nicht von Adel waren. Wir sollten sie auch nicht mit ‚Ihr', sondern mit ‚du Elisabeth' anreden. Sie ließ die Schwestern an ihrer Seite sitzen und aus ihrer Schüssel essen. Einmal sagte ich zu ihr: ‚Ihr erwerbt Euch an uns einen großen Verdienst, aber Ihr macht Euch keine Sorgen, wir könnten dabei hochmütig werden, daß wir mit Euch essen und uns neben Euch setzen dürfen.' Darauf erwiderte die selige Elisabeth: ‚Komm, setz dich auf meinen Schoß!' Und sie nahm mich auf ihren Schoß."
Magister Joseph schüttelte den Kopf, der Sekretär sah ihn fragend an.
„Ja, schreibe! Schreibe! Es ist ein großes Zeichen von Heiligkeit, obwohl … Den Satz mit der Landgräfin lassen wir weg. Und nun rede weiter, Schwester Irmingard, aber hüte dich! Kein falsches Wort über den Magister Konrad. Du weißt doch wie alle Welt, daß er der seligen Landgräfin nur zu ihrer Vollkommenheit helfen wollte, nicht wahr?"
Irmingard behielt ihre Meinung für sich.
„Warum erzählst du nicht weiter?" fuhr Joseph sie ungeduldig an.
Da holte sie tief Luft und beschrieb halb lachend, halb weinend Elisabeths Versuche zu kochen, die niedrigen Arbeiten, die sie verrichtete, ihre Heiterkeit, ihr Beten, ihre Krankheit …
Es wurde schon dunkel, und Magister Joseph mußte ein Licht bringen lassen, als sie anfangen wollte, von Elisabeths letzten Stunden zu erzählen.
„Das hören wir morgen noch von dir. Warst du dabei?"
„Ja, wir Schwestern saßen um ihr Lager."
„Gut, sehr gut."
Der Schreiber packte seine Utensilien zusammen.

„Verzeiht, Herr Magister, darf ich Euch noch etwas fragen?"
Mißtrauisch blickte Joseph auf, aber er konnte in der Dunkelheit das Gesicht Irmingards nicht mehr erkennen.
„Bitte ..."
„Man erzählt, daß der Magister Konrad, der große Prediger, um sein Leben gewimmert, daß er sich wie ein Wurm vor seinen Mördern gewunden hat. Wie soll ich mir das erklären? Unsere Herrin hat den Tod mit einem seligen Lächeln willkommen geheißen."
„Unverschämtes Weib!" schrie Joseph. „Hinaus!"
Schnaufend sank er auf seinen Stuhl zurück und wischte sich den Schweiß von der Stirn. Irmingard war schon lautlos hinausgehuscht.
„Was für Zeiten", murmelte er, „was für Zeiten! Einfaches Volk stellt solche Fragen. Und die Landgräfin hat sie an ihre Brust gedrückt ..."
Draußen läutete es. Die Schwestern und Brüder eilten ins Hospital, um in der Kapelle das Abendgebet zu halten. Auch Magister Joseph bewegte geistesabwesend die Lippen und betete mit ihnen, wie es seine heilige Pflicht war:
„Magnificat anima mea dominum ..."
„Meine Seele erhebet den Herrn,
und mein Geist freuet sich Gottes, meines Heilandes,
denn er hat die Niedrigkeit seiner Magd angesehen ...
Er stürzt die Gewaltigen vom Thron
und erhebet die Niedrigen,
die Hungrigen füllet er mit Gütern
und lässet die Reichen leer ausgehn ..."

9. Kapitel

Gottlieb (1231)

Magister Konrad hat Elisabeth noch einmal nach Eisenach gerufen. Der Landgraf und sein Bruder seien voller Wohlwollen, schreibt er. Sie solle kommen, um den letzten Teil ihres Geldes und weitere Schenkungen für das Hospital entgegenzunehmen.
Nachts und manchmal auch am Tag hustet Elisabeth. Da Hedwig fast taub ist, hört sie es nicht. Die anderen Schwestern aber sehen einander besorgt an.
„Warum schläfst du nicht auf deinem Lager, sondern auf dem nackten Boden?“ fragt Irmingard.
Elisabeth lächelt. „Es ist auf dem kalten Stein schon fast wie im Sarg.“

Hedwig weigert sich, sie auf der Reise zu begleiten, so wählt Elisabeth zwei andere Schwestern aus und bittet auch ihren Sekretär, sich zu rüsten.
Nach einer Woche erreichen sie Eisenach. Elisabeth steigt nicht zur Burg hinauf, Landgraf Heinrich und sein Bruder Konrad kommen zum Gasthof vor dem Georgentor. Ihre Schreiber tragen die Urkunden zusammengerollt unter dem Arm. Elisabeth liest und weiß am Ende nicht, was sie gelesen hat. Aber sie beobachtet, wie ein Wagen mit Truhen und Kästen beladen wird. Gemeinsam mit Konrad von Marburg wird sie zurückreisen, einige wenige Bewaffnete werden sie begleiten – des Geldes wegen.
Am letzten Abend geht Elisabeth ins Katharinenkloster, um ihre Schwiegermutter zu besuchen.

Sophie sitzt starr auf ihrem Stuhl.
„Liebe Mutter, wie geht es Euch? Seid Ihr gesund? Ihr seht bleich aus.“

„Ich habe meinen Sohn verloren, den besten. Meine Freude ist mit ihm gestorben. Aber du scheinst nicht mehr zu trauern. Dein Gesicht ist heiter."
„Mutter, ich weiß, daß Ludwig bei Gott ist. Und bald werde ich mit ihm vereint sein. Warum sollte ich noch trauern?"
„Hast du deinen Sohn gesehen?"
Über Elisabeths Gesicht fliegt ein Schatten.
„Ja. Er kam mit Herrn Heinrich. Er war ... sehr höflich."
„Du hättest dich um ihn kümmern sollen."
„Mutter!"
„Ja! Auf der Wartburg hat das alte sündige Leben wieder angefangen. In den Badestuben kreischen die Mägde – und dein junger Sohn mittendrin."
„Liebe Mutter, was hätte ich tun können? Das Volk nennt Herrn Heinrich nicht ohne Grund den Raspe, den Rauhen. Meinen Sohn habe ich Gott befohlen. Wird er ihn nicht schützen?"
Sophie seufzt und starrt ins Leere.
„Wollt Ihr mir nicht ein gutes Wort zum Abschied sagen?"
„Nein."
Die alte Frau wendet langsam den Kopf und mustert Elisabeth. Das junge Gesicht unter dem Schleier ist verhärmt und blaß. Tiefe schwarze Ringe zeichnen die Augen. Aber immer noch strahlt lebendige Wärme aus diesem Blick.
„Erbärmlich siehst du aus in deinem geflickten Mantel", stößt Sophie hervor.
Elisabeth lacht leise. „Ach, Mutter, das ist mein Ungeschick. Immer, wenn ich in der Küche arbeite ..."
„In der Küche!"
„... komme ich zu nahe ans Feuer. Ich singe so gerne Psalmen dabei und achte nicht darauf, daß die Funken fliegen. Und dann muß ich mir jedesmal einen neuen Flicken aufnähen. Ich weiß, ich sollte den Stoff besser auswählen. Ich nehme immer gerade das, was ich finde."

Schuldbewußt sieht sie an sich herunter.
„Aber glaubt Ihr nicht, daß Gott mich auch so gnädig anschauen wird?"
Sophie schüttelt heftig den Kopf.
„Du bist eine Fürstin! Du hast eine Familie! Aber nur Schande bringst du über uns."
Betroffen zuckt Elisabeth zusammen. Es bleibt lange still in der Kammer. Nichts rührt sich mehr in dem von tiefen Falten gezeichneten Gesicht der Mutter. Als sei es aus Stein gehauen. Aber immerzu, immerzu arbeiten die feinen schmalen Hände, streichen über die Lehnen des Stuhls, krampfen sich um das Holz, reiben die Finger aneinander.
Elisabeth steht langsam auf. Unter Tränen nähert sie sich zögernd, fast ängstlich der alten Frau, küßt flüchtig ihre eingefallene Wange, dann verläßt sie schnell die Kammer, das Kloster und eilt durch den Wald zurück zum Gasthof.

Durchgerüttelt von der Fahrt auf holprigen Wegen, erschöpft von Hunger und Durst, durch das ständige laute Predigen Konrads zermürbt, erreichen Elisabeth und ihre Begleiter an einem lauen Spätsommerabend endlich wieder das Hospital in Marburg.
Die Franziskaner laden ab, Bruder Heinrich schleicht sich stöhnend in seine Kammer. Von niemandem bemerkt schlüpfen Isentrud und Guda in Elisabeths Haus.
„O ihr Lieben!" jubelt sie und sieht sich gleich wieder ängstlich um. „Hat Herr Konrad euch auch nicht gesehen? Nein, nicht wahr? Er würde mich sicher schlagen. Ich weiß auch nicht, ob ich euch etwas anbieten darf. Wo ist eigentlich Frau Hedwig?"
„Bei ihrer Tochter", antwortet Guda triumphierend, „deshalb haben wir uns in dein Haus gewagt."

„Erzähl uns von Eisenach“, bittet Isentrud.
Bis in die Nacht hinein sitzen die drei zusammen. Magister Konrad hat glücklicherweise viel zu erledigen. Und Irmingard, die zur Begrüßung vom Hospital herüberkommt, verrät nichts.
„Mein Bruder, der Raspe, hat ein finsteres Gesicht. Wenn man ihn ansieht, erschrickt man.“
„Hat seine Frau noch kein Kind?“
„Nein. Alle reden darüber. Sie haben ja nichts Besseres zu tun. Die arme Frau!“
„Und Hermann, dein Sohn?“
Isentrud bereut es gleich, die Frage gestellt zu haben, denn Elisabeth beginnt unvermittelt zu weinen. Erschüttert sitzen die Freundinnen bei ihr, trösten, sprechen von anderen Dingen, fragen nach dem Hellgrevenwirt vom Georgentor, nach dem alten Schlotheim („Er ist gestorben.“), den anderen Rittern und Pater Michael.
Elisabeth erzählt und läßt ihren Tränen dabei freien Lauf.
„Die Frau von Schlotheim dient bei der jungen Landgräfin. Böse Zungen sagen: Die Landgräfin dient bei ihr. Und Herr Rudolf von Vargula kam mich besuchen. Er brachte Grüße von seiner Frau. Als er mich sah, war er ganz traurig und meinte, ich sähe krank aus. Die treue Seele! Wenn ich Hilfe brauchte, sollte ich ihn rufen. Daß ich so fröhlich bin, konnte er gar nicht verstehen. Sie reden schlecht von mir am Hof, sagt er. Einige meinen, ich sei – stellt euch vor! – die Geliebte des Magisters Konrad!“
Sie kichern im Dunkeln.
„Was für ein Liebhaber!“

Tief in der Nacht – es ist Neumond, unzählige Sterne blinken am Himmel – öffnet Elisabeth den Freundinnen die Haustür.
„Seht zu, daß euch niemand sieht!“
Als die beiden im Dunkeln verschwunden sind, will Elisabeth ins Haus zurückgehen, aber sie stolpert an der Schwelle. Erschrocken

tastet sie nach dem Hindernis und fühlt einen weichen, warmen, menschlichen Körper, der unter ihren Händen zittert.
„Wer bist du?" Sie hockt sich auf den Boden.
An die Wand gelehnt sitzt auf der Schwelle ein Kind.
„Sag doch, wer du bist!"
Das Kind rührt die Hände, aber es schweigt.
Elisabeth schleppt den mageren kleinen Körper in ihre Kammer. Beim flackernden Licht sieht sie in die traurigen Augen eines vielleicht sieben- oder achtjährigen Jungen. Er ist nur mit einem durchlöcherten Hemd bekleidet, und der ganze Körper, auch der Kopf, ist mit rotem Ausschlag bedeckt. Die Hände des Kleinen zucken unentwegt und kratzen an den roten Flecken. Einige sind entzündet und eitern.
„Kannst du nicht sprechen?"
Das Kind sieht sie an und schüttelt, kaum erkennbar, den Kopf. In dem vom Ausschlag so furchtbar entstellten Gesicht stehen wie Flammen die großen Augen.
„Barmherziger Gott!" flüstert Elisabeth.
Sie ist müde, die Beine tragen sie kaum noch, aber sie eilt trotzdem in ihre Vorratskammer. Das kostbarste Öl sucht sie heraus und reibt die juckende Haut des Kindes damit ein. Der Junge beobachtet jede ihrer Bewegungen, zuckt auch einmal unter der Berührung zusammen, aber sein Gesicht entspannt sich nach und nach. Ja, er scheint zu lächeln.
„Komm", sagt Elisabeth und legt ihn auf ihr Lager, „komm, wir wollen jetzt schlafen."
Sie löscht das Licht und preßt den Jungen fest an sich. Im Traum sieht sie ein Kind lachend und jubelnd auf sich zukommen. Ist es Hermann? Ist es der Knabe? Dahinter wächst ein finsterer Schatten, der nach dem Kleinen greift, und sie erwacht mit einem Schrei.
„Nein", flüstert sie – der Junge atmet ruhig –, „nein, den nimmst du mir nicht. Den nicht!"
Als die Morgensonne auf ihr Bett scheint, erwacht Elisabeth aus

ihren unruhigen Träumen. Auf den Höfen ringsum krähen die Hähne. Auch der Junge ist wach.
„Also, du kannst nicht sprechen?"
Er schüttelt wieder den Kopf.
„Dann weiß ich ja gar nicht, wie du heißt."
Der Junge sieht sie fortwährend an.
„Soll ich es raten?"
Er rührt sich nicht.
„Wie nenne ich dich?"
Eine Weile denkt Elisabeth nach. Draußen wird es schon laut. Sie muß sich beeilen, um pünktlich beim Morgengebet zu sein.
„Ich nenne dich Gottlieb", sagt sie kurzentschlossen, „denn Gott hat dich lieb."
Eilig wirft sie ihr Kleid über und hüllt den Jungen in eine Decke.
„Komm, Gottlieb, wir wollen beten gehen."

„Schon wieder so einer im Haus", keift Hedwig und schleudert die schmutzigen Bettücher in die Ecke. „Hat Euch Herr Konrad nicht verboten, Kinder mit Aussatz bei Euch aufzunehmen? Hat er Euch immer noch nicht genug geprügelt?"
Elisabeth packt mit beiden Armen die Wäsche und schleppt sie hinaus. Am Bach stehen schon die Hospitalschwestern und waschen. Sie hockt sich dazu und läßt die Tücher im klaren Wasser schwimmen.
„Ihr müßt schon etwas reiben, damit die Flecken rausgehen", sagt eine der Schwestern belustigt.
Elisabeth sieht zu, wie die anderen die Bettücher der Kranken reiben, wringen und schlagen, und sie versucht, es ebenso zu machen. Aber ihre Arme sind schwach. Glücklicherweise kommt Irmingard vorbei.
„Laß es sein! Ich wasche dir die Tücher, Elisabeth."
Mit kräftigen Bewegungen taucht sie die Wäsche ein, zieht sie

durchs Wasser und hat im Nu die Flecken herausgewaschen und die Laken auf der Wiese ausgebreitet.
„Ach, wenn ich das doch auch so gut könnte!“ klagt Elisabeth. Die Schwestern lachen schallend.

„Was ist das für ein Knabe?“
„Ich weiß es nicht. Er saß auf meiner Schwelle. Er ist stumm.“
„Ihr sollt keine Aussätzigen in Euer Haus aufnehmen.“
„Es ist kein Aussatz. Er hat die Krätze.“
Konrad sieht Elisabeth mißtrauisch an.
„Und Ihr meint, Ihr könnt ihn heilen?“
„Ich hoffe, daß ich es kann – wenn Gott mir hilft.“
Auch wenn Konrad nicht weiß, ob es richtig ist: Er läßt sie gewähren. Ihre bitteren Tränen, als er ihr im Winter ein aussätziges Mädchen wegnahm, haben selbst sein Herz für einen kurzen Augenblick gerührt.
So bleibt Gottlieb in Elisabeths Haus, schläft in ihren Armen, und sie kauft von ihrem Lohn neues Öl, um ihn jeden Tag zweimal einzureiben, badet ihn auch in einem wohlriechenden Wasser und verbindet seine Hände, damit er sich nicht kratzen kann.
Er läßt alles mit sich geschehen. Nur eins erträgt er nicht: Wenn sie sich von ihm entfernt. Auf Schritt und Tritt, im Hospital oder in der Stadt, beim Beten, Essen und Spinnen, stets ist Gottlieb in ihrer Nähe, folgen seine großen dunklen Augen jeder ihrer Bewegungen. Und sie streicht, was sie auch tut, immer wieder kurz über seinen kahlen Kopf, auf dem der Ausschlag langsam heilt.
So gewöhnen sich alle, die Kranken, die Schwestern, die Brüder, die Witwe Hedwig und selbst Magister Konrad daran, daß Elisabeth von dem kleinen Jungen wie von einem Schatten begleitet wird. Niemand weiß, woher er gekommen ist und wer ihn auf Elisabeths Schwelle setzte. Da alle Nachforschungen ergebnislos bleiben,

tuscheln die Schwestern und Brüder und erzählen einander Geschichten von einem Engel, der in der Dunkelheit Kranke und Einsame zu Elisabeths Haus führt.

Immer früher wird es Nacht. Morgens liegt der Nebel kalt über dem Tal, hüllt Menschen und Tiere in ein feuchtes Kleid. Die Kranken im Hospital bekommen wärmere Decken, die Glut im Kamin erlischt nicht mehr, auch wenn zu Mittag die Sonne durch den Nebel dringt und leuchtend, tröstend, wärmend Berg und Tal im goldenen Licht badet.

Gottlieb sitzt im Sonnenschein auf der Schwelle zu Elisabeths Haus: Seine Augen sind fest auf den Weg gerichtet, der vom Hospital herüberführt. Das Glöckchen bimmelt, die Kranken haben mit der Hospitalgemeinschaft ihr Mittagsgebet gehalten. Nun soll Ruhe sein. Als letzte tritt Elisabeth aus dem Gebäude. Im Freien wirft sie den Mantel ab und wendet das Gesicht lachend der Sonne zu. Gottlieb folgt Elisabeth mit den Augen, bis sie vor ihm steht und seine Hand nimmt.

„Komm, Gottlieb, wir wollen nun auch ruhen."

Prüfend streicht sie über seinen Kopf. Ganz weich, kaum zu fühlen und noch weniger zu sehen, wächst das Haar. Gottliebs Gesicht, nur noch an Stirn und Wangen vom Schorf entstellt, zeigt in feingezogenen Linien eine zarte Schönheit. Liebevoll betrachtet Elisabeth den Jungen.

„Wenn deine Mutter dich sehen könnte – sie würde sich freuen! Aber viel wichtiger als alle Schönheit deines Gesichts ist die Reinheit deiner Seele. Kein Lug und Trug ist in deinen Augen. Wie ein Spiegel sind sie."

Daran gewöhnt, daß Gottlieb nicht antwortet, spricht sie weiter: „Ich sehe mich selbst in diesem Spiegel. So sind wir eins, du und ich."

Ein Hustenanfall unterbricht ihr leises Reden. Hedwig, die nichts versteht von dem, was sie zu dem Kind sagt, blickt mißtrauisch herüber.

In den folgenden Tagen schlägt das Wetter um. Magister Konrad legt sich fiebernd auf sein Lager. Ratlos stehen die Brüder um ihn herum. Elisabeth schickt Hedwig mit einer Medizin, aber der Magister will sie selbst sehen.
Am Krankenbett erkennt Elisabeth die Angst in seinem Blick, eine Finsternis, die seine Seele verdunkelt. Betroffen beugt sie sich zu ihm herunter.
„Herr Konrad, wovor fürchtet Ihr Euch?"
„Ich fürchte, daß ich sterbe und Euch schutzlos zurücklasse. Was wollt Ihr ohne mich tun?"
Sie schüttelt den Kopf, fühlt die Schwäche in ihren Gliedern, Schmerzen in der Brust, den leisen Schwindel.
„Ich werde wohl vor Euch sterben, Herr Konrad. Macht Euch keine Sorgen um mich."
Mit dem Finger berührt sie segnend die fieberheiße Stirn. Der Mann erzittert am ganzen Körper, seine Zähne schlagen aufeinander.
Wenige Tage später verläßt Konrad sein Lager und ruft die Begleiter zur Arbeit. Nicht daß sie Kranke pflegen sollten: den Ketzern, den Ketzern muß er nachspüren! Vor dem Winter noch! Überall ist das Gift versteckt in den Herzen und Hirnen der Menschen.
„Sucht! Sucht! Schleift sie vor Gericht!"
Die Armen im Hospital wenden sich schaudernd ab. Schützend hält Elisabeth ihre Hand über sie. Wer weiß, ob Konrad sonst nicht auch die alte Bertha, die manchmal so wunderlich kichert, oder den Bruder Heinrich, der nachts seltsame Träume hat, vor sein Ketzergericht zerren würde …

Elisabeths Husten wird heftiger. Nachts drückt sie ein Tuch vor den Mund. Es zeigt rote Flecken. Jedesmal, wenn ein Anfall ihren zer-

brechlichen Körper erschüttert, klammert sich Gottlieb mit seiner ganzen Kraft an sie. Beruhigend streichelt sie ihn.
„Hab keine Angst!“
Aber die Schmerzen in der Brust werden stärker. Als sie eines Morgens aufstehen will, sinkt sie auf ihr Lager zurück.
Eigentlich wollte Konrad gerade nach Hildesheim aufbrechen, wo sich seit Jahren ketzerische Gemeinschaften eingenistet haben. Doch als man ihm sagt: „Sie ist krank“, verschiebt er die Abreise. Irmingard erhält die Erlaubnis, Elisabeth zu pflegen.
Gegen Mittag setzt die Kranke sich auf und läßt von Frau Hedwig den Spinnrocken hereinbringen. Wütend tritt Irmingard dazwischen.
„Was soll das? Du bist krank. Wenn eine von uns krank war, hast du sie gepflegt und ihr jede Arbeit verboten.“ Entschlossen trägt sie Rocken und Spindel wieder hinaus. Hedwig zieht sich beleidigt in ihre Kammer zurück.
Angstvoll beobachtet Gottlieb das Kommen und Gehen. Keinen Augenblick weicht er von Elisabeths Seite.
„Bring mir doch wenigstens die Wolle zum Zupfen“, bittet die Kranke. „Ich will nicht untätig herumliegen, während ihr arbeitet.“
Irmingard bringt ein wenig Wolle und läßt Elisabeth dann allein. Sehr bald ist die Kraft der Kranken erschöpft. Fieberschauer schütteln ihren Körper. Sie läßt die Hände ruhen und sieht Gottlieb an. Seine Haut ist rein. Blonder Flaum bedeckt seinen Kopf.
„Nun bin ich schwach geworden, Gottlieb, nun kann ich meinem Heiland nicht mehr dienen. Der Tod nimmt mir die Arbeit aus der Hand. Wir Menschen denken immer, es könnte ohne uns nicht weitergehen. Aber Gott braucht uns nur kurze Zeit, dann erlaubt er uns auszuruhen. Ja, ich bin müde, Gottlieb, sehr müde. Wie gut wird es sein, im Grab zu liegen! Wenn ich dann nur das Weinen der Kinder nicht mehr höre! Es würde mich bestimmt aufwecken, und ich müßte wieder aufstehen und sie suchen. Überall auf der Welt irren sie umher, und niemand tröstet sie …

Komm her zu mir, Gottlieb, komm ganz dicht heran. Ich will dir ein Geheimnis sagen. Als ich ganz nahe bei meinem Herrn Jesus war, da hat er es mir verraten ..."
Der Junge beugt sich zu ihr herunter, und sie wispert in sein Ohr: „Gott hört das Lachen der Kinder so gern wie den Gesang der Priester. Darum müssen wir sie fröhlich machen. Verstehst du? Zu Gottes Ehre! Aber sag es nicht Herrn Konrad", fügt sie schnell hinzu. „Er weiß nichts davon. Gott hat seine Seele in die Dunkelheit eingeschlossen. Ich habe oft für ihn gebetet, aber vielleicht sollen wir an seinem Gesicht sehen ... sehen, wie schrecklich es ist, fern von Gott zu sein. Ja, Gottlieb, unsere Gesichter sind die Spiegel ... Wenn Gottes Liebe nicht darin leuchtet, wie dunkel ist es dann, wie dunkel auf der Welt."
Erschöpft schließt sie die Augen.

Am Brunnen vor der Stadt erfahren es die einen, vom Händler auf dem Markt die anderen. Oben im Burghof erzählen es die Knechte den Mägden, der Koch sagt es den Herren: „Sie liegt im Sterben."

Das gefällt ihnen nicht. So nahe am Tode kann sie nicht Unrecht haben.
„Schickt einen Boten hinunter!"
Ein Verwandter der Battenbergs hat schon am Tor des Hospitals geklopft. Die anderen hohen Herren von den Adelssitzen ringsum und die Frommen unter ihnen, die sich in Klöster und Einsiedeleien zu einem gottgefälligen Leben zurückgezogen haben, strömen herbei. Sie warten im Schlamm und Schmutz – und werden nicht eingelassen.
„Warum läßt man uns hier draußen stehen?" schreit der junge Graf. „Ist das Sitte? Ist das Anstand?"
„Sie will keinen Besuch. Nur die Schwestern und Brüder aus dem

Hospital sollen um sie sein. So läßt es Euch Magister Konrad sagen."
„Eigensinn bis zuletzt", schimpft der von Battenberg, aber Graf Werner, sein Onkel, der den Ordensmantel der Johanniter trägt, verneigt sich tief vor dem verschlossenen Tor und bekreuzigt sich. Dann gehen die einen ins Wirtshaus, um ihre Mäntel zu trocknen, die andern kehren in ihre Klosterzellen zurück.
„Sie weiß wohl, was sie tut", flüstern die Armen in der Stadt einander zu. „Haben die von der Burg sie in guten Tagen nicht besucht, warum sollte sie ihre letzten Stunden mit ihnen verbringen?"
„Die Schwestern sitzen alle um ihr Lager, die Bauerntöchter, die Waisen und Witwen."
„Und Herr Konrad."
„Na, den möchte ich in meiner letzten Stunde auch nicht um mich haben."
„Sie hat nichts zu fürchten."
„Nein, wahrlich, sie nicht!"
Die Bettler stören sich nicht am Regen. Sie sind es gewohnt, im Schmutz zu sitzen. Und so wird die Menge vor dem Tor des Hospitals größer und größer, je weiter sich die Kunde im Land verbreitet:
„Sie stirbt."
„Die Hoffnung der Armen."
„Wer wird uns trösten?" – „Wer nimmt unsere Kinder in seinen Schutz?" – „Wer baut unseren Kranken Häuser?" – „Wer?" – „Wer?" – „Wer?"

Wellen von Frost und Hitze jagen über ihren Körper, die Knie zucken unter der dünnen Decke, die Zähne schlagen aneinander. Plötzlich stöhnt sie: „Weg, Teufel, weg!"
Konrad tritt herein.

„Bringt sie näher ans Feuer!“
Zwei Schwestern legen sie an die Wand der verqualmten Küche. Sie hustet und ringt nach Atem. Irmingard geht hinaus, um einen wärmeren Mantel zu suchen, die anderen eilen ins Hospital hinüber.
Als Irmingard zurückkommt, liegt die Kranke ruhig, das Gesicht zur Wand gekehrt. Ein zarter Klang tönt durch den Raum, eine helle Stimme singt: „Vater nicht … Mutter nicht … Gott allein … mein Ehr …“
Die Schwester kann den Text nicht verstehen, sie hört nur das Singen und breitet liebevoll den Mantel über Elisabeths mageren Körper.
„Du singst? Was singst du, Herrin?“
Die Kranke dreht den Kopf ein wenig.
„Ich singe nicht. Es war nur ein kleiner Vogel … so schön … so schön. Ich habe nur mit ihm gesungen.“
Sie versucht sich aufzurichten, da fällt das Fieber wieder über sie her und schüttelt sie. Vom Hospital herüber ruft die Glocke zum Gebet. Elisabeth winkt Irmingard, daß sie gehen soll. Nur Gottlieb bleibt. Er sitzt am Fußende und streicht immerfort über die Decke. Im Herdfeuer prasselt es, eine Flamme schießt auf und sinkt in sich zusammen, vergeht, ein Nichts.
Elisabeth fährt hoch. Gesichter blicken aus der Glut, riesige aufgerissene Augen, vom Schmerz verzerrte Münder, und Konrads Stimme fährt mit dem Wind durch den Kamin: „Sie müssen brennen, brennen in Ewigkeit!“
„Weg, Teufel!“ schreit sie.
Im selben Augenblick stürzt Irmingard herein. In ihrer Sorge hat sie das Ende des Gebets nicht abgewartet. Kurze Zeit später drängen die anderen Schwestern nach, Guda und Isentrud in ihrer Mitte. Ein neuer Hustenanfall zerreißt Elisabeths Brust, sie spuckt Blut und verliert das Bewußtsein. Aus Gottliebs Augen rollen dicke Tränen.

Die erste Kälte weicht tagelangem Regen. Jetzt zieht der Rauch des Herdes kaum mehr ab. Von Atemnot gequält wirft sich Elisabeth von einer Seite auf die andere. Als in der Nacht zum Sonntag das Tuch, das sie sich vor den Mund hält, tiefrot wird, schickt Irmingard zu Herrn Konrad.
„Es ist soweit."
Konrad läßt sich Zeit. Er fertigt noch zwei Boten ab, die an seiner Stelle eine Anklageschrift gegen die Grafen von Sayn zum Bischof nach Hildesheim bringen sollen, und macht sich Aufzeichnungen über Elisabeths Krankheit.
„Sie hat den Teufel von ihrem Lager gewiesen", berichten die Schwestern.
Dann nimmt Konrad das Fläschchen für die letzte Ölung und das geweihte Kreuz aus dem Schrank.
„Sie nimmt keine Nahrung mehr zu sich, auch keinen Wein", wird ihm zugeraunt.
Er schlägt sich den Mantel über die Schultern und begibt sich, als es gerade Tag werden will, zu Elisabeths Haus. Auf dem Weg scheint die Erde ihn aufhalten zu wollen. Sein Fuß bleibt mehrmals im schlammigen Boden stecken. Er beeilt sich nicht.
Als Konrad endlich in Begleitung einiger Brüder an Elisabeths Lager tritt, findet er sie bewegungslos, wie schlafend. Die Schwestern ziehen sich zurück. Nur Gottlieb bleibt am Fußende des Bettes sitzen. Konrads Schatten verdeckt das einzige kleine Fenster im Raum und legt sich über Elisabeths Gesicht. Sie scheint kaum mehr zu atmen.
Plötzlich schlägt sie die Augen auf. „Ist es Mitternacht?"
„Nein, es ist Morgen", antwortet Konrad, „und ich bin gekommen, um Euch auf Euren letzten Weg vorzubereiten."
„Schlag zu! Schlag zu! Mein Rücken ist eine einzige Wunde. Schlag zu!"
Die Schwestern und Brüder erstarren. Konrad reckt sich und fordert sie mit lauter Stimme zur Beichte auf.

Sie beichtet. Leise bekennt sie ihre Sünden: Sie hat nicht inbrünstig genug gebetet. Sie hat mit Frau Hedwig keine Geduld gehabt. Sie war nicht demütig, als die Äbtissin von Wetter ihr große Ehre erwiesen hat …
„Absolvo te … Ich spreche dich von deinen Sünden los …"
Konrad nimmt seine Flasche, schlägt den Mantel zurück, der die Kranke bedeckt, und reibt mit kalter Hand das heilige Öl auf die vom Fieber glühende Haut. Die Hostie schiebt er ihr in den halb geöffneten Mund.
Dann liegt sie den ganzen Tag, oft schlafend, manchmal hellwach und aufmerksam mit ihren Blicken von einem zum anderen wandernd. Lange sieht sie Gottlieb an. Der Junge hält ihre Beine fest umklammert.
Schwestern kommen und gehen, sie wechseln einander ab. Guda weicht keine Minute mehr von Elisabeths Seite. Im Hospital herrscht tiefes Schweigen. Nur die notwendigsten Arbeiten werden verrichtet. Es ist, als müsse alles Leben erlöschen, wenn dieses eine erlischt.
Irgendwann beginnt Elisabeth plötzlich wieder zu sprechen.
„Er weinte", sagt sie klar und vernehmlich. „Er weinte um Lazarus. Aber ihr sollt nicht weinen. Ich …"
Dann weist sie zur Decke, leise jubelnd. Da ist etwas. Keiner kann es erkennen, aber sein Widerschein leuchtet von ihrem Gesicht …

Am Abend kommt Wind auf. Die Schwestern schließen alle Läden, Regen prasselt auf das Dach. Draußen suchen die Bettler Zuflucht unter den Bäumen. Nur hin und wieder huscht eine dunkle Gestalt aus dem Haus, eine andere hinein. Als der erste Hahn kräht, fährt die Kranke auf, als hätte jemand sie geweckt.
„Das bessere Teil", flüstert sie.
Ein grausamer Fieberanfall wirft Elisabeth aufs Lager zurück, schüttelt sie. Ihr Gesicht wird grau und klein. Schnell preßt Konrad das metallene Kreuz auf ihre heißen Lippen. Mit einem Aufschrei wirft Gottlieb sich über die Tote.

Die Schwestern, bleich und übernächtigt, sinken in sich zusammen. Isentrud küßt noch einmal die langsam erkaltenden Hände.

Vor der Tür wird es unruhig. Als Konrad sie öffnet, drängen die Brüder, Bettler, Kranken und Armen herein. Verächtlich schiebt Konrad sie zur Seite und sucht sich seinen Weg in die Nacht hinaus. Niemand beachtet ihn.
Auch ein kleiner Junge mit kurzem blonden Haar stiehlt sich unbemerkt davon ...
Leise, ganz leise beginnen die ersten zu weinen, lauter wird das Schluchzen bei jedem Hahnenschrei, immer größer die Menge, die sich um das Haus drängt, und mit dem Dämmern des Morgens schwillt die Klage der Armen zu einem großen Gesang.

Diese junge Frau hat mich in Atem gehalten!
Je länger ich mich mit ihr beschäftigte, desto öfter dachte ich bei irgendwelchen Tätigkeiten: „Sie würde jetzt …“, „Sie hätte bestimmt …“ Und ich begann, mich mit ihr zu unterhalten, ja zu streiten, so als stünde sie neben mir – und dabei liegen doch fast achthundert Jahre zwischen uns.
Ich lebe nicht im 13. Jahrhundert, und ich bin auch nicht Landgräfin von Thüringen. Nie hätte ich meine Kinder weggegeben, um Gott zu dienen. Auch so treue Freundinnen wie Guda und Isentrud (sind sie nicht ein Geschenk Gottes?) ließe ich mir nicht so einfach nehmen. Und was die Persönlichkeit Konrads von Marburg anbetrifft: Entweder er oder ich – gemeinsam mit ihm in einer Kirche, das wäre mir unmöglich. Selbst wissenschaftliche Biographen, die sich um Objektivität bemühen, sehen sich nicht in der Lage, „die tiefen Schatten im Wesen dieses Mannes aufzuhellen“ (Norbert Ohler). Der Gott mit der Peitsche ist – Gott sei Dank! – in den letzten Jahrhunderten einem anderen Bild gewichen, das wir in den Worten und Werken Jesu entdeckt haben.
Gleichwohl machen die Berichte der Menschen, die Elisabeth gekannt haben, sie uns noch heute lebendig: ein wildes Kind, eine leidenschaftlich Liebende und eine mutige Verweigerin. Die Rolle, in die andere sie zwingen wollten, hat sie nie akzeptiert. Immer ist sie ausgebrochen, und ihrer Umgebung hat sie es wahrlich nicht leichtgemacht. Die anderen haben meist so reagiert, wie Menschen bis heute auf solche Herausforderungen reagieren: mit Abwehr, Spott und Verachtung.
Verständlich, daß die Umwelt sie ablehnte. Wer läßt sich schon gern ständig ermahnen? Auch die Episode mit der unglücklichen Hildegund zeigt Elisabeths Rücksichtslosigkeit – gegen andere ebenso wie gegen sich selbst. Glücklicherweise brauchte der Vor-

satz, sich die Nase abzuschneiden, um einer zweiten Verheiratung zu entgehen, nicht in die Tat umgesetzt zu werden. Aber er zeigt, wozu die junge Frau fähig war.

Ungeachtet aller Einschränkungen bewundere ich ihre Konsequenz. Ist es denn richtig, Tag für Tag so viele Kompromisse zu schließen, wie ich es tue? Ich klage zwar über die Zwänge der modernen Welt, aber ich nutze jede Bequemlichkeit in der Küche und bin dankbar dafür, daß mir eine Frau im Haushalt hilft. Ich habe diesen Roman am Computer geschrieben, habe Gespräche am Telefon geführt. Mit modernster Technik – wie sonst? – wird das Buch hergestellt und der Preis kalkuliert. „Es muß sich rechnen", wie alle anderen Bücher auch. Nicht nur den Verlag, auch mich beruhigen Guthaben auf dem Konto.
Elisabeth hätte dafür kein Verständnis. Wie gut, daß es auch in unserer Zeit Menschen gibt, junge Menschen vor allem, die bei uns Christen genauso rücksichtslos nachfragen, wie Elisabeth es tat. Ich habe beim Schreiben oft an meine „aufmüpfigen" Kinder gedacht ... Dabei muß Elisabeth bei aller Radikalität so glaubwürdig gewesen sein, so strahlend, daß sich weder die Freundinnen noch Konrad von Marburg dem entziehen konnten. Sie lebte aus einer unerklärlichen inneren Kraft heraus, aus der Gnade ... Und darum ist sie, denke ich, wirklich eine „Heilige" – mag das politische Interesse bei dem „Heiligsprechungsprozeß" auch noch so offensichtlich gewesen sein.

Es bedarf eigentlich keiner „Wunder", um sich zu „wundern" über das, was Elisabeth wirkte. Wir können kaum noch wie die Dienerinnen staunen über ihre Bereitschaft zu kochen, Handarbeiten zu machen, Geschirr abzuwaschen. Wer von uns täte das nicht? Tausende von Schwestern und Pflegern haben zu allen Zeiten Kranke gewaschen und verbunden und sind auch vor dem Aussatz nicht zurückgeschreckt. Aber sie war eine Fürstin, und damit nach der Anschauung ihrer Zeit zu Höherem berufen. Ganz deutlich wird die Provokation ihres Handelns, wenn wir Elisabeth mit einer anderen großen Frau des Mittelalters vergleichen: Für Hildegard von Bingen sind Adlige auch vor Gott wertvollere Geschöpfe als einfache Leute! Woher nahm die Königstochter aus Ungarn die Kraft, den revolutionären Gedanken von dem Wert jedes menschlichen Lebens so radikal umzusetzen – mehr als fünfhundert Jahre vor der Verkündigung der allgemeinen Menschenrechte?

Sie war ihrer Zeit zu weit voraus, als daß man sie hätte verstehen können. Und so beschränkten sich ihre ersten Biographen auf die sichtbaren Wunder, bildeten die schönsten Legenden, die aber, wie sich bei genauerem Hinsehen herausstellt, mit der historischen Wirklichkeit nichts zu tun haben. Das berühmte „Rosenwunder" zum Beispiel wurde ursprünglich von einer anderen Heiligen (Elisabeth von Portugal) erzählt, und auch die böse Schwiegermutter ist mit Sicherheit eine Erfindung. Sophie war auf ihre Art eine fromme und wohltätige Frau, sie war nur keine Revolutionärin. Verlorengegangen ist in der Überlieferung sehr schnell die Erinnerung an Hermann, den älteren Bruder Ludwigs, der Elisabeth ursprünglich als Bräutigam zugedacht war. Die historische Forschung zweifelt heute nicht mehr an seiner Existenz – was die Liebesgeschichte zwischen Elisabeth und Ludwig noch bewegender macht. Es kam im Mittelalter kaum vor, daß sich ein junger Fürst aus Zuneigung für eine Frau entschied. Aus der Erfahrung, geliebt zu werden, konnte sie die Kraft schöpfen zu lieben. Erklärbar ist es trotzdem nicht, warum aus dieser Fürstentochter eine so bedeutende Frau wurde. Es bleibt das Geheimnis der Begnadung.

Erstaunlicherweise haben in unserem Jahrhundert unter all den vielen ehrerbietigen Biographen gerade zwei Frauen (Elisabeth Busse-Wilson, Johanna Hoffmann) Elisabeth als willenlose Sklavin Konrads dargestellt. Dies ist mit den Quellen kaum zu vereinbaren. Zwar hat sie ihn gefürchtet, und er hat sie geschlagen, aber die Protokolle berichten auch davon, daß sie ihn immer wieder überlistete und selbständig Entscheidungen traf, die Konrad gar nicht gefielen. Sein Brief an den Papst läßt zwischen den Zeilen erkennen, wie hilflos der Magister sich der ihm Anvertrauten gegenüber gelegentlich fühlte. Ihre innere Kraft hat die Zeitgenossen zutiefst beeindruckt. Und dabei starb sie schon in einem Alter, in dem meine Kinder sich erst auf das Leben vorbereiten.

Aber nicht nur die Zeitgenossen fühlten sich von ihr herausgefordert. Die Beschäftigung mit ihrem Leben hat auch mich verändert.

Als ich beschrieb, wie Elisabeth die Geschwüre der armen Kinder verband, wurden die Gesichter jener kleinen Afrikaner wieder lebendig, die mir vor vielen Jahren in Westafrika ihre eiternden Wunden zeigten und mit großen traurigen Augen Hilfe erflehten. Der Geruch der Armut war plötzlich wieder da, der Ekel, die Verzweiflung – und die Freude, wenn eine Wunde heilte, ein viel zu erwachsenes, viel zu ernstes Kindergesicht zu lachen begann. Ich mußte dann immer wieder das Manuskript liegen lassen, um Briefe zu schreiben und die Erinnerung wachzuhalten an die Armen, die vor unserer Tür liegen – mögen sie auch viele tausend Kilometer entfernt von uns leben.

Als ich von dem streng eingehaltenen Gebot des Konrad von Marburg schrieb, nur rechtmäßig Erworbenes zu essen und zu trinken, da sah ich mir etwas genauer an, was wir essen. Es kamen mir viele Zweifel, ob es wohl „rechtmäßig" sei, was ich genieße: Wie ist das mit dem Kaffeepreis, den die Konzerne den Bauern diktieren? Bilder von Massentierhaltung, Tiertransporten, Tierversuchen beunruhigten mich. Aber ich merkte auch, daß – ähnlich wie im 13. Jahrhundert – immer mehr Menschen solche Fragen stellen. Es gibt Transfairkaffee, Fleisch aus artgerechter Tierhaltung usw. Wenn ich mich an Elisabeths Verhalten erinnere, kaufe ich anders ein …

Natürlich reicht das nicht, die Welt grundsätzlich zu verändern. Aber wir sind nicht zum Erfolg verurteilt, auch das hat Elisabeths Leben mich gelehrt. An dem Gleichnis vom Gras im Wasser, das Irmingard überliefert, ist mir deutlich geworden, worauf es ankommt:

„*Es ist mit uns wie mit dem Gras, das im Fluß wächst.*
Wenn die Flut anschwillt, dann beugt es sich tief hinunter,
und das Wasser fließt darüber, ohne es zu knicken.
Wenn aber die Wellen zurückgehen,
erhebt es sich wieder
und entfaltet seine Kraft heiter und schön."

So möchte ich auch in den Herausforderungen meines Lebens bestehen können.

Dezember 1997
Ursula Koch

Daten und Fakten

7. Juli (?) 1207	Geburt Elisabeths als zweites Kind des ungarischen Königs Andreas' II. und seiner Frau Gertrud (aus dem Haus Andechs-Meranien) in Sárospatak (Ungarn).
Sommer 1211	Als Braut des ältesten Landgrafensohnes Hermann wird Elisabeth mit großem Geleit von Ungarn nach Thüringen gebracht.
1213	Elisabeths Mutter wird von einer feindlichen Hofpartei in Ungarn ermordet.
13. Dez. 1216	Elisabeths Verlobter Hermann stirbt.
25. April 1217	Landgraf Hermann I. von Thüringen aus der Familie der Ludowinger stirbt.
1218	Hermanns zweiter Sohn Ludwig (geb. 1200) wird Nachfolger des Landgrafen.
Frühjahr 1221	Ludwig IV. heiratet Elisabeth. Die Landgräfin Sophie zieht sich in das Katharinenkloster in Eisenach zurück.
Herbst 1221	Ludwig und Elisabeth besuchen Ungarn.
28. März 1222	Geburt des Sohnes Hermann auf der Creuzburg.
1222	Isentrud von Hörselgau wird Hofdame bei Elisabeth.
20. März 1224	Geburt der Tochter Sophie auf der Wartburg.
Mai (?) 1224	Ludwig verspricht dem Bischof von Hildesheim die Teilnahme am Kreuzzug.
1225	Franziskaner siedeln sich in Eisenach an.
1226	Der Kreuzzugsprediger Konrad von Marburg wird Beichtvater Elisabeths.
Frühjahr 1226	Ludwig bei Kaiser Friedrich II. von Hohen-

	staufen in Italien (Vorbereitung des Kreuzzugs). Hungersnot in Deutschland.
Sommer 1226	Elisabeth versorgt die notleidende Bevölkerung und richtet unterhalb der Wartburg ein Hospital ein, in dem sie selbst die Kranken pflegt.
Juni 1227	Ludwig bricht mit seinen Gefolgsleuten zum Kreuzzug auf.
11. Sept. 1227	Ludwig stirbt auf einem Schiff vor Otranto (Italien), daraufhin wird der Kreuzzug vom Kaiser abgesagt.
29. Sept. 1227	Geburt der Tochter Gertrud.
Oktober 1227	Die Nachricht vom Tod Ludwigs erreicht Eisenach und wird von Sophie an Elisabeth überbracht.
Winter 1228	Elisabeth verläßt im Streit mit der Familie ihres Mannes die Wartburg. Die Kinder und ihre Frauen folgen ihr. Bis zum Frühjahr leben sie unter entwürdigenden Bedingungen in Eisenach.
Karfreitag 1228	In der Franziskanerkapelle verzichtet Elisabeth vor Konrad von Marburg feierlich auf Familie, eigenen Willen, Standesrechte und Besitz.
Frühjahr 1228	Äbtissin Mechthild von Kitzingen (Schwester der Mutter) und Bischof Ekbert von Bamberg (Bruder der Mutter) holen Elisabeth zu sich. Ekbert soll für Elisabeth eine Ehe mit dem verwitweten Kaiser geplant haben. Elisabeth wird auf der Burg Pottenstein festgehalten.
Mai 1228	Ludwigs Gefolgsleute bringen die Gebeine ihres Herrn zur Grablege der thüringischen Landgrafen nach Reinhardsbrunn. In Bamberg schließt sich Elisabeth dem Zug an. Während der Beisetzungsfeierlichkeiten handelt Konrad von Marburg mit den Brüdern Ludwigs einen Vergleich aus.

1228	Heinrich Raspe (geb. 1202), Ludwigs jüngerer Bruder, wird Vormund des noch unmündigen Hermann. Heinrich heiratet in diesem Jahr Elisabeth von Brandenburg.
Sommer 1228	Elisabeth siedelt nach Marburg über. Das Hospital (dem 1226 verstorbenen Franziskus von Assisi geweiht) wird gebaut.
Herbst 1228	Aufnahme des Hospitalbetriebs. Zusammen mit Guda und Isentrud wird Elisabeth als Hospitalschwester eingekleidet.
1229-1231	Dienst im Marburger Hospital. Gertrud wird ins Damenstift von Altenberg gebracht. Konrad wechselt Elisabeths Dienerschaft aus. An die Stelle von Guda und Isentrud tritt die Witwe Hedwig von Seebach. Elisabeth unternimmt mehrere Reisen, mindestens einmal nach Eisenach.
Oktober 1231	Erkrankung Konrads von Marburg.
November 1231	Erkrankung Elisabeths.
17. Nov. 1231	In den frühen Morgenstunden stirbt Elisabeth.
10. August 1232	Konrad von Marburg, inzwischen vor allem als Ketzerverfolger tätig, verfaßt für den Papst einen Bericht über Elisabeths Leben und die Wunder an ihrem Grab mit dem Ziel, ihre Heiligsprechung zu erreichen.
30. Juli 1233	Ermordung Konrads von Marburg und seines Begleiters Bruder Gerhard am hellen Tag und auf offener Straße durch Angehörige der von ihm verfolgten adligen „Ketzer" (Beltershausen bei Marburg: Hof „Capelle").
1. Juli 1234	Das von Elisabeth gegründete Franziskushospital wird vom Papst den Rittern vom „Deutschen Orden" übertragen.
11. Okt. 1234	Papst Gregor IX. fordert als Voraussetzung für

die Heiligsprechung Elisabeths einen neuen Bericht, der zwischen Oktober 1234 und März 1235 aufgrund von Protokollen verfaßt wird. Dem Bericht über Elisabeths Leben liegen Verhöre von Guda, Isentrud, Irmingard und einer weiteren Dienerin zugrunde. Auch die Schwester Hildegund wird vernommen.

18. Nov. 1234 Konrad von Thüringen, der jüngere Bruder Ludwigs und Heinrichs, tritt in den „Deutschen Orden" ein und drängt auf die Heiligsprechung seiner Schwägerin Elisabeth.

27. Mai 1235 Heiligsprechung Elisabeths durch den Papst. Grundsteinlegung der Elisabethkirche in Marburg.

1. Mai 1236 Elisabeths Gebeine werden feierlich in die neue Kirche umgebettet. Anwesend sind u. a. der Kaiser, der Landgraf mit seiner Familie, Elisabeths Kinder. Das Hospital dient von nun an hauptsächlich der Betreuung von Pilgern.

1238 Landgrafenwitwe Sophie stirbt im Kloster in Eisenach.

24. Juli 1240 Elisabeths Schwager Konrad, seit 1239 „Hochmeister" des „Deutschen Ordens", stirbt in Rom.

2. Januar 1241 Elisabeths Sohn Hermann II., Landgraf von Thüringen, stirbt kinderlos auf der Creuzburg.

1242 Heinrich Raspe, nach Hermanns Tod wieder Landgraf von Thüringen, wird Statthalter des Kaisers in Deutschland.

22. Mai 1246 Von den Kirchenfürsten wird Heinrich Raspe als Gegenkönig eingesetzt („Pfaffenkönig").

16. Febr. 1247 Heinrich Raspe stirbt kinderlos auf der Wartburg. Mit ihm erlischt das Geschlecht der Ludowinger.

1254	Der Neubau des Hospitals in Marburg durch den „Deutschen Orden“ ist abgeschlossen.
1247-1262	Thüringischer Erbfolgekrieg: Elisabeths Tochter Sophie, Herzogin von Brabant, kämpft für ihren Sohn Heinrich gegen Heinrich von Meißen, Sohn von Ludwigs Halbschwester Jutta, um das Erbe. In dem Krieg werden weite Teile des Landes verwüstet.
1263	Teilung des Erbes: Sophies Sohn erhält Hessen, das damit selbständige Landgrafschaft wird, Heinrich von Meißen herrscht in Thüringen.
1. Mai 1283	Die Elisabethkirche in Marburg wird geweiht.
29. Mai 1284	Elisabeths Tochter Sophie von Brabant stirbt in Marburg.
13. August 1297	Elisabeths Tochter Gertrud stirbt als hochgeehrte Vorsteherin („Meisterin“) des Prämonstratenserinnenstiftes in Altenberg.

Personenverzeichnis

Anmerkung: Die historischen Quellen des Mittelalters überliefern fast ausschließlich die Namen der Fürsten, Ritter und kirchlichen Würdenträger ihrer Zeit. Aus der großen Masse der einfachen Leute wird kaum jemand mit Namen genannt. So kann sich dieses Personenverzeichnis nur auf diejenigen beziehen, die in der historischen Überlieferung auftauchen. Aber auch die Mägde, Knechte, einfachen Mönche, die Patienten im Hospital und die Kinder haben im Roman einen Namen, denn es gehört zu ihrer Würde und ihrem Menschsein, daß sie ihren eigenen Namen tragen – auch wenn wir nicht wissen, wie sie wirklich hießen.

1. Die ungarische Familie

König Andreas II.: Vater Elisabeths, regierte von 1205-1235. In den Quellen wird er als schwach bezeichnet.

Königin Gertrud: Mutter Elisabeths, Tochter des österreichischen Herzogs Berthold von Andechs-Meranien, heiratete 1203 nach Ungarn und wurde 1213 von ungarischen Adligen auf einer Jagd ermordet.

Elisabeth war das zweite von fünf Kindern des ungarischen Königs und seiner Frau Gertrud.

2. Die österreichische Familie

Bischof Ekbert von Bamberg: jüngerer Bruder von Gertrud, Elisabeths Onkel. In seiner Residenz wurde 1208 der staufische König Philipp ermordet, daraufhin floh Ekbert nach Ungarn zu seiner Schwester. Nach seiner Rückkehr erbaute er den Bamberger Dom. Seine hochfliegenden Pläne, Elisabeth mit dem verwitweten Kaiser zu verheiraten, scheiterten an Elisabeths Widerstand.

Äbtissin Mechthild von Kitzingen: jüngere Schwester von Gertrud,

Elisabeths Tante, die sie im Winter 1227/28 bei sich aufnahm.

3. Die thüringische Familie

Landgraf Hermann I.: bekannt als Förderer der Sänger und Dichter (Sängerwettstreit auf der Wartburg), wandte politisch jedes Mittel an, um seine Machtstellung zu festigen und zu erweitern. Er starb – von der Kirche gebannt – 1217 in geistiger Umnachtung.

Landgräfin Sophie: zweite Frau des Landgrafen Hermann und Tochter des Herzogs von Bayern. Sie galt als gebildete, sehr fromme Fürstin. Eintragungen in ihr kunstvoll ausgestattetes Gebetbuch sind erhalten. Sie starb 1238 im Katharinenkloster bei Eisenach.

Jutta von Meißen: Tochter des Landgrafen aus erster Ehe, geboren ca. 1185, gestorben 1235. Sie setzte sich als Witwe gegen ihren jüngeren Halbbruder Ludwig zur Wehr, als er ihr die Herrschaft in Meißen streitig machte. Juttas Sohn Heinrich wurde nach dem thüringischen Erbfolgekrieg 1247-1262 Landgraf in Eisenach.

Hedwig von Orlamünde: jüngere Schwester Juttas, Halbschwester Ludwigs.

Hermann: ältester Sohn Hermanns I. und dessen Frau Sophie. Er war ursprünglich als Ehemann Elisabeths vorgesehen, starb aber schon 1216.

Ludwig IV.: zweiter Sohn und Nachfolger Hermanns, Ehemann Elisabeths. Als Idealbild eines Ritters gefeiert, setzte er die Machtpolitik seines Vaters fort. Er folgte dem Ruf des staufischen Kaisers Friedrich II. zum Kreuzzug und starb 1227 auf einem Schiff vor Otranto in Süditalien.

Heinrich Raspe: dritter Sohn Hermanns, Statthalter und später Nachfolger Ludwigs. Er ließ sich von der päpstlichen Partei als Gegenkönig gegen den Kaiser Friedrich II. aufstellen, blieb aber erfolglos. Aus seinen drei Ehen ging kein Nachfolger hervor. Verbittert starb er 1247.

Konrad: vierter und jüngster Sohn Hermanns, zeitweise mit seinem Bruder Heinrich Statthalter Ludwigs. Konrad setzte mit großer Grausamkeit die Interessen der Fürsten gegen jeden Widerstand durch, bereute später, trat in den Deutschen Ritterorden ein und wurde dessen Hochmeister. Als Ordensritter war er nicht verheiratet und setzte sich für die Heiligsprechung seiner Schwägerin Elisabeth und den Bau der Elisabethkirche in Marburg ein. Das Werk Elisabeths wurde dann im wesentlichen vom Deutschen Ritterorden verwaltet.

Agnes: Schwester von Ludwig, Heinrich und Konrad. Sie wuchs zusammen mit Elisabeth in Eisenach auf und wurde von Ludwig mit dem Herzog von Österreich verheiratet.

4. Die Kinder Elisabeths und Ludwigs

Hermann 1222-1241: erstes Kind, auf der Creuzburg geboren. Nach der Trennung Elisabeths von der thüringischen Familie wurde er wahrscheinlich von seinem Onkel Heinrich Raspe auf der Wartburg erzogen. Gerüchten zufolge vergiftete 1241 eine Hofdame im Auftrag Heinrichs den Neunzehnjährigen. Er war wahrscheinlich verheiratet, hatte aber keine Kinder. Seine Grabplatte ist heute neben der seines Vaters in der Eisenacher Georgenkirche aufgestellt.

Sophie 1224-1284: zweites Kind, auf der Wartburg geboren. Es ist unbekannt, wo Sophie aufwuchs, vielleicht bei der Tante in Kitzingen. Sie heiratete den Herzog von Brabant und kämpfte für ihren Sohn Heinrich um das thüringische Erbe gegen Heinrich von Meißen (s. Jutta von Meißen). Schließlich wurden ihrem Sohn 1263 die hessischen Besitzungen zugestanden, so daß Heinrich der erste Landgraf von Hessen wurde.

Gertrud 1227-1297: drittes Kind, nach Ludwigs Tod im September 1227 geboren. Gertrud blieb bis 1228/29 bei Elisabeth und wurde dann den Chorfrauen in Altenberg übergeben, wo Elisabeth sie regelmäßig besuchte. Als Leiterin des Klosters („Meisterin" 1248-1297) erwarb sie sich höchste Anerkennung und wurde im 14. Jahrhundert seliggesprochen. Mit siebzig Jahren starb sie in Altenberg und wurde dort begraben.

5. Die Umgebung Elisabeths

Aus Ungarn:

Guda: eine Tochter aus adligem Geschlecht, die Elisabeth mit fünf Jahren zur Begleitung mitgeschickt wurde. Sie blieb bis zum Tod bei Elisabeth und diente anschließend weiter im Hospital. In den Quellen äußert sie sich nur sehr zurückhaltend.

Adelheid: Harfenspielerin. In späteren Quellen taucht sie als Begleiterin des Kindes Elisabeth auf. Es wird berichtet, daß sie in Nürnberg zurückblieb, um sich den frommen Beginen anzuschließen, die nach dem Armutsideal lebten.

Bertha von Bendeleben: deutsche Adlige, die zur Begleitung des Kindes nach Ungarn geschickt wurde.

Walther von Vargula (in einigen Quellen auch hier schon: *Rudolf von Vargula*): Ritter, der die thüringische Delegation begleitete.

In Eisenach:

Isentrud von Hörselgau: wahrscheinlich eine junge Witwe, die an den Hof nach Eisenach kam und zur engsten Vertrauten Elisabeths wurde. Sie blieb auch nach Elisabeths Tod am Hospital in Marburg und machte wesentliche Aussagen für das Protokoll zur Heiligsprechung.

Rudolf von Vargula: Ritter Ludwigs, der in den Quellen immer wieder die Interessen Elisabeths vertritt und als ihr treuster Freund am Hof gilt.

Die Familien von Vargula, von Eckartsberga, von Fahner und von Schlotheim sind am Thüringer Hof in verschiedenen Funktionen belegt. Wie sie sich im einzelnen zu Elisabeth stellten und von welcher Familie der Widerstand gegen die Heirat Ludwigs mit Elisabeth ausging, ist nicht mehr feststellbar.

In Marburg:

Hedwig von Seebach: Witwe, von Konrad von Marburg als Dienerin für Elisabeth eingesetzt. Den Quellen nach soll sie halb taub und sehr unfreundlich gewesen sein.

Irmingard: eine Schwester der Hospitalgemeinschaft. Sie war von einfachster Herkunft, stand aber in den letzten Jahren Elisabeth sehr nahe und hat wesentlich zur Überlieferung beigetragen.

Hildegund: Die Geschichte ihrer Aufnahme in die Hospitalgemeinschaft ist überliefert, ihre Haare sollen noch Jahrzehnte später gezeigt worden sein.

Heinrich: Konverse (=Laienbruder mit der Pflicht zu Keuschheit, Armut und Gehorsam) am Marburger Hospital. Er diente Elisabeth als Sekretär für ihre offensichtlich sehr umfangreiche Korrespondenz.

die Battenbergs: Statthalter des Landgrafen in Marburg. Ein Angehöriger der Familie sowie einige andere örtliche Adlige gehörten zum Johanniterorden.

Christina von Biel: Meisterin des Klosters Altenberg von 1224-1248. Sie nahm die kleine Gertrud in das Kloster auf und pflegte den Kontakt mit Elisabeth bei deren Besuchen.

Der Knabe *Gottlieb* wird in den Quellen erwähnt, aber an keiner Stelle mit Namen genannt.

6. Geistliche

Kaplan Albert und Kaplan Berthold: Beide sind als Geistliche am thüringischen Hof belegt. Berthold schrieb eine Biographie über Ludwig IV., die seine große Verehrung für den Fürsten zeigt. Seine Schrift stellt, wie die anderen Quellen auch, die Ehe zwischen Elisabeth und Ludwig als überaus glücklich dar.

Franziskaner: Ihr Auftreten seit 1225 in Thüringen und ihre Ansiedlung in Eisenach sind belegt, teilweise auch ihre Namen (Bruder Hermann).

Konrad von Marburg: Inquisitor, Kreuzzugprediger, Verwalter von Kirchengütern in Thüringen und seit 1226 Elisabeths Beichtvater. Er verstand sich als Verantwortlicher für Elisabeths geistliche Entwicklung und war der erste, der ihre Heiligsprechung beantragte. In anderen Quellen taucht er als grausamer Ketzerverfolger auf. Als er 1233 ermordet wurde, atmete Deutschland auf. Die Mörder wurden nie zur Verantwortung gezogen.

Bischof Konrad von Hildesheim: Ihm gegenüber verpflichtete sich Ludwig wahrscheinlich schon 1224 zum Kreuzzug. Der Bischof war nach Elisabeths Tod maßgeblich an der Aufnahme der Protokolle für den Heiligsprechungsprozeß beteiligt.

7. Die Dichter

Wolfram von Eschenbach und *Walther von der Vogelweide:* Beide waren regelmäßig auf der Wartburg, nahmen am sagenumwobenen Sängerwettstreit teil und sind bis etwa 1220 am thüringischen Hof belegt. Wolfram soll sein Fragment „Titurel", in dem die Liebesgeschichte zweier Kinder dargestellt wird, auf der Wartburg geschrieben haben.

Übersicht über das Geschlechtsregister

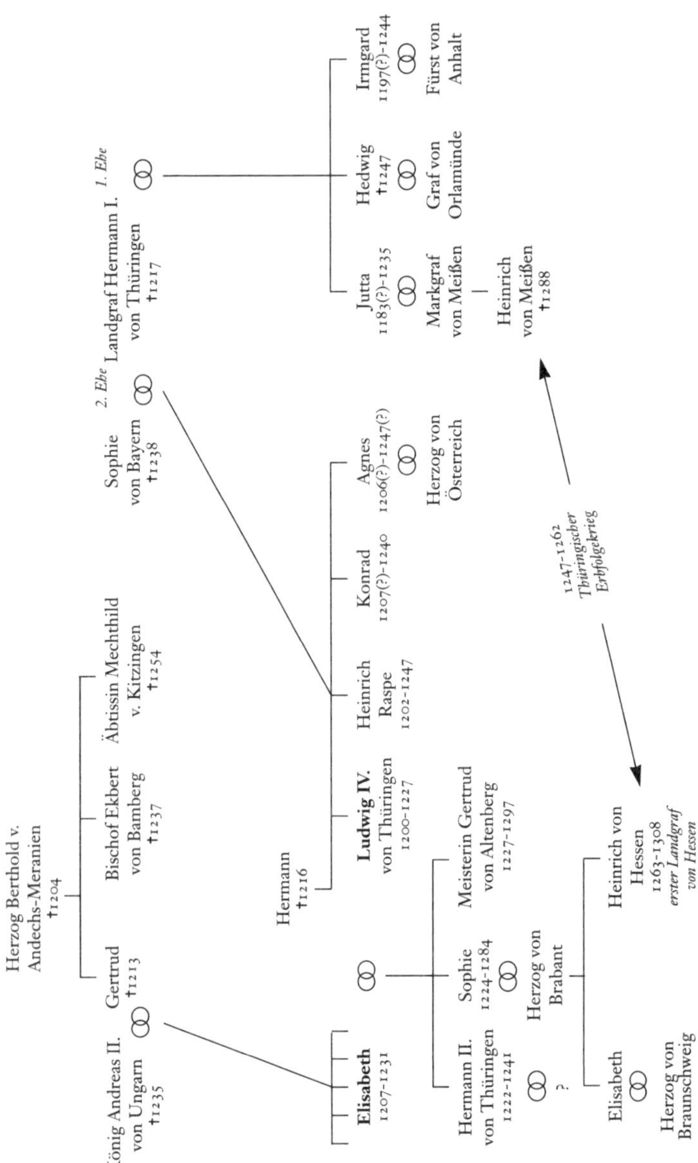

Literatur zum Weiterlesen

Busse-Wilson, Elisabeth, Das Leben der Heiligen Elisabeth. Abbild einer mittelalterlichen Seele, München 1931 (eine umstrittene, aber sehr einfühlsame Darstellung aus psychoanalytischer Sicht).

Hoffmann, Johanna, Die verratene Heilige. Das Leben der Landgräfin Elisabeth von Thüringen, Berlin o. J. (Vision Verlag/ehem. DDR) (ein Roman aus sozialistischer Perspektive).

Hoppe, Günther, Elisabeth. Landgräfin von Thüringen, Eisenach 1984 Neuauflage Weimar 1996 (eine wissenschaftliche Darstellung).

Ohler, Norbert, Elisabeth von Thüringen, Reihe: Persönlichkeit und Geschichte, Göttingen 2. 1992 (eine umfassende sachliche Darstellung).

Wies, Ernst W., Elisabeth von Thüringen. Die Provokation der Heiligkeit, Esslingen/München 1993 (gut lesbares Sachbuch).

Quellen

Brief Konrads von Marburg an Papst Gregor IX. 11. Oktober 1232, in: Arthur Wyß, Hessisches Urkundenbuch, I, Nr. 34, Leipzig 1879. Deutsch in: Karl Wenck, Die heilige Elisabeth. Sammlung gemeinverständlicher Vorträge und Schriften aus dem Gebiet der Theologie und Religionsgeschichte, Tübingen 1908.

Libellus de dictis quattuor ancillarum s. Elisabeth confectus in: A. Huyskens, Quellenstudien zur Geschichte der hl. Elisabeth, Landgräfin von Thüringen, hg. und erläutert, Kempten und München 1911. Übersetzt in: Nigg, Walter/Schamoni, Wilhelm (Hg.), Heilige der ungeteilten Christenheit. Dargestellt von den Zeugen ihres Lebens: Elisabeth von Thüringen, Düsseldorf 1963.

Die Übersetzung der mittellateinischen Quellen folgt weitgehend Otto Krage (in W. Nigg/W. Schamoni) und Karl Wenck.

Von derselben Autorin

Rosen im Schnee

Katharina Luther, geborene von Bora,

Eine Frau wagt ihr Leben

200 Seiten
gebunden mit Schutzumschlag
Best.-Nr. 111 591

Das katholische Europa höhnte über den Reformator, als er 1525 eine entlaufene Nonne heiratete. Daß ein Mönch und eine Nonne sich in Liebe miteinander verbinden könnten, schien so unmöglich wie – Rosen, die im Schnee blühen.

Katharina von Bora mußte einen weiten Weg gehen, ehe sie Martin Luthers Frau wurde. Mit Tatkraft und Liebe gestaltete sie das Leben der von Verleumdungen, Krankheiten und Geldsorgen geplagten Familie, kämpferisch bis zuletzt und im festen Glauben an die große Sache der Reformation.